KIPPS
킵 스 1

어느 순수한 영혼의 이야기

허버트 조지 웰스 지음 | 마이너스 옮김

해밀누리

킴 스 1

어느 순수한 영혼의 이야기

허버트 조지 웰스 지음 | 마이너스 옮김

목차

1부

킵스의 성장

1. 뉴 롬니의 작은 가게

1

킵스는 청소년기에 거의 다다를 때까지도 자신이 왜 다른 아이들처럼 아버지와 어머니가 아니라 숙모와 숙부의 보살핌을 받게 되었는지 명확히 알지 못했다. 하지만 그는 뉴 롬니가 아닌 다른 어딘가에 대한 막연한 기억을 가지고 있었다. 희미한 방, 흰 건물들이 내려다보이는 창문, 그리고 잊혀진 사람들과 이야기하던, 그의 어머니였던 또 다른 누군가에 대한 기억이었다. 어머니의 얼굴을 아주 뚜렷하게 떠올릴 수는 없었지만, 그녀가 입었던 하얀 드레스는 놀라울 정도로 선명하게 기억했다. 작은 꽃가지와 작은 리본 장식이 달린 무늬, 그리고 골이 진 흰 리본 허리띠가 허리에 둘러져 있는 드레스였다. 어떤 이유에서인지, 그 기억은 눈물로 젖은 희미한 장면들과 뒤섞여 있었다. 도무지 설명할 수 없는 종류의 눈물이었지만, 그 역시 동정심에 휩싸여 함께 울고 싶어지는 눈물이었다. 그 기억 속에는 목소리가 크고 위압적인 키 큰 남자도 있었다. 그리고 그 장면의 전후로, 그 두 사람 사이에서 기차 창밖을 한없이 바라보던 긴 여정의 기억이 이어졌다.

그는 '거실'의 벽난로 위, 플러시 천과 금박으로 장식된 액자 속 다게레오타이프 사진 속, 자신을 바라보는 빛바래고 애수 어린 얼굴이 어머니의 얼굴이라는 것을, 단 한 번도 들어본 적 없었지만 알고 있었다. 그러나 그 '앎'은 그의 희미한 기억을 조금도 명확하게 만들어주지 못했다. 사진 속에서 어머니는 사진사의 가짜 문설주에 기댄 소녀 같은 모습이었고, 그런 자세에서 자연스럽게 우러나오는 수줍은 기색을 띠고 있었다. 그녀는 곱슬머리에, 킵스가 아는 그 어떤 어머니보다도 훨씬 젊고 예쁜 얼굴을 하고 있었다. 그녀는 돌리 바든 스타일의 모자를 끈으로 잡고 흔들며, 그 자세를 지시한 사진사 신사에게 순종적이고 공손한 눈길을 보내고 있었다.

그녀는 무척 가냘프고 예뻤다. 하지만 기억 속 환영처럼 떠도는 어머니는 그런 모습이 아니었다. 어떻게 다른지는 기억나지 않았지만 말이다. 어쩌면 더 나이가 들었거나, 조금 덜 수줍어했거나, 아니면 그저 옷차림이 달랐을지도 모른다.

분명한 것은 그녀가 명확한 지시와 함께 약간의 양육비를 주며 그를 뉴 롬니의 숙모와 숙부에게 맡겼다는 점이다. 그녀는 훗날 킵스의 인생에서 큰 역할을 하게 될 사회 계층에 대한 예리한 감각을 어느 정도 지니고 있었던 듯하다. 그녀는 킵스가 '평범한' 학교에 가서는 안 되며, 헤이스팅스에 있는 어떤 학교에 보내야 한다고 당부했다. 그곳은 졸업식 사각모를 쓰는 등 상류층의 분위기를 물씬 풍기는 '중산층 학교'일 뿐만 아니라, 학비도 놀라울 정도로 저렴했다.

그녀는 마치 킵스가 모셔야 할 존재인 것처럼, 자신을 어느 정도 희생하면서까지 킵스를 위해 최선을 다하려는 열망에 차 있었던 것 같다. 헤이스팅스 생활이 시작된 후

1년 넘게 그녀는 때때로 그에게 용돈을 보내주었지만, 그의 뚜렷한 기억 속에는 그녀의 얼굴을 본 날이 단 하루도 없었다.

그가 처음 왔을 때 숙모와 숙부는 이미 인생의 황혼기에 접어든 나이였다. 그들은 안락한 노후를 위해 늦은 나이에 결혼했다. 처음에는 그들이 그저 가까운 현실의 배경 속에 있는 막연한 인물들에 불과했다. 그 현실이란 익숙한 의자와 탁자, 계단 기둥, 부엌 가구, 장작 조각, 보일러 수도꼭지, 낡은 신문, 고양이, 하이 스트리트, 뒷마당, 그리고 그 작은 마을 늘 가까이에 있는 평평한 들판 같은 것들이었다. 그는 마당의 돌멩이 하나하나, 구석의 담쟁이덩굴, 쓰레기통, 이끼 낀 벽을 많은 남자들이 아내의 얼굴을 아는 것보다 더 잘 알았다. 다리미판 아래에는 숄 하나만 있으면 바깥으로부터 잘 숨겨진, 제법 괜찮은 비밀 기지를 만들 수 있는 구석이 있었는데, 그곳은 몇 년 동안 그에게 세상의 중심과도 같은 곳이었다. 해진 카펫, 찬장의 옹이, 숙부가 만든 누더기 난로 깔개의 여러 모서리는 그의 정신적 토대의 본질적인 일부가 되었다. 가게에 대해서는 그만큼 속속들이 알지는 못했다. 그에게는 금지된 구역이었기 때문이다. 하지만 어찌 된 일인지, 그는 그곳을 아주 잘 알게 되었다.

숙모와 숙부는 말하자면 세상과 가까운 신들이었다. 그리고 옛 세상의 신들처럼, 때때로 독단적인 명령과 과도한 벌을 내리며 세상 속으로 직접 강림했다. 불행히도 식사 시간에는 그들의 올림포스 수준에 맞춰야 했다. 그 때는 '식전 기도'를 해야 했고, 숟가락과 포크를 '올바르게'라는 이름의 광적이고 부자연스러운 방식으로 쥐어야 했으며, 맛있는 단것조차 '너무 빨리' 먹어서는 안 되었다. 만약 '게걸스럽게' 먹으면 문제가 생겼고, 칼과 포크, 숟가락을 조금이라도 함부로 다루면 숙모는 그의 손가락 관절을 때렸다. 숙부는 늘 칼로 그레이비소스를 긁어먹었음에도 말이다. 게다가 때때로 어린 소년이 할 법한 가장 자연스럽고 매력적인 일을 하고 있을 때, 숙부는 파이프를 손에 든 채 앉아 있던 먼 곳에서 불쑥 나타나 "이런 괘씸한 녀석! 지금 또 뭘 하고 있는 게냐?" 하고 소리치곤 했다. 그리고 숙모는 문이나 창가에 나타나, 알 수 없는 이유로

'상스럽다'고 여겨져 바람직하지 않다고 생각되는 아이들과의 흥미로운 대화를 방해하며 그를 안으로 불렀다. 아무리 부드럽게 낸다고 해도, 가장 신나는 작은 장난들—차 쟁반 두드리기, 주먹으로 나팔 불기, 열쇠로 휘파람 불기, 양동이 두 개로 종소리 내기, 창문에 곡조 연주하기—은 신들의 분노를 샀다.

하지만 창문에 손가락으로 내는 소리보다 더 희미한 소리가 어디 있겠는가, 그것도 부드럽게 낸다면 말이다. 그러나 때로는 이 신들이 가게에서 망가진 장난감을 주기도 했는데, 그러면 그들을 더 사랑하게 되었다. 그들이 운영하는 가게는 다른 가게도 아니고, 장난감 가게였기 때문이다. (사실 그들이 다루는 물건은 읽을거리용 책과 선물용 책, 그리고 지역 사진들도 포함되어 있었다. 도자기 가게인 척하기도 했고, 간판에는 유리 제품도 취급한다고 쓰여 있었다. 문구점이기도 했으며, 잡화점의 느낌도 약간 있었다. 창문과 구석구석에는 매트와 테라코타 접시, 그림 그리기용 우유 짜는 의자가 있었고, 액자, 난로 가리개, 낚시 도구, 공기총, 수영복, 텐트의 기미도 보였다. 실로 다양한 물건들이었지만, 어린 소년의 손가락에는 모두 잔인할 정도로 매력적이었다.) 한번은 숙모가 절대로 불지 않겠다고 충실히 약속하면 트럼펫을 주었다가, 나중에 다시 빼앗아 갔다. 그리고 숙모는 해마다 일요일이면 그에게 교리문답과 '오늘의 콜릭(기도문)'이라고 부르는 것을 외우게 했다.

그가 자라는 동안 두 사람은 늙어갔고, 그들에 대한 그의 인상이 해마다 조금씩 바뀌면서, 마침내 청소년기에 이르러 사물에 대한 인상이 변하지 않게 되었을 때, 그들은 늘 지금과 같은 모습이었던 것처럼 보였다. 그는 숙모를 항상 마르고, 다소 걱정스러워 보이며, 모자가 약간 삐뚤어지기 쉬운 사람으로, 숙부는 육중하고, 턱이 여러 겹이며, 단추에 무심한 사람으로 생각했다. 그들은 다른 집에 방문하지도, 손님을 받지도 않았다. 항상 이웃과 다른 사람들을 매우 의심했고, '상스러운' 사람들을 두려워했으며, '잘난 체하는' 사람들을 증오하고 경멸했다. 그래서 그들은 영국의 이상에 따라 '그들 자신만의 세계'에 머물렀다. 결과적으로 킵스는 불순종의 죄를 통해서만 놀이 친구를 사귈 수 있었다. 그는 천성적으로 사교적인 성격을 가지고 있었다. 하이 스트리트에 있을 때면 지나가는 자전거 타는 사람들에게 "안녕!"이라고 말하는 것을 잊지 않았고, 보모가 보지 않을 때면 쿼들링 집안 아이들에게 혀를 내밀곤 했다. 그리고 그는 옆집 잡화점 주인의 아들인 시드 포닉과 친구가 되었는데, 이 우정은 긴 공백기를 거치면서도 평생 이어졌다. 숙부는 '잠자고 있는 먼지'를 그대로 두는 편을 더 좋아해서 현관 발판을 좀처럼 털지 않았다. 어린 그는 그런 어리석어 보이는 행동의 까닭을 곰곰이 생각하다가, 포닉이 적당한 바람이 부는 날을 기다렸다가 발판을 털어, 그 때 일어난 먼지를 이웃 가게 쪽으로 날려 보내 더럽히려는 것이라고 믿었다. 이러한 문제들은 종종 시끄럽고 격렬한 싸움으로 발전했고, 한번은 폭력에 가까워져서 나중에 포닉(그는 신문을 읽는 사람이었다) '수치스러운 난투극'이라고 묘사할 정도였다. 그날 그는 확실히, 극도로 신속하게 자기 가게 안으로 들어갔다.

그러나 킵스와 시드 포닉의 우정이 시작된 것은 바로

이 싸움을 통해서였다. 어느 날 어린 두 소년은 의사네 집 염소들을 함께 문틈으로 내다보고 있었다. 그들은 어느 염소가 힘이 제일 센지에 대해 몇 마디 논쟁을 주고받았고, 그러다 킵스는 시드의 아버지를 '시끄러운 멍청이'라고 부르고 싶어졌다. 시드는 그렇지 않다고 했고, 킵스는 그렇다고 되풀이하며 그 근거를 댔다. 그러자 시드는 다소 놀랍게도 딴소리를 하며, 킵스를 한 손으로 이길 수 있다고 말했고, 킵스는 속으로 불안하긴 했지만, 그 주장을 부인했다. 몇 번의 쓸데없는 언쟁이 오갔고, 사건은 거기서 끝날 수도 있었지만, 다행히도 한 호기심 많은 정육점 소년이 이 논쟁을 듣고는, 공정한 대결을 보고 싶다고 고집했다.

두 어린 소년은 그의 집요한 격려에 힘입어 마침내 재킷 단추를 채우고, 자세를 잡고 싸워 교훈적인 무승부 경기를 벌였다. 정육점 소년이 홀리어 부인의 양고기를 배달하러 가는 것이 좋겠다고 생각할 때까지 말이다. 그리고 나서 그의 지시에 따라, 그리고 그의 경험 많은 무대 감독 아래, 그들은 악수하고 화해했다. 그 뒤로도 눈물 자국이 조금은 남아 있었지만, 정육점 집 소년이 "강한 친구들이군." 하고 치켜세우자 둘의 얼굴은 금세 붉어졌다. 둘은 그의 조언대로 목덜미에 차가운 돌멩이를 넣고, 의사네 집 문앞에 나란히 걸터앉아 머리를 뒤로 쭉 젖힌 채, 명예롭게 흘린 피를 다독이면서 서로를 새삼 존중하는 마음을 나누었다. 둘 다 코피를 흘리고 눈에 멍이 들었다—사흘 후에는 그늘까지 똑같아졌다—아무도 굴복하지 않았고, 비록 암묵적이었지만, 아무도 더 이상 싸우고 싶어 하지 않았다.

그것은 훌륭한 시작이었다. 이 첫 만남 이후, 그들 부모의 속성이나 전투에서의 상대적 가치는 그들 사이에 결코 문제 되지 않았고, 만약 그들의 우정을 완성하는 데 무언가 필요했다면, 그것은 첫째, 쿼들링에 대한 공동의 혐오감에서 찾을 수 있었다. 쿼들링 가의 맏이은 혀 짧은 소리를 냈고, 바보 같은 밀짚모자를 썼으며, (자기만족으로 가득 찬) 크고 분홍색 얼굴을 하고 있었고, 녹색 양모 가방을 메고 국립 학교에 다녔다—경멸스러운 짓이었다. 그들은 그에게 욕을 하고 돌을 던졌고, 그가 위협으로 응수하자("이봐, 꼬맹이 아트 킵스[1], 그만두는 게 좋을 거야!") 그들은 공격하여 그를 도망치게 했다.

그리고 그 후 그들은 앤 포닉의 인형 머리를 부수었고, 그녀는 큰 소리로 울며 집으로 돌아갔다—사악하고도 정겨운 행동이었다. 시드는 매를 맞았지만, 그가 설명했듯이, 그는 전술적으로 신문지를 덧대고 있어서 실제로는 전혀 아프지 않았다. 그리고 포닉 부인이 갑자기 가게 군에서 머리를 내밀어 지나가는 킵스를 위협했다.

2

킵스의 사라진 어머니는 제한된 선택지 속에서 '캐번디시 아카데미'라는 학교를 골랐는데, 이 학교는 헤이스팅스에서 바다와 가장 먼 곳에 있는 낡은 개인 주택에 자리 잡고 있었다. '신사 자제들을 위한 아카데미'라고 불리는 곳이었고, 많은 신사들의 부모는 '인도'나 다른 확인할 수

---

1 아서 킵스의 애칭

없는 곳에 있었다. 다른 아이들은 킵스의 어머니처럼 기숙 학교 교육보다 조금 '우월한' 것을 가능한 싸게 얻고 싶어 하는 욕망이 강한 미망인들의 아들들이었고, 또 다른 아이들은 부모나 보호자의 위엄을 과시하기 위해 아카데미에 보내졌다. 그리고 물론 프랑스에서 온 아이들도 있었다.

그곳의 '교장'은 소화 불량과 변덕스러운 성미를 가진 마르고 길쭉한 사람이었는데, 그는 앞마당의 금박 글씨 간판에 자신을 조지 가든 우드로, F.S.Sc.라고 선포했다. 이 약자는 그가 가짜 학위를 위해 몇 기니를 지불했음을 나타내는 것이었다. 황량하게 흰 칠을 한 별채가 그의 교실이었고, 닳고 닳은 책상과 학구적인 의자의 분위기는 미끄러운 칠판과 그가 세일에서 싸게 구입한 크고 노란 구식 지도 두 장, 즉 아프리카 지도와 월트셔 지도로 한층 더해졌다. 그의 서재에는 더 많은 지도와 지구본이 있었고, 그곳에서 그는 문의하는 부모들을 면담했지만, 그의 학생들은 이것들을 본 일은 없었다. 그리고 복도의 유리 찬장에는 몇 실링어치의 시험관과 화학 약품, 삼각대, 유리 증류기, 그리고 손상된 분젠 버너가 있어, 안내 책자에 언급된 '과학 실험실'이 헛된 자랑은 아니었음을 보여주었다.

이 안내 책자는 위엄 있지만 부정확한 영어로 쓰여 있었으며, 아카데미에서 제공하는 상업 경력을 위한 탄탄한 준비 과정을 특히 강조했지만, 육군, 해군, 공무원은 모호한 문장으로 슬쩍 언급되었다. 안내 책자에는 '시험 합격'에 대한 막연한 내용이 있었지만—물론 우드로는 '주입식 교육'을 반대했다— 그리고 교육 과정에 '미술', '현대 외국어', '실용적인 기술 및 과학 훈련'이 포함되어 있다는 설명이 있었다. 그런 다음 학생들의 '도덕적 안녕'에 대한 강조와, '요즘에는 명성 있는 학교에서조차 종종 소홀이 여기는' 종교 교육의 우수성에 대한 칼같은 자랑이 이어졌다.

"이건 분명히 먹힐 거야." 우드로 씨가 안내 책자를 작성할 때 이렇게 말했다. 그리고 졸업식 사각모와 함께 그것은 확실히 효과가 있었다. 우드로 부인의 '어머니 같은' 보살핌에 주의를 환기시켰는데—실제로는 불평하는 얼굴에, 요리에는 관심이 없는 작고 존재감 없는 여성이었다—그리고 안내 책자는 의도적으로 모호한 문구로 끝을 맺었다. "식비 제한 없음, 그리고 우리 농장의 우유와 농산물."

킵스가 그 학교에서 평생 간직하게 된 기억들은 답답하고 정신적으로 혼란스러운 분위기 속에 자리 잡고 있었다. 삐걱거리는 의자에 앉아 지루하고 게으르게 시간을 보내던 수많은 모습, 얼룩을 핥고 잉크 맛을 보던 기억, 이가 시리게 만드는 표지의 찢어진 책들, 힘들게 쓴 석판의 미끈한 표면, 몰래 하던 구슬치기, 속삭이며 하던 이야기, 그리고 그곳의 관습에 따라 꼬집고, 때리고, 사소한 괴롭힘들이 끊임없이 '전달'되던 기억들이 포함되어 있었다. 수업 시간에 일어서 있다가 상상 속의 잘못된 행동으로 갑자기 그리고 불합리하게 맞았던 기억, 우드로 씨가 거의 제정신이 아니었던, 부당함이 만연했던 광란의 날들, 빵과 버터로 된 아침 식사 전 준비 시간의 차가운 공허함, 그리고 우드로 부인의 지능적이기보다는 어머니 같은 요리로 인한 끔찍한 두통과 기이하고 전례 없는 속앓이의 기억들이 있었다.

미망인 어머니들의 가슴에 깊은 인상을 남기던, 졸업식 사각모를 쓰고 둘씩 짝지어 행진하던 지루한 산책 날들이 있었고, 또 악의 섞인 장난기와 상상력의 영이 집 안에 갇힌 아이들을 제멋대로 부려 먹던, 우울하고 날씨까지 궂은 반휴일들도 있었다. 불공평하고 비열한 싸움과 비참한 패배와 승리가 있었고, 괴롭히는 일과 괴롭힘을 당하는 일이 있었다. 킵스는 특히 한 겁쟁이 아이를 자주 괴롭히곤 했는데, 마침내 그 아이는 끊임없는 박해를 견디다 못해 반란을 일으켜, 킵스를 주먹으로 쓰러뜨리고는 그의 관용을 이끌어 내고 말았다. 한 침대에서 셋이 자던 기억, 10분간의 놀이 후 교실로 돌아왔을 때의 짙고 가죽 같은 냄새, 진흙과 날카로운 부싯돌이 널려 있던 운동장의 기억이 있었다. 그리고 몰래 하는 상스러운 말이 많았다.

"일요일은 우리에게 가장 행복한 날입니다."

우드로가 부모의 문의에 상투적으로 대답하는 말 중 하나였지만, 킵스는 증인으로 불려가지 않았다. 그에게 일요일은 끔찍한 공백의 시간이었다—일도 없고, 놀이도 없고, 중간에 교회에 두 번 가고 건포도 푸딩을 한 번 먹는 것을 제외하면 지루하게 펼쳐진 시간이었다. 오후는 몰래 하는 여가 활동에 바쳐졌는데, 그중에는 덜 재미있고 약한 아이들과 함께하는 '고문실' 게임이 포함되어 있었다. 킵스가 하나님과 천국이 어떤 것인지에 대해 처음으로 또렷한 개념을 갖게 된 것은, 바로 주일과 평일의 차이를 통해서였다. 본능적으로 그는 그분과의 더 가까운 만남은 가능한 한 오래 미루고 싶어 했다.

학교 공부는 우드로 씨의 기분에 따라 달라졌다. 때때로, 그는 낙담한 무기력 상태였다. 공책이 배부되거나 문제가 '주어지거나', 혹은 부기라는 위대한 미스터리가 선포되었고, 이러한 피상적인 활동 아래에서 우드로 씨가 책상에 무기력하게 앉아 학교 일에 무관심한 채 보이지 않는 것을 응시하는 동안 긴 대화와 끝없는 구슬 맞추기 게임이 계속되었다. 그의 얼굴은 때로는 완전히 무표정했지만, 또 어떤 때는 마치 자신의 존재가 지닌 불명예와 해악을 눈앞에서 무자비하게 들여다보는 듯한, 굳어버린 경악의 표정을 짓기도 했다.

다른 때에는 우드로 씨가 정신을 차리고 행동에 나서서, 흔들리는 반을 멈춰놓고 가르치곤 했다. 그는 비꼬는 조롱과 매질로 아이들을 몰아붙이며 앤의 『초급 프랑스어 과정』이나 『프랑스와 프랑스인』, 혹은 여행자의 세탁물에 관한 대화, 오페라 하우스의 각 부분에 대한 장을 가르쳤다. 그 자신의 프랑스어 지식은 몇 년 전 다른 영국 사립 학교에서 얻은 것이었고, 디에프[2]에서 가끔 몇 주 동안 빈둥거리며 비천한 모험을 하며 그것을 되살리곤 했다. 그는 때때로 수업 중에 이 더 밝았던 시절의 추억을 떠올리곤 했는데, 그러면 그는 알 수 없는 이유로 웃으며 낯선 유형의 프랑스어 구절을 반복하곤 했다.

그가 처방한 일반적인 연습 중에는 '시집'에서 긴 시 구절을 외우는 것이 있었는데, 그는 나이 많은 학생에게 그것을 '듣도록' 위임하곤 했다. 그리고 성경을 한 절씩 소리내어 읽는 것이 있었다—그곳은 '하나님을 모독하는' 학교

---

2 디에프 : 프랑스 북부 노르망디 지역에 있는 항구 도시

가 아니었다!―그래서 당신은 당신의 차례까지 절을 세고 나서 대화에 몰두했다. 그리고 때로는 이 나라의 값싼 역사책을 읽기도 했다. 킵스가 보고한 바에 따르면, 그들은 '엄청난 양의 교리문답'을 했다. 또한 지리적 이름과 목록을 많이 외웠고, 때로는 우드로 씨가 갑자기 활기를 띠어 이 이름들이 실제로 지도에 있는지 확인하기도 했다. 그리고 한번, 단 한번, 화학 수업이 있었다. 형언할 수 없는 흥분의 수업이었다. 이상한 모양의 유리 기구들, 썩은 달걀 같은 냄새, 무언가 속에서 무언가가 끓고, 깨지는 소리와 악취, 그리고 우드로 씨가 분명히―그들은 나중에 기숙사에서 그 문제를 철저히 따졌다― "젠장!"이라고 말하는 소리가 울렸고, 그 후 전교생이 한 시간 동안 특별히 엄격하게 벌을 받았다.

그러나 이 잿빛 일상의 기억들 사이에는 몇몇 눈부신 색채의 조각들이 끼어 있었다―휴일, 그의 휴일. 그는 선배들 사이의 불화에도 불구하고 가능한 한 옆집의 성미 급한 검은 수염의 잡화점 주인 아들인 시드 포닉과 함께 보냈다. 그것들은 다른 세상의 기억처럼 보였다. 해변을 따라 '빈둥거리는' 영광스러운 날들, 저항하지 않는 가르텔로 탑의 포위 공격, 풍차의 신비와 움직임에 대한 끊임없는 관심, 널빤지 발로 물렁한 자갈 위를 걸어 던지네스 등대로 가는 바람 부는 여행—시드 포닉과 그는 현실에서 멀리 떨어져, 그레이트 스톤을 떠나는 순간부터 밀수업자이자 무장한 남자들이었다—울타리 없는 갈대밭에서의 방황, 제국의 기관총이 영원히 윙윙거리며 딱딱거리는 하이스까지, 그리고 작은 언덕 위에 꿈의 도시처럼 자리 잡은 라이와 윈첼시까지 이르는 긴 여행. 이 기억 속의 하늘은 여름 습지의 타오르는 반구거나, 겨울의 하늘과 바다의 소란이었다. 그리고 그 안에는 진짜 난파선이 있었다 (딤처치 근처에 높이 던져져 검게 변하고 썩어가는 어선의 늑골은 바다가 선원들을 삼켜버렸을 때 빈 바구니처럼 버려져 있었다). 그렇게 바다에서 알몸으로 목욕하는 것, 겨드랑이까지 목욕하고 따뜻한 바닷물에서 수영하려고 애쓰는 것(숙모의 금지에도 불구하고), 그리고 (숙모의 허락 하에) 집에서 몇 마일 떨어진 곳에서 종이 꾸러미에든 저녁을 먹는 드문 경험을 가졌다. 토크와 차가운 쌀 푸

딩에 자두를 곁들인 것이었는데—이보다 더 좋은 음식은 없지만 종종 꽤 상냥한 모습이 있었다—그녀는 매주 일요일마다 영국 국교회 교리문답을 반복하게 했지만, 밖에서 먹고 싶은 저녁 식사에 대해서는 관대한 편이었다—그리고 뚱뚱하고 성미 급하지만, 늘 앉아 있기를 좋아해서 쉽게 피해 갈 수 있는 숙부가 있었다. 그리고 자유!

휴일은 정말로 학교와는 매우 달랐다. 그들은 자유로움과 광활함을 느꼈고, 비록 킵스 자신이 이런 말로 표현하지는 못했지만—휴일에는 아름다움이 있었다. 그의 유년 시절의 기억 속에서 그들은 황량한 학문의 벽에 박힌 스테인드글라스 창문 조각처럼 빛났고, 멀어질수록 더욱 밝아졌다. 마침내, 벅차오르는 감정으로 그것들을 되돌아볼 수 있는 시간과 기분이 찾아왔다.

다른 창들보다 마지막 창이 유난히 밝았다. 앞선 창들이 만들어 내던 만화경 같은 반짝임과 달리, 그 눈부신 빛은 오직 한 사람에게로 모아졌다. 소매업의 신 '몰록'에게 붙잡히기 전 마지막 휴일에, 킵스는 사랑이라는 신비로운 성전의 문턱에 처음으로 머뭇머뭇 발을 들여놓았다. 그는 억눌린 열정과, 아직 현실이 되지 못한 잠재적 애정간을 품은 소년이었으므로 그 시도는 지극히 조심스러울 수밖에 없었다. 그리고 이 위대한 욕망의 첫 떨림이 향한 이는 다름 아닌 앤 포닉이었다. 그가 마음이라는 것의 뜻을 알기 훨씬 전, 시드와 함께 그녀의 인형 머리를 깨뜨리고는 우쭐해하던 바로 그 소녀였다.

3

킵스가 앤 포닉의 눈빛 속에 숨은 빛을 알아차리기도 전에, 그를 상점 직원의 견습으로 들이려는 이야기는 이미 물밑에서 오가고 있었다. 학교는 끝났다. 정말로 끝났고, 무엇보다도 이제 다시는 학교에 돌아가지 않으리라는 사실이 먼저 가슴에 와 닿았다. 때는 한여름. 학교의 '방학'은 떠들썩했고, '마지막 날이 월급날'[3]이라는 훌륭한 격언은 (그의 명예를 걸고) 빠짐없이 실천되었다.

---

3 '끝까지 책임을 다해야 한다'라는 뜻을 담은 관용적 표현

그는 모든 적들의 머리를 때리고, 목을 비틀고, 정강이를 찼다. 그는 미완성 공책, 모든 교과서, 구슬 수집품, 졸업식 사각모를 그를 사랑하는 사람들에게 나누어 주었다. 그리고 그는 그들의 책의 눈에 띄지 않는 페이지에 몰래 '아트 킵스를 기억해'라고 썼다. 그는 또한 생기 없는 우드로의 지팡이를 쪼개고, 건물 곳곳에 자신의 이름을 깊이 새겼으며, 부엌 창문을 깼다. 그는 누구에게나 자신이 곧 선장이 되는 법을 배울 거라고 너무 자주 말한 탓에, 거의 자신도 그 말을 믿게 되었다. 그리고 이제 그는 집으로 돌아왔고, 학교라는 이야기는 정말로—영영—끝났다.

그는 돌아온 날 아침 여섯 시도 되기 전에 일어나 마당의 뜨거운 햇살 속으로 나갔다. 그는 헤이스팅스 아카데미의 아이들과 자신, 그리고 시드 포닉이 아무 이유 없이 본래 휴런족의 전투 함성이라 믿고 있는 세 음으로 된, 유난히 날카롭고 꿰뚫는 곡조를 휘파람으로 불기 시작했다. 그는 이를 하면서도, 숙부와 포닉 가문 사이의 불화 때문에 그런 짓을 하는 기색은 내비치지 않고, 마치 숙부가 최근 세운 쓰레기통의 새로운 날개를 존경과 감탄의 눈으로 살피는 척했다—둥지를 튼 박새조차 속지 않을 시늉이었다.

이윽고 포닉의 사냥터 쪽에서 익숙한 메아리가 돌아왔다. 그러자 킵스는 "여덟 시 반에, 교회 뒤 골목에서." 하고 노래하듯 불렀다. 곧 보이지 않는 누군가가 "여덟 시 반이야, 교회 뒤 골목에서." 하고 응답했다. '트랄라'는 이 문장을 모르는 이들에겐 알아듣지 못하게 만든다고 여겨졌다. 그들의 작전을 더욱 안전하게 숨기기 위해, 이 이중창의 양쪽은 다시 휴런족의 전투 함성을 소리 내어 불렀고, 마지막 가장 날카로운 음을 길게 끌어 올린 뒤, 휴일을 즐기는 소년들답게 각자 흩어져 그날의 집 안 불을 지폈다.

여덟 시 반, 킵스는 바다로 향하는 긴 골목 꼭대기의 햇살 가득한 문에 앉아, 느린 리듬으로 장화를 부딪치며, 자신이 아는 지독하게 애처로운 곡조를 힘껏 휘파람으로 불고 있었다. 교회 묘지 담벼락을 따라 짧은 원피스를 입은 소녀가 나타났다. 갈색 머리에, 얼굴색이 금방 변하고, 짙은 파란 눈을 하고 있었다. 그녀는 킵스보다 키가 조금 더 커졌고, 얼굴색도 좋아졌다. 그는 그녀를 거의 기억하지 못했다. 마지막 휴일 이후 너무 변했기 때문이다—만약 그가 마지막 휴일에 그녀를 보았다면 말이다. 그는 그것을 명확하게 기억할 수 없었다. 그녀를 보자 막연한 감정이 솟아올랐다. 그는 휘파람을 멈추고 그녀를 바라보았다. 이상하게도 말이 나오지 않았다.

"오빠는 못 와."

앤이 대담하게 다가오며 말했다.

"아직은."

"뭐—시드 말이야?"

"응. 아빠가 상자들을 전부 다시 먼지 털라고 하셨어."

"왜?"

"몰라. 아빠가 오늘 아침에 기분이 안 좋으셔서."

"아!"

잠시 침묵이 흘렀다. 킵스는 그녀를 보다가 다시는 그녀를 쳐다볼 수 없었다. 그녀는 흥미롭게 그를 바라보았다. "학교, 졸업했어?" 그녀가 잠시 후 말했다.

"응."

"시드 오빠도."

대화가 시들해졌다. 앤은 문 꼭대기에 손을 얹고 제자리에서 뛰기 시작했다. 일종의 비효율적인 체조 실험이었다.

"달리기 잘해?" 그녀가 이윽고 말했다.

"언제든 너랑 달릴 수 있어." 킵스가 말했다.

"먼저 가게 해줄래?"

"어디까지?" 킵스가 말했다.

앤은 잠시 생각하더니 나무 한 그루를 가리켰다. 그녀는 그쪽으로 걸어가서 돌아섰다. "여기까지 먼저 가게 해줄래?" 그녀가 외쳤다.

킵스는 이제 일어서서 문을 만지며, 의식적인 우월감을 표현하기 위해 미소를 지었다. "더 멀리!" 그가 말했다.

"여기?"

"조금 더!" 킵스가 말하고는, 자신의 관대함을 후회하며 갑자기 "출발!"이라고 외쳐 잃어버린 양보를 되찾았다.

그들은 얼굴이 상기되고 숨이 찬 채로 나란히 나무에 도착했다.

"동점이야!" 앤이 손으로 머리카락을 뒤로 넘기며 말했다.

"내가 이겼어." 킵스가 헐떡이며 말했다.

그들은 단호하지만 아주 정중하게 논쟁했다.

"그럼 다시 달리자." 킵스가 말했다. "난 상관없어."

그들은 문 쪽으로 돌아갔다.

"너 달리기를 못하진 않네." 킵스가 진심 어린 감탄을 절제하며 표현했다. "나 꽤 잘하거든."

앤은 머리를 능숙하게 흔들어 머리카락을 뒤로 넘겼다. "네가 먼저 가게 해줬잖아." 그녀는 인정했다.

그들은 시드가 다가오는 것을 알아차렸다.

"조심하는 게 좋을 거야, 앤." 시드가 남매에게 흔히 볼 수 있는 무례하고 동정심 없는 태도로 말했다. "너 거의 반 시간이나 밖에 있었어. 위층은 아무것도 안 했잖아. 아빠가 네가 어디 있는지 모르겠다고 하셨는데, 알게 되면 네 귀를 뜨겁게 해줄 거라고 하셨어."

앤은 갈 준비를 했다.

"그 경주는 어떻게 됐어?" 킵스가 물었다.

"세상에!" 시드가 완전히 충격을 받으며 외쳤다. "너 재랑 경주한 거야!"

앤은 킵스를 쳐다보며 문 끝을 빙 돌더니, 갑자기 들어서서 골목 아래로 달려갔다. 킵스의 눈은 그녀를 쫓아가려다 시드에게 돌아왔다.

"내가 많이 먼저 가게 해줬어." 킵스가 변명하듯 말했다. "제대로 된 경주가 아니었어."

그렇게 화제는 거기서 일단락되었다. 그러나 킵스는 아마도 잠깐 동안 넋을 놓았고, 그의 마음속에는 벌써 장난기가 움트기 시작했다.

4

그들은 두 명의 노련한 휴런족이 아침을 가장 만족스럽게 보낼 수 있는 방법에 대한 문제로 넘어갔다. 분명히 그들의 길은 골목을 따라 바다로 곧장 나 있었다.

"새로운 난파선이 있어." 시드가 말했다. "그리고 말이야!—냄새가 장난 아니야!"

"냄새?"

"정말 토할 것 같아. 썩은 밀이야."

그들은 난파선에 대해 이야기하기 시작했고, 그래서 철갑함과 전쟁, 그리고 그런 남자다운 문제들로 이야기가 이어졌다.

난파선으로 가는 길 중간쯤에서 킵스는 무심코 관련 없는 말을 했다. "네 여동생, 나쁜 애는 아니야." 그가 아무렇지 않은 척 말했다.

"내가 많이 때려." 시드가 겸손한 척하며 말했고, 잠시 후 대화는 더 적절한 주제로 돌아갔다.

새로운 난파선은 썩어가는 곡물로 가득 차 있었고, 시드가 말했듯이 정말 지독한 냄새가 났다. 이것은 훌륭했다. 그들은 그것을 독차지했다. 그들은 시드의 제안에 따라 힘으로 그것을 점령했고, 곧 상상 속의 엄청난 수의 '원주민'들로부터 그것을 방어해야 했다. 원주민들은 마침내 '탕, 탕'하는 큰 소리와 막대기를 힘차게 찌르고 밀치는 것으로 쫓겨났다. 그러고 나서, 역시 시드의 지시에 따라, 그들은 그것을 타고 프랑스, 독일, 러시아 연합 함대 한가운데로 항해하여, 도움 없이 그 연합을 격파했다. 그리고 해변으로 내려가, 배 옆을 기어올라 멋지게 자신들의 배를 빼앗아 온 후, 그들은 장엄한 난파(소리로 표현된 천둥과 함께)를 겪고, 지친 바다 위에서 '침수된 채로'—시드가 그렇게 주장했다—떠다녔다.

이런 일들은 잠시 앤을 잊게 했다. 그러나 마침내, 그들이 음식도 물도 없이 정체된 바다 위를 표류하며, 초췌한 눈으로, 턱을 손에 괴고, 돛단배를 헛되이 찾고 있을 때, 그녀가 갑자기 다시 생각났다.

"여동생이 있는 건 꽤 좋은 것 같아." 한 죽어가는 선원이 말했다.

시드는 돌아서서 그를 생각에 잠긴 듯 바라보았다. '아니야!" 그가 말했다.

"아니라고?"

"전혀 아니야." 그는 자신감 있게 씨익 웃었다. "너무 많이 알아." 그가 말했고, 나중에는 "일을 망쳐."라고 덧붙였다.

그는 희망 없는 수평선을 다시 우울하게 바라보았다. 이윽고 그는 이빨 사이로 급하게 침을 뱉기 시작했는데, 그것이 담배를 씹는 성숙한 남자들의 방식이라고 읽었기 때문이다.

"여동생들은," 그가 말했다. "엉망이야. 그게 여동생들이야. 여자애들이라면 몰라도, 여동생들은—아니야!"

"하지만 여동생들도 여자애들 아니야?"

"아니야!" 시드가 형언할 수 없는 경멸을 담아 말했다.

그리고 킵스는 대답했다.

"물론이지. 내 말은, 그런 뜻이 아니었어."

"너 여자 친구 있어?"

시드가 다시 교묘하게 침을 뱉으며 물었다. 킵스는 자신의 부족함을 인정했다. 그는 양심의 가책을 느꼈다.

"넌 내 여자 친구가 누군지 모를걸, 아트 킵스. 내가 장담하지."

"누군데?"

킵스는 여전히 자신의 빈곤함에 사로잡혀 물었다.

"아!"

킵스는 의무를 다하기 전에 잠시 시간을 두었다.

"말해줘!"

시드는 그를 쳐다보며 망설였다. "비밀 지킬거야?"

"비밀."

"죽어도 지킬 거야?"

"죽어도 지킬게!" 킵스의 자기 집중은 호기심으로 바뀌었다.

시드는 끔찍한 맹세를 시켰다. 그 예방 조치 후에도 그는 자신의 사실에 애착을 보였다. "M으로 시작해." 그가 인색하게 정보를 나눠주며 말했다. "M A U D," 그는 킵스를 엄하게 쳐다보며 철자를 읊었다. "C H A R T E R I S."

모드 차터리스는 열여덟 살의 젊은 여성이었고 성 바본 교구 목사의 딸이었으며, 게다가 자전거도 가지고 있었기 때문에, 그녀의 이름이 밝혀지자 킵스의 얼굴은 존경심으로 길어졌다. "말도 안 돼!" 그는 믿을 수 없다는 듯이 숨을 헐떡였다. "그녀는 네 여자 친구가 아니야, 시드 포닉."

"사실이야!" 시드가 단호하게 대답했다.

"뭐, 진짜?"

"진짜."

킵스는 그의 얼굴을 유심히 살폈다. "정말로?"

시드는 나무를 만지고, 휘파람을 불고, 큰 엄숙함으로 구속력 있는 시를 읊었다.

킵스는 여전히 자신을 둘러싼 세상에 대한 놀라운 새로운 빛과 씨름하고 있었다. "내 말은—그녀가 알아?"

시드는 얼굴이 붉어졌고, 그의 표정은 엄하고 우울해졌다. 그는 햇살 가득한 바다를 다시 애처롭게 바라보았다. "나는 그 여자를 위해 죽을 수도 있어, 아트 킵스." 그가 이윽고 말했고, 킵스는 시기적절하지 않다고 생각되는 질문을 더 이상 하지 않았다. "나는 그녀가 시키는 건 뭐든지 할 거야." 시드가 말했다. "정말로 뭐든지. 만약 그녀가 나에게 바다에 몸을 던지라고 한다면." 그는 킵스의 눈을 똑바로 마주봤다. "나는 할 거야." 그가 말했다.

그들은 잠시 생각에 잠겼고, 그러다 시드는 사랑에 대해 단편적으로 이야기하기 시작했다. 킵스는 이미 몰래 사랑에 대해 조금 생각해 본 적이 있었지만, 농담을 제외하고는 아직 대낮에 사랑에 대해 이야기하는 것을 들어본 적이 없었다. 물론 우드로의 그늘 아래에서 오가는 은밀한 지식 교환 속에서 삶의 여러 다양한 측면이 드러났지만, 감상적인 사랑은 그중에 없었다. 상상력이 풍부한 소년이었던 시드는 일단 이 주제를 꺼내자, 킵스에게 자신의 마음, 혹은 적어도 마음의 새로운 한 부분을 열었고, 킵스가 보답하지 않는 것에 대해 탓하지 않았다. 그는 자신의 감상적인 각성에 한몫했던 닳아빠진 소설책을 꺼내 킵스에게 건네며, 그 안에 자신과 놀랍도록 닮은 준남작이라는 인물이 있다고 고백했다. 이 준남작은 '얼음 같은 냉소'의 태도 아래 화산 같은 열정을 숨긴 인물이었다. 그가 허용한 최대한의 표현은 이를 가는 것이었고, 이제 그의 주의가 환기되자, 킵스는 시드 역시 이를 가는 버릇이 있다는 것을 알아차렸다―그리고 사실 아침 내내 그랬다. 그들은 잠시 책을 읽었고, 이윽고 시드는 다시 이야기했다. 시드가 분명히 했던 사랑의 개념은 헌신과 많은 싸움, 그리고 약간의 신비로움으로 이루어져 있었지만, 그 모든 대화의 공기 속에서 킵스의 시야에는 붉어진 얼굴과 머리카락이 흩날리는 얼굴이 떠다녔다.

그렇게 그들은 사람들이 살고 죽었던 검게 변한 낡은 난파선에 앉아, 바다를 내다보며, 그들이 곧 타야 할 또 다른 바다에 대해 이야기하며 싹을 틔웠다.

그들은 말을 멈추고 시드는 책을 읽었다. 그러나 킵스는 독서에 뒤처지면서도, 교육 수준이 낮은 초등학교 출신인 시드보다 느리게 읽는다는 것을 인정하고 싶지 않아, 명상에 잠겼다.

"나도 여자 친구가 있었으면 좋겠어."

킵스가 말했다.

"그냥 이야기할 수 있는 그런 관계 말이야."

떠다니는 물체가 마침내 이 모호한 주제에서 그들의 주의를 돌렸다. 그들은 난파선을 버리고 새로운 관심사를 따라 해변을 1마일이나 걸으며, 그것이 육지에 닿을 때까지 돌을 던졌다. 그들은 그것에 낭만적인 미스터리를 담겨 있을 것이라고 생각했지만, 그건 단지 상태가 좋지 않은 새끼 고양이였다—데리고 놀기에는, 그들이 보기에도 상태가 너무 좋지 않았다. 그리고 마침내 그들은 배고프고 생각에 잠긴 채 나란히 집으로 돌아갔다.

5

그러나 킵스의 상상력은 그 사랑 이야기로 인해 따뜻해졌고, 오후에 하이 스트리트에서 앤 포닉을 보고 "안녕!"이라고 인사했을 때, 이전의 인사와는 달랐다. 그리고 그들이 지나간 뒤, 두 사람은 동시에 뒤를 돌아보았고, 서로가 그렇게 하고 있음을 알아챘다.

그렇다, 그는 정말로 여자 친구가 필요했다.

그 뒤로 그는 마을을 지나가는 견인 엔진에 한동안 넋을 빼앗겼고, 숙모는 저녁으로 청어 튀김을 준비했다. 그러나 침대에 몸을 눕히자 감상적인 감정이 갑자기, 그리고 넘칠 만큼 풍부하게 밀려와 그는 베개 밑으로 얼굴을 파묻고 아주 부드럽게 속삭였다. "나는 앤 포닉을 사랑해." 마치 덧붙이는 기도라도 되는 양.

꿈속에서 그는 앤과 경주를 했고, 함께 난파선에서 살았다. 항상 그녀의 얼굴은 붉었고 머리카락은 얼굴 주위에 흩날렸다. 그들은 그저, 난파선에서 살고 경주를 하며, 서로를 아주, 아주 좋아했다. 그리고 그들이 가장 좋아하는 음식은 바위 초콜릿, 노점에서 파는 대추야자, 그리고 청어 튀김—튀긴 청어였다.

아침에 그는 옆집 부엌에서 앤이 노래하는 소리를 들을 수 있었다. 그는 한동안 그녀의 노래를 들었고, 그녀에게 자신의 마음을 전해야 한다는 것은 이제 분명해졌다.

그날 저녁 해 질 녘, 그들은 교회 옆 문에서 우연히 마주쳤다. 그의 마음속에는 할 말이 많았지만, 그와 앤이 풍뎅이를 잡느라 숨이 차서 다시 그들의 문에 앉을 때까지는 단호한 수줍음으로 거기에 머물렀다. 앤은 타오르는 진홍색과 어두워지는 보라색의 거대한 덩어리를 배경으로 어둡게 문 위에 앉았고, 그녀의 눈은 그늘진 얼굴에서 킵스를 바라보았다. 그들 사이에 정적이 흘렀고, 아주 갑자기 그는 자신의 사랑을 고백하고 싶어졌다.

"앤."

그가 말했다.

"너를 정말 좋아해. 네가 내 여자 친구였으면 좋겠어. 저기, 앤, 내 여자 친구가 되어 줄래?"

앤은 놀란 척하지 않았다. 그녀는 킵스를 쳐다보며 잠시 그 제안을 저울질했다. "네가 좋다면, 아티." 그녀가 가볍게 말했다. "나는 상관없어."

"좋아." 킵스는 흥분으로 숨이 막히며 말했다.

"그럼 넌 내 여자 친구야."

"좋아." 앤이 말했다.

무언가 그들 사이에 가로놓인 듯했고, 그들은 더는 서로의 눈을 마주치지 않았다. "어머나!" 앤이 갑자기 외쳤다. "저것 봐!" 그리고 뛰어내려 그녀의 얼굴에서 1야드도 안 되는 곳에서 윙윙거리는 풍뎅이를 쫓아갔다. 그리고 그것으로 그들은 다시 소녀와 소년이 되었다.

그들은 그들의 새로운 관계를 고통스럽게 피했다.

그들은 두 번 만났지만, 며칠 동안 그 문제로 돌아가지 않았다. 둘 다 이 위대한 경험이 완성되기 전에 무언가 남아 있다는 것을 느꼈지만, 다음 단계에 대해서는 무한한 망설임이 있었다. 킵스는 온갖 문제에 대해 단편적으로 이야기했고, 특히 그를 어른이자 상점 직원으로 만들기 위해 행해지고 있는 위대한 일들, 즉 그가 새 바지 두 벌과 검은 코트, 그리고 새 셔츠 네 벌을 가졌다는 것을 이야기했다. 그리고 그동안 그의 상상력은 그를 그 미지의 다음 단계로 몰아가고 있었고, 그가 혼자 어둠 속에 있을 때 그는 심지어 진취적인 구혼자가 되었다. 그에게는 앤의 손을 잡는 것이 좋을 것이라는 것이 분명해졌다. 시드가 좋아하는 점잖은 소설책들조차 그를 더 가까운 친밀함으로 부추겼다.

그러다 그에게 좋은 생각이 떠올랐다. 찢어진 『티트비츠』 조각에서 읽은 '연인들의 징표'라는 단락에서였다. 그것은 그의 용기에 딱 맞았다—쪼개진 6펜스 동전! 그는 숙모의 가장 좋은 가위를 확보하고, 그의 빈약한 깡통 저금통에서 6펜스 동전을 꺼내, 그것을 반으로 쪼개려는 여러 시도 끝에 손가락을 찔렀다. 그들이 다시 만났을 때, 6펜스 동전은 여전히 쪼개지지 않은 상태였다. 그는 그 단계에서 그녀에게 그 문제를 언급할 의도가 없었지만, 그것은 자연스럽게 나왔다. 그는 쪼개진 6펜스 동전의 이론과 그것을 쪼개는 데 예상치 못하게 실패한 것을 설명하려고 애썼다.

"하지만 왜 쪼개는 거야?"

앤이 말했다.

"쪼개지면 쓸모없잖아."

"이건 징표야." 킵스가 말했다.

"어떤…?"

"아, 네가 반을 갖고 내가 반을 갖는 거야. 우리가 헤어져 있을 때, 넌 네 반쪽을 보고 난 내 반쪽을 보는 거지. 알겠어? 그럼 서로를 생각하는 거야."

"아!" 앤이 말하고는 이 정보를 받아들이는 듯했다.

"단지 내가 어떻게 해도 반으로 쪼갤 수가 없어." 킵스가 말했다.

그들은 이 어려움에 대해 한동안 별다른 해결책 없이 논의했다. 그러다 앤에게 좋은 생각이 떠올랐다. "이거 어때." 그녀가 갑자기 그에게서 멀어지며 그의 팔에 손을 얹고 말했다. "나한테 줘 봐, 아티. 아빠가 줄을 어디에 두시는지 알아."

킵스는 그녀에게 6펜스 동전을 건넸고, 그들은 잠시 침묵에 잠겼다.

"내가 쉽게 해줄게." 앤이 말했다.

6펜스 동전을 나란히 살펴보는 동안, 그의 머리는 그녀의 뺨에 가까워졌다. 아주 갑자기 그는 사랑의 미지의 신비 속으로 다음 발걸음을 내딛고 싶어졌다.

"앤," 그가 말하고는 그의 대담함에 숨을 삼켰다.

"나 너 정말 사랑해. 진심이야. 널 위해서라면 뭐든지 할게, 앤. 정말이야—그럴 거야."

그는 숨을 고르기 위해 잠시 멈췄다. 그녀는 아무 대답도 하지 않았지만, 의심할 여지 없이 지금을 즐기고 있었다. 그는 그녀에게 더 가까이 다가갔다—그의 어깨가 그녀의 어깨에 닿았다. "앤, 네가——"

그는 멈췄다.

"뭐?" 앤이 말했다.

"앤—키스하게 해줘."

잠시 모든 것이 멈춘 듯했다. 그의 말투, 그의 용기의 하락은 그가 말하는 순간 그 일을 믿을 수 없게 만들었다. 킵스는 조건을 강요하는 대담한 구혼자 부류가 아니었다.

앤은 결국 키스할 준비가 되어 있지 않다는 것을 깨달았다. 키스는 어리석은 짓이라고 그녀는 말했고, 킵스가 뒤늦은 진취성을 보이려 하자, 그녀는 그에게서 멀어졌다. 그는 논쟁을 시도했다. 그는 멀리, 말하자면 1야드 정도 떨어져 서서, 그녀가 그에게 키스하게 해줄 수도 있다고 말했고, 그러고 나서 그가 그녀에게 키스할 수 없다면 그녀가 그의 여자 친구인 것이 무슨 소용인지 모르겠다고 말했다.

그녀는 키스가 어리석은 짓이라고 되풀이했다. 어떤 소원함이 그들을 집으로 이끌었다. 그들은 어스름한 하이 스트리트에 도착했는데, 정확히 함께도 아니고, 떨어져 있지도 않고, 다퉜다. 그들은 키스하지 않았지만, 키스의 모든 죄책감이 그들 사이에 있었다. 킵스가 가게 문간에 희미하게 서 있는 숙부의 뚱뚱한 윤곽을 보았을 때, 그의 발걸음은 흔들렸고, 우리 어린 커플 사이의 거리는 늘어났다. 위에는 포닉의 가게 위 창문이 열려 있었고, 포닉 부인이 바람을 쐬고 있는 것이 보였다. 킵스는 극도로 슨진한 표정을 지었다. 그는 숙부의 조끼 단추의 전초 기지와 마주하게 되었다.

"어디 갔다 왔니, 얘야?"

"산책 다녀왔어요, 숙부님."

"포닉네 그 꼬맹이랑 같이 간 건 아니지?"

"누구요?"

"저 계집애"—그의 파이프로 앤을 가리키며.

"아, 아니에요, 숙부님!"—아주 희미하게.

"들어가거라, 애야."

숙부는 위를 힐끗 쳐다보며 옆으로 비켜섰고, 그의 조카는 서투르게 그를 스쳐 지나가 거리의 시야에서 사라져, 작은 가게의 막연한 어둠 속으로 들어갔다. 숙부 뒤로 문이 신경질적인 종소리와 함께 닫혔고, 그는 밤에 가게를 비추는 단 하나의 기름등을 켜기 시작했다. 그것은 조심과 주의가 필요한 작업이었고, 그렇지 않으면 불꽃이 솟구치고 '냄새'가 났다. 종종 결국에는 냄새가 났다. 킵스는 어떤 이유에서인지 숙모가 있는 어스름한 거실이 그의 감정을 감당하기에는 너무 붐빈다고 느껴져 위층으로 올라갔다.

"포닉네 그 꼬맹이!" 끔찍한 재앙이 일어난 것 같았다. 그는 "아, 아니에요!"라고 말함으로써 자신을 숙부와 뗄 수 없게 동일시하고, 그녀와 영원히 단절시켰다고 느꼈다. 저녁 식사 때 그는 너무 눈에 띄게 우울해서 숙모가 몸이 안 좋으냐고 물었다. 약을 먹을 위험이 임박하자 그는 부자연스러운 쾌활함을 보였다.

그날 밤 그는 거의 30분 동안 잠 못 이루고 신음했다. 모든 것이 잘못되었기 때문이다―앤이 그에게 키스하게 해주지 않았기 때문이고, 숙부가 그녀를 꼬맹이라고 불렀기 때문이다. 킵스에게는 마치 자신이 그녀를 꼬맹이라고 부른 것 같았다.

앤을 전혀 만날 수 없는 기간이 찾아왔다. 하루, 이틀, 사흘이 지나도 그는 그녀를 보지 못했다. 시드는 여러 번 만났다. 그들은 낚시를 갔고, 두 번 목욕을 했다. 하지만 시드가 두 편의 연애 소설을 더 빌려주고 돌려받았지만, 그들은 더 이상 사랑에 대해 이야기하지 않았다. 그러나 그들은 가장 노골적으로 감상적인 이야기가 '적절하다'는 데 동의하며 조화를 이루었다. 킵스는 항상 앤에 대해 이야기하고 싶었지만, 감히 그렇게 하지 못했다. 그는 일요일 저녁에 그녀가 예배당에 가는 것을 보았다. 그녀는 일요일 옷을 입고 그 어느 때보다 아름다웠지만, 어머니와 함께 있었기 때문에 그를 보지 못한 척했다. 하지만 그는 그녀가 그를 영원히 포기했기 때문에 그를 보지 못한 척했다고 생각했다. 꼬맹이!—누가 그것을 용서할 수 있겠는가? 그는 절망에 빠졌고, 그녀를 찾을 수 있는 장소를 배회하는 것조차 그만두었다.

6

마비될 듯, 예기치 않게 끝이 찾아왔다.

그가 도제로 들어갈 포크스톤의 상점 직원 샬포드 씨가 가을 세일 전에 '그 아이를 좀 다듬고 싶다'는 뜻을 전해 왔다. 킵스는 자신의 상자가 꾸려지고 있는 것을 알아차리고, 떠나기 전날 저녁에야 모든 진실을 알게 되었다. 그는 앤을 단 한 번만이라도 더 보고 싶어 안달이 났다. 그는 마당으로 나가기 위해 어리석고 불필요한 핑계를 댔고, 포닉네 집 창문을 올려다보기 위해 아무런 핑계도 없이 거리를 세 번이나 건넜다. 여전히 그녀는 숨어 있었다. 그는 절망에 빠졌다. 그가 떠나기 30분 전, 그는 시드를 만났다.

"안녕!"

그가 말했다.

"나 간다!"

"일 때문에?"

"응."

잠시 침묵이 흘렀다.

"저기, 시드. 너 집에 가?"

"지금 바로."

"부탁 좀 할게. 앤한테 그것 좀 물어봐 줘."

"뭐에 대해서?"

"걔가 알 거야."

그리고 시드는 그러겠다고 말했다. 그러나 그것조차도 앤을 불러내지 못하는 것 같았다.

마침내 포크스톤행 버스가 덜컹거리며 도착했고, 그는 올라탔다. 숙모는 그를 배웅하기 위해 문간에 서 있었다. 숙부는 상자와 여행 가방을 옮기는 것을 도왔다. 그는 몰래 포닉네 집 창문을 힐끗 쳐다볼 수밖에 없었고, 여전히 앤은 그에게 마음을 굳힌 듯했다. "출발!" 운전사가 말했고, 말발굽 소리가 딸깍거리기 시작했다. 아니—그녀는 그를 배웅하러 나오지도 않았다. 버스는 움직이고 있었고, 숙부는 가게 안으로 돌아가고 있었다. 킵스는 신경 쓰지 않는 척하며 앞을 응시했다.

그는 문이 쾅 닫히는 소리를 듣고, 즉시 목을 빼어 뒤를 돌아보았다. 그는 그 '쾅' 소리를 너무나 잘 알고 있었다. 보라! 잡화점 문에서 분홍색 평상복을 입은 작고 단정치 못한 인물이 결연히 길로 뛰쳐나와 추격하고 있었다. 십여 초 만에 그녀는 버스와 나란히 섰다. 그녀를 보자 킵스의 심장이 매우 빠르게 뛰기 시작했지만, 그는 즉시 알아보는 기색을 보이지 않았다.

"아티!" 그녀가 숨 가쁘게 외쳤다.

"아티! 아티! 그거 있잖아! 내가 그거 했어!"

버스는 이미 속도를 높여 그녀를 다시 뒤로 남겨두고 있었는데, 킵스는 '그거'가 무엇을 의미하는지 깨달았다. 그는 활기를 띠었고, 숨을 헐떡이며 용기를 내어, 운전사에게 "잠깐만 멈춰주세요"라고 더듬거리며 말했다. 운전사는 '어린 놈이 왜 이리 허둥대나'하며 혼잣말했다. 그러자 버스는 멈췄고, 앤은 아래에 있었다.

그녀는 바퀴 위로 뛰어올랐다. 킵스는 앤의 얼굴을 내려다보았고, 그것은 짧아 보이고 단호했다. 그들의 손이 닿았을 때 그는 그녀의 눈을 단 1초 동안 마주쳤다. 그는 눈을 읽는 사람이 아니었다. 무언가 손에서 손으로 빠르게 전달되었고, 운전사는 눈초리로 경계했지만 볼 수 없었다. 킵스는 할 말이 없었고, 그녀가 한 말은 "오늘 아침에 했어"가 전부였다. 그것은 무언가 중요한 것이 쓰여 있어야 할 빈 공간 같았지만 그렇지 않았다. 그러고 나서 그녀는 뛰어내렸고, 버스는 앞으로 움직였다.

약 10초가 지난 후, 그는 일어서서 버스 꼭대기 모퉁이 너머로 그녀에게 새 중절모를 흔들고, "잘 가, 앤! 내가 없는 동안 나 잊지 마!"라고 목쉰 소리로 외쳐야겠다는 생각이 들었다. 그녀는 길에 서서 그를 배웅했고, 이윽고 손을 흔들었다.

그는 불안정하게 서서, 밝고 상기된 얼굴로 그녀를 뒤돌아보았고, 머리카락은 바람에 흩날렸다. 그는 길모퉁이가 그녀를 시야에서 가릴 때까지 모자를 흔들었다. 그러고 나서 그는 돌아서서 앉았고, 이윽고 손에 꽉 쥔 반쪽 6 펜스 동전을 바지 주머니에 넣기 시작했다. 그는 운전사가 보았는지 판단하기 위해 힐끗 옆으로 쳐다보았다.

그리고 나서 그는 생각에 잠겼다. 그는 무슨 일이 있어도 크리스마스에 뉴 롬니로 돌아오면, 어떻게든 앤에게 키스하겠다고 결심했다. 그러면 모든 것이 완벽하고 올바르게 흘러갈 것이고, 그는 완전히 행복해질 것이다.

2. 샬포드 잡화점

1

킵스가 상점 직원이 되기 위해 작은 노란색 깡통 상자, 그보다 더 작은 여행 가방, 새 우산, 그리고 기념품인 반쪽 6펜스 동전을 가지고 뉴 롬니를 떠났을 때, 그는 열네 살의 소년이었다. 그는 마르고, 머리 꼭대기에 기발한 오리꼬리 모양의 머리카락이 있었고, 작은 이목구비와 때로는 매우 밝지만 때로는 매우 어두운 눈을 가지고 있었는데, 이것들은 그의 타고난 재능이었다. 그리고 그가 받은 훈련의 특성상, 말은 불분명하고, 마음이 혼란스러우며, 태도가 움츠러들어 있었다. 가혹한 운명은 그에게 상업 분야에서 조국에 봉사하도록 정했고, 그의 일반 교육을 우드로 씨에게 맡겼던 것과 같은, 사기업과 나쁜 것을 내버려 두는 국가적 성향이 이제 그를 포크스톤 포목 잡화점의 샬포드 씨의 손에 단단히 묶어 놓았다. 도제 제도는 여전히 사회 봉사의 유통 분야로 가는 공인된 영국식 방법이다. 만약 킵스가 불행하게도 독일인으로 태어났다면, 그는 그의 목적에 맞게 정교하고 값비싼 특수 학교에서 교육을 받았을지도 모른다. 숙모의 표현을 빌리자면, "과잉 교육, 주입식 교육"이었다. 그것이 그들의 교육 방식이기 때문이다. 그는 그랬을지도 모른다. 하지만 소설에서 비애국적인 생각을 할 필요가 있을까? 샬포드 씨에게는 교육적인 면이 전혀 없었다.

그는 성미 급하고 활기찬 작은 남자로, 털이 많은 손을 대부분 코트 자락 아래에 넣고 있었고, 길고 반짝이는 대머리, 약간 비뚤어진 뾰족한 매부리코, 그리고 깔끔하게 다듬은 수염을 가지고 있었다. 그는 가볍고 자신감 있는 걸음걸이로 걸었고, 흥얼거리는 버릇이 있었다. 그는 뛰어난 사업 추진력에 더해, 구제도 하에서의 파산과 현명한 결혼을 경험했다. 그의 가게는 이제 포크스톤에서 가장 큰 가게 중 하나였고, 그는 가게 위 집들을 초록색과 노란색 줄무늬로 번갈아 칠하여 모든 전면을 강조했다. 그의 가게들은 거리에서 3, 5, 7번이었고, 그의 청구서에는 3번에서 7번까지였다. 그는 당황하고 경외심에 사로잡힌 킵스를 자신의 시스템과 자신에 대한 칭찬으로 맞이했다. 그는 책상 뒤에 몸을 펼치고 코트 옷깃을 잡고 킵스에게 일종의 연설을 했다.

"우리는 네가 일하기를 기대하고, 우리 이익을 위하 공부하기를 기대한다."

샬포드 씨는 마치 왕족이라도 된 양, 사업가 특유의 복수형 자신을 지칭하며 설명했다.

"여기 우리 시스템은 네가 가질 수 있는 최고의 시스템이다. 내가 만들었고, 내가 알아야 한다. 나는 열네 살 때 사다리의 맨 아래에서 시작했고, 그 안에 내가 모르는 단계는 하나도 없다. 단 한 단계도. 책상의 부치 씨가 너에게 규칙과 벌금 카드를 줄 것이다. 잠시만 기다려라."

그는 킵스가 경외심에 마비된 채 새로운 주인의 타원형 대머리를 바라보는 동안, 문진 아래의 먼지 쌓인 메모를 바쁘게 처리하는 척했다. "2,347 파운드." 샬포드 씨가 킵스를 잊은 척하며 들릴 듯 말 듯 속삭였다. 분명히 큰 거래가 이루어지는 곳이었다!

샬포드 씨는 일어나서 킵스에게 압지 패드와 잉크병을 들게 했다—단순한 복종의 상징이었을 뿐, 그는 그것들을 사용하지 않았다—그리고 그의 문 손잡이가 돌아갔고, 열 렬히 바빴던 세 명의 점원이 있는 회계실로 이동했다.

"부치, 규칙 사본 있나?" 샬포드 씨가 말했다.

그러자 한 손에는 자를, 입에는 깃펜을 문, 초라한 작은 노인이 조용히 초록색과 노란색 표지의 작은 책을 내밀었 는데, 킵스가 곧 발견했듯이, 그것은 주로 탐욕스러운 벌 금 시스템에 관한 것이었다. 그는 자신의 손이 가득 차 있 고, 모두가 그를 쳐다보고 있다는 것을 날카롭게 깨달았 다. 그는 잉크병을 내려놓고 손에 자유를 주기 전에 잠시 망설였다.

"그렇게 버벅거리면 안 돼." 킵스가 규칙 사본을 주머 니에 넣자 샬포드 씨가 말했다. "여기서는 안 돼. 어서, 어 서." 그리고 그는 마치 숙녀가 드레스를 들어 올리듯 코트 자락을 높이 치켜들고 가게 안으로 앞장섰다.

킵스에게는 끝없이 빛나는 카운터와 흠잡을 데 없이 차려입은 수많은 젊은 남자들, 그리고 이윽고 그를 쳐다보는 후리 같은 젊은 여자들이 있는, 한없이 광대한 장소처럼 보이는 곳이었다. 여기에는 머리 위 막대에 매달린 장갑들이 길게 늘어서 있었고, 저기에는 리본과 아기 옷이 있었다. 검은 벙어리장갑을 낀 키 작은 젊은 여성이 고객의 계산서를 작성하고 있었는데, 샬포드의 날카로운 눈초리에 덧셈을 헷갈리는 것이 분명했다.

대머리에 둥글고 매우 현명한 얼굴을 한 땅딸막한 젊은 남자는 카운터 아래의 모든 빈 의자를 완전히 같은 간격으로 맞추는 데 깊이 몰두해 있었는데, 그의 고용주로부터 전혀 불필요한, 나폴레옹 같은 몇 마디 말을 듣고는 그 몰두에서 깨어나 정중하게 대답했다. 킵스는 이 젊은 남자의 이름이 버긴스 씨이며, 버긴스 씨가 시키는 것은 무엇이든 해야 한다고 들었다.

그들은 모퉁이를 돌아 새로운 냄새 속으로 들어갔는데, 그 냄새는 킵스의 몇 년동안 그의 냄새가 될 운명이었다. 맨체스터 제품이 가진 명확하게 규정할 수는 없지만, 독특한 냄새였다. 코가 큰 뚱뚱한 남자가 그들의 등장에 실제로 뛰어올랐고, 갑자기 작동하기 시작한 자동 인형처럼 그의 앞에 있는 다마스크 무늬를 접기 시작했다.

"카샷, 내일 이 아이 좀 봐줘."

주인이 말했다.

"더듬거리지 않게 해. 똑똑하게 만들어."

"네, 사장님." 카샷이 뚱뚱하게 말하고, 킵스를 힐끗 쳐다본 후, 극도의 열의로 무늬 접기를 계속했다.

"카샷 씨가 시키는 건 뭐든지 해야 해." 샬포드 씨가 계속 걸어가며 말했다. 그러자 카샷은 안도의 한숨을 내쉬는 듯한 표정으로 얼굴을 부풀렸다.

그들은 킵스가 본 것 중 가장 이상한 것들로 가득 찬 큰 방을 가로질렀다. 당연히 기대할 수 있는 세련된 머리 대신 검은 나무 손잡이가 얹힌 숙녀 같은 인물들이 의식적인 패션의 생생한 분위기로 서 있었다.

"의상실."

샬포드가 말했다.

어떤 논쟁에 휘말린 두 목소리—

"확신하건대, 머글 양, 당신이 내가 그렇게 비여성적인 일을 할 것이라고 생각하는 것은 완전히, 완전히 착각입니다."—가 갑자기 잦아들었고, 그들은 다른 젊은 여성들보다 키가 크고 피부가 하얀, 드레스에 검은 트레인이 달린 두 젊은 여성을 발견했다. 그들은 작은 테이블에서 글을 쓰고 있었다. 그들이 시키는 것은 무엇이든, 킵스는 해야 한다고 이해했다. 그는 또한 카샷과 부치가 시키는 것도 무엇이든 해야 한다고 이해했다. 그리고 버긴스와 샬포드 씨도 있었다. 그리고 잊거나 버벅거리지 말아야 했다!

그들은 '창고'라고 불리는 지하실로 내려갔고, 킵스는 심부름꾼 소년들이 싸우는 환상을 보았다. 어떤 공중의 목소리가 "테디!"라고 말했고, 환상은 사라졌다. 그는 다시 보았다. 그들은 여전히 소포를 싸고 있었다. 그리고 그는 깨달았다 — 그들은 앞으로도 영원히 그렇게 살 것이며, 그 일 말고는 아무것도 할 수 없을 거라는 사실을. 그러나 샬포드 씨가 그들의 바쁜 등 뒤에 대고 한 말을 통해,

그는 그들이 언젠가—아마도 예전에—싸운 적이 있었음을 짐작할 수 있었다.

장난감과 이른바 '장식품'들이 널려 있는 가게로 다시 들어서자, 샬포드 씨는 코트 자락 아래에서 손을 꺼내 머리 위의 잔돈 운반기를 가리켰다. 그는 그것이 1년 동안 몇 분을 절약해주는지 보여주겠다며 정교한 계산에 들어갔지만, 곧 숫자 속에서 길을 잃었다.

"칠 곱하기 칠은… 사십구였던가? 아니면 팔 곱하기 칠이었나? 자, 자! 내가 네 나이였을 땐 이런 계산쯤은 듣자마자 끝냈지. 곧 너도 바뀔 거야. 효율적인 인간으로."

그는 코끝을 들며 덧붙였다.

"내 말을 믿어, 파운드와 파운드를 아낄 수 있다니까—파운드와 파운드. 시스템! 모든 건 시스템이지. 효율성."

이후로 그는 잠시 동안 '시스템'과 '효율성'을 번갈아 중얼거렸다. 그들은 마당으로 나왔다. 샬포드 씨는 초록과 노랑 줄무늬의 배달 밴 세 대를 손으로 가리켰다.

"유니폼, 초록색, 노란색—시스템이야."

건물 이곳저곳에는 우스꽝스러운 카드들이 붙어 있었

다.

"이 문은 오후 7시 30분 이후 잠깁니다 — 에드윈 샬포드 명령에 의함."

샬포드 씨는 그 문구의 의미를 정확히 알지도 못했지만, 늘 '명령에 의함'이라고 붙였다. 그는 마치 흙을 모으는 레두비우스 벌레처럼 전문 용어를 수집하는 사람이었다. 그는 단순히 무식한 게 아니라, 영어를 '못하는' 부류였다. 6펜스 반짜리 롱클로스를 팔고 싶을 때면, 그는 놀란 고객에게 이렇게 말했다.

"하나 하세요, 6.5."

그에게 문법은 낭비였고, 관사나 대명사는 생략 대상이었다. 그것이야말로 '효율적인 사업가의 언어'라고 믿었다. 그의 유일한 전치사는 'as' 혹은 복합형 'as per'였고, 가능한 모든 단어를 줄였다. 만약 그가 'socks'를 'sox'가 아닌 형태로 썼다면, 우드 스트리트의 웃음거리가 되었을 것이다.

하지만 한쪽에서 단어를 아낀 만큼, 다른 쪽에서 낭비했다. 그는 감사의 뜻으로 주문을 받는 법이 없었고, 늘 상대에게 '제출해 달라'며 간청하듯 편지를 썼다. '몇 달간의 신용'을 명시한 적도 없고, 11월에 '1월 조건으로' 물건을 사곤 했다.

그의 '시스템'은 단어뿐 아니라 회계에서도 적용됐다. 도매상에게 지불할 때 1~2펜스의 오차쯤은 '사업을 용이하게 한다'며 대수롭지 않게 넘겼다. 이것이 너무 우스꽝스러웠는지, 장부 담당 직원은 그에게서 영감을 받아 자신만의 '우표 상자 시스템'을 만들었지만, 샬포드 씨는 평생 그 사실을 알지 못했다. 이 훌륭한 영국 상인은 런던 주문서를 쓸 때 특별한 지적 자부심으로 빛나곤 했다.

"자, 언젠가 네가 런던 주문서를 직접 쓸 수 있을까? 어떻게 생각해?" 그가 정직한 듯한 자부심으로 킵스에게 말하곤 했다.

킵스는 마감 시간이 훌쩍 지난 뒤에도, 이 '상업적 효율성의 걸작'을 우체국에 내기 위해 초조하게 기다리고 있었다. 하루가 너무 길었고, 그는 그 지루한 하루가 빨리 끝나길 바랐다. 샬포드 씨가 말을 이어가자 킵스는 고개를 저으며 대답 대신 눈길을 피했다.

"봐라, 예를 들어 내가 쓴 이걸 봐. 여기—'1조각 1인치면 검정 고무줄 1/ 또는.' 내가 여기서 '또는'이라고 쓴 이유가 뭐겠니? 알겠어?"

킵스는 바로 대답하지 못했다. 아니, 전혀 몰랐다.

샬포드 씨가 코웃음을 치며 말했다.

"그리고 이거, '견본에 따라 실크 망사 2개씩'—이 '씩'은 또 뭘 뜻하겠어, 응?"

"모르겠어요, 사장님."

킵스는 조심스럽게 말했다. 샬포드 씨는 가르친다기보다 꾸짖는 사람이었다.

"이런, 이런! 학교에서 상업 교육을 좀 받을 수 없었다니 안됐구나. 그런 문학 같은 쓸데없는 것들 대신에 말이야."

그는 혀를 차며 킵스를 노려봤다.

"얘야, 네가 좀 더 분발하지 않으면, 평생 런던 주문서한 장 제대로 못 쓸 거야. 그건 아주 분명해."

그는 다시 우체국 쪽을 턱으로 가리켰다.

"자, 저 편지들—우표를 다 붙여. 꼼꼼히, 제대로 붙이라고. 그리고 네 숙모, 숙부가 만들어준 기회를 좀 더 잘 써먹어야지. 안 그러면… 글쎄, 너한테 어떤 일이 닥칠지 모를 거야."

피곤하고, 배고프고, 이미 졸음이 몰려오기 시작했던 킵스는 억지로 기운을 내어 우표를 붙이기 시작했다.

"봉투를 핥아. 그래, 핥아야지."

샬포드 씨가 마치 어린애에게 풀을 아껴 쓰라고 타이르듯 말했다.

"작은 것들이 모여 큰 걸 이루는 거야."

그 말은 단순한 잔소리가 아니라, 그의 인생 철학 그 자체였다. 매 순간 서두르고, 매 순간 아끼는 것. 그것이 그의 전부였다.

그의 정치란, 아무 의미 없는 개혁과 땀 흘리는 봉사를 '효율성'이라 부르는 것이었고, 돈을 짜내는 절약을 '경제'라 부르는 것이었다. 그가 생각하는 이상적인 시정(市政)은 단 한 문장으로 요약되었다 — '세금을 낮추는 것'.

심지어 그의 종교마저도 다르지 않았다. 자신의 영혼을 구원하고, 세상에는 그 구두쇠 같은 구원을 설교하는 것. 그것이 그가 믿는 신앙의 전부였다.

2

킵스를 샬포드 씨에게 묶어둔 계약서는 고풍스럽고 복잡했다. 그 문서에 따르면 샬포드 씨는 '부모의 권리'를 누릴 수 있었고, 킵스는 주사위 놀이나 도박 등의 오락을 금지당했으며, 앞으로 7년 동안 그의 몸과 마음을 고용주에게 바쳐야 했다. 그 대가로 샬포드 씨는 "직물업의 기술과 비밀"을 전수하겠다고 약속했지만, 그 조항에는 태만에 대한 처벌이 없었다. 따라서 샬포드 씨는 건전하고 실용적인 사업가로서 그 약속을 단순한 수사적 장식으로 간주했다. 그리하여 그 7년의 기간 동안, 그는 최대한 많은 것을 킵스로부터 얻어내고, 킵스에게는 가능한 한 적게 투자하기 위해 부지런히 애썼다.

그가 킵스에게 투자한 것은 주로 빵과 마가린, 치커리와 찻가루를 우려낸 물, 파운드당 3펜스짜리 계약된 식민지 고기, 자루째 사들인 감자, 그리고 물로 희석한 맥주였다. 그러나 만약 킵스가 성장에 필요한 '추가 영양'을 구입하고자 한다면, 샬포드 씨는 불이 켜져 있을 경우에 한해 그의 부엌 자원을 무료로 사용할 수 있도록 허락하는 관대함을 보였다. 킵스는 다른 여덟 명의 젊은 영국인들과 한 방을 썼다. 그는 혹한을 제외하고는 자신의 외투와 여분의 속옷, 그리고 몇 장의 신문지를 덮고 자는 것으로 충분하다고 여겨졌다.

합리적인 영혼이라면 그것으로도 충분히 따뜻할 수 있었다. 그는 벌금 목록을 외웠고, 소포 묶는 법을 배웠으며, 샬포드 씨의 '체계적인' 가게에서 상품이 어디에 있는지도 익혔다. 또한 카운터 위로 몸을 기울이며 "무엇을 도와드릴까요?", "전혀 문제없습니다." 같은 말을 반복하는 법을 배웠다. 각종 천을 접고, 재고를 재고, 손님을 맞이하며, 길거리에서 샬포드 씨를 만나면 모자를 벗는 법도 배웠다.

그는 그렇게 다수의 사람들에게 순종하는 법을 배웠다. 하지만 정작 그가 파는 물건의 '원가'나 그 물건을 실제로 사는 법은 배우지 못했다. 그의 거래가 속한 세계의 사회적 습관이나 유행에도 관심을 가질 기회가 없었다. 그는 자신이 다루는 상품의 절반이 무엇에 쓰이는지도 몰랐다. 커튼, 크레톤, 친츠, 냅킨, 단정한 집의 흰색 리넨, 드레스 천, 안감, 풀먹인 천— 그 모든 것은 그에게 처음부터 끝까지 그저 무겁고 다루기 어려운 물건 덩어리일 뿐이었다. 그는 그것들을 접고, 펴고, 자르고, 그것들이 줄어들어 사라지며 고객이 사는 저 신비롭고 행복한 세상으로 사라져 가는 것을 바라보았다. 그의 하루는 리넨 식탁보 더미를 쌓는 일로 시작해 지하의 가스등이 켜진 식당에서의 식사로 끝났다. 그리고 그는 밤마다 외투와 속옷, 세 장의 신문지 아래서 끝없는 담요를 빗는 꿈을 꾸었다. 그렇게 해서 그가 얻은 게 있다면, 세상을 견디는 법을 알기 시작했다는 정도다.

이러한 혜택에 대한 대가로, 킵스는 거의 녹초가 되어 발까지 아픈 상태로 잠자리에 들 정도로 일했다. 그의 일과는 아침 6시 30분에 시작되었는데, 그는 씻지도 않고 셔츠도 입지 않은 채 낡은 옷과 스카프를 두르고 내려와 상자 위의 먼지를 털고 하품을 하며, 포장지를 벗기고 창문을 닦다가 8시까지 일했다. 그는 30분 안에 몸단장을 마치고, 빵과 마가린, 그리고 오직 제국의 영국인만이 커피라 부를 만한 물로 된, 아침 식사를 했다. 보통 이것들은 창문 장식가인 카샷을 위해 널빤지와 상자, 상품을 들고 이리저리 뛰어다니는 것으로 시작되었는데, 그는 일을 잘하든 못하든 만성적인 소화 불량 때문에 끊임없이 잔소리를 했고, 창문이 끝날 때까지 계속되었다.

때때로 그는 쇼윈도를 꾸며야 했는데, 그럴 때면 킵스는 의상실에서 매장 끝까지 비틀거리며, 종이로 머리와 팔이 감싸진 '숙녀들'을 하나씩 품에 안고 내려왔다. 나무로 된 다리들이 뻣뻣하게 삐져나온 채였다. 창문 장식이 없는 날에는, 상품 블록과 꾸러미를 더미와 무더기로 옮기고 들어 올리는 엄청난 일이 있었다. 그 뒤로는 끔찍한 연습이 이어졌다.

처음엔 거의 절망적일 만큼 어려웠다. 어떤 상품들은 접힌 채로 와서 롤러에 다시 말아야 했는데, 웬일인지 킵스는 그걸 제대로 말기가 어려웠다. 또 다른 상품들은 도매상에서 말린 채로 와서 측정하고 접어야 했는데, 그 접는 일은 어린 도제들을 절망하게 만들었다. 사실 이런 일은 모두 피할 수도 있는 일이었다. 그러나 세상은 값싼 '신사들의 노동'을 원했고, 미리 내다보는 이들은 너무 비쌌다. 새로 들어온 상품은 가격표를 붙이고 단정히 포장해야 했다. 카샷은 마치 마법사처럼 포장했고, 킵스는 단생각 많은 소년처럼 엉성하게 포장했다. 그리고 언제나 카샷은 잔소리를 했다. 그는 내장 경제에 대한 독특한 호소 공식을 가지고 있었는데, 카샷은 시대의 세련됨과 친구들의 간절한 간청으로 인해 내가 빈약한 의역으로 표현하게 되었다.

"아이고 내 머리야! 이런 놈은 난생 처음 본다."

나는 카샷의 말버릇을 흉내 내본다. 그리고 그가 고객의 얼굴에서 1피트도 떨어지지 않은 거리에서 말하고 있을 때조차, 훈련된 킵스의 귀에는 때때로 그 중얼거림이 ─ 글쎄, '아이고 내 머리야!'로 변해가는 게 들리곤 했다.

킵스가 '의상 자재 찾기'를 위해 바깥으로 나갈때면 축복받은 휴식이 찾아왔다. 그것은 주로 드레스 제작 부서에서 단추, 리본, 안감 등의 예상치 못한 결함을 보충하는 일에서 나온 심부름이었다. 그는 패턴이 핀으로 고정된 주문서와 함께 거리의 햇살과 흥미 속으로 방출되었다.

가게에서 가게로 옮겨다니며, 심부름이 늦어졌다고 보고 해도 될 만큼 충분히 시간이 흐르기 전까지는 자유인이었다.

그는 놀라운 지형학적 발견을 했는데, 예를 들어 아돌푸스 데이비스 씨의 가게에서 플러머, 로디스 & 티렐 씨의 가게로 가는 가장 편한 길은, 사람들이 일반적으로 생각하는 것처럼 샌드게이트 로드를 내려가는 게 아니라, 오히려 샌드게이트 로드를 올라가 웨스트 테라스를 돌아 리스 거리를 따라 리프트까지 가는 길이었다. 리프트를 두 번 오르내리는 것을 보고(그 이상은 안 된다. 눈치가 있으니까), 리스를 따라 돌아와서, 잠시 항구를 보고, 그러고 나서 교회 묘지를 돌아, 서둘러 처치 스트리트와 랑데부 스트리트로 들어가는 것이다. 어떤 특별히 맑은 날에는, 어린아이들이 배를 띄워 흥미로운 백조를 구경하여 레드너 공원을 지나는 우회로가 생기기도 했다.

그가 다시 돌아오면, 가게는 언제나처럼 손님 응대에 묻혀 있었다. 이제 그의 일은 선배 점원들을 거들어 소포와 계산서를 나르고, 팔이 아플 때까지 커튼을 붙잡고 서 있는 것이었다. 하지만 그보다 더 견디기 어려운 건—아무 일도 없을 때 아무것도 하지 않는 일이었다. 괜히 손님을 멍하니 바라보다가 그들을 당황하게 만들기도 했다. 그는 어느새 지루함의 구덩이에 빠져, 몸은 멈춘 채 마음만 멀리 떠돌았다. 제국의 적들과 싸우거나, 꿈의 배를 몰아 낯선 바다를 헤매기도 했다. 그러다 분주한 선배의 고함이 그를 현실로 끌어당겼다.

"야, 킵스! 정신 차리고 이거 좀 잡아! (아이고, 내 머리야!)"

7시 30분—늦은 밤을 제외하고—에 열광적인 정리 활동이 시작되었고, 마지막 셔터가 밖에서 올라가면, 킵스는 활시위를 떠난 화살처럼 빠르게 비품과 카운터 위의 상품 더미 위에 포장지를 걸기 시작했고, 젖은 톱밥을 힘차게 뿌리고 가게를 쓸어낼 준비를 했다.

때때로 사람들은 가게가 문을 닫은 후에도 오랫동안 머물곤 했다—"샬포드네에서는 이래도 괜찮아." 숙녀들이 이렇게 말하곤 했다. (이런 행동을 하는 것은 항상 숙녀들이다.) 그들이 빈둥거리며 잡담을 늘어놓는 동안, 직원들은 문이 완전히 닫힐 때까지 포장지를 만지거나 그날을 마무리하기 위한 어떤 조치도 취하는 것이 금지되었다.

킵스는 상품 더미의 그늘에서 이 늦은 손님들을 노려보았다. 그의 상상 속에선 그들이 죽음을 맞이하거나 불구가 되는 정도면 약한 편이었다. 드물게 9시보다 훨씬 늦게, 빵과 치즈, 그리고 물 탄 맥주로 된 저녁 식사가 위층에서 그를 기다렸고, 그것을 먹고 나면, 그날의 나머지 시간은 독서, 오락, 그리고 그의 마음의 향상을 위해 전적으로 그의 처분에 맡겨졌다.

정문은 10시 30분에 잠겼고, 기숙사의 가스등은 11시에 꺼졌다.

3

일요일에 한 번은 교회에 가야 했고, 보통은 두 번 갔다. 딱히 할 일이 없었기 때문이다. 그는 뒤쪽의 무료 좌석에 앉았으며, 부끄럼이 많아 노래는 부르지 못했다. 기도서에서 봐야할 곳을 찾는데 능숙하지는 않았으며, 설교는 거의 듣지 않았다. 그러나 그는 교회에 가는 것이 삶을 완화시키는 경향이 있다는 일종의 생각을 발전시켰다. 숙모는 그가 견진성사[4]를 받기를 원했지만, 그는 몇 년 동안 이 의식을 피했다.

킵스는 예배 사이의 시간에 무언가를 찾는 듯한 표정으로 포크스톤을 돌아다녔다. 일요일의 포크스턴은 평일보다 덜 흥미로웠는데, 가게들이 모두 문을 닫았기 때문이다. 대신 오후가 되면 리스 거리를 따라 눈부실 만큼 화려한 인파가 몰려들었다. 가끔은 바로 윗급 도제가 그를 데리고 산책을 나갔지만, 그 윗사람이 또 자기 윗사람과 함께 나가면, 서열의 맨 아래에 있고, 아직 꼬리 달린 정장도 입지 못한 킵스는 어김없이 혼자 걸었다.

그는 시골로 나가곤 했다(그가 놓친 무언가를 찾는 것처럼). 그러나 식사 시간의 밧줄이 그를 다시 집으로 들어당겼다. 그리고 때로는 늙은 부치가 그에게 나눠주는 주당 1실링의 용돈 대부분을 부두에서의 성스러운 콘서트

---

4 견진성사 : 교회에서 세례 후에 자발적으로 신앙을 인정하고 서약하는 절차.

에 투자하곤 했다. 그는 저녁 식사 후 20번에서 30번 사이 리스를 오르내리며, 비슷하게 시간을 보내는 군중 속의 다른 사람에게 말을 걸 용기를 간절히 원하곤 했다. 그는 거의 예외 없이, 발이 아픈 채로 일요일을 마쳤다.

그는 책을 전혀 읽지 않았다.

그에게는 읽을 책이 없었고, 사서 읽을 생각도 하지 못했다. 우드로 씨가 값싸고 주석이 달린『템페스트』판본을 빌려주며 문학적 취향을 깨워주려 했지만, 그는 그런 데는 흥미가 없었다.『티트비츠』나 반 페니짜리 '만화'를 제외하고는 신문도 전혀 읽지 않았다. 그의 주된 지적 자극은 저녁 식사 때 카샷과 버긴스가 벌이는 논쟁이었다. 킵스는 비할 데 없는 지혜와 재치를 듣는 사람처럼 들었고, 언젠가 자신도 버긴스처럼 말하길 기원하며 그들의 재치 넘치는 말들을 하나하나 마음 속에 저장해두었다.

가끔 이 일상에 변화가 찾아오곤 했다. 세일 기간에는 야근과 추가 노동으로 일상이 뒤덮혔지만, 그 대신 청어 튀김이 있는 저녁과, '프리미엄'으로 불리는 몇 실링의 추가 소득이 그를 달랬다. 그리고 해마다(가끔은 두 번이나!) 샬포드 씨는 자신의 '관대함'과 자신이 도제였던 시절의 혹독함을 꼭 덧붙이며 무려 열흘의 휴가를 허락했다. 열흘이라니! 포틀랜드의 불쌍한 영혼들이라면 틀림없이 킵스를 부러워했을 것이다. 그러나 아, 인간의 마음이란, 얼마나 욕심이 많은 것인가! 휴가가 끝나기도 전, 킵스는 이미 지나가 버린 날들을 아쉬워하며 세어 보고 있었다.

일 년에 한 번 재고 조사가 있었고, 간헐적으로 새로 도착한 상품을 표시해야 했다. 그때 샬포드 씨의 존재의 화려함이 압도적인 광채로 빛났다. "체계!" 그가 말하곤 했다. "체계가 필요해. 어서! 서둘러!" 그리고 빠르고, 혼란스럽고, 모순적인 명령을 매우 신속하게 내렸다. 카샷은 혼란스럽고, 땀을 흘리며, 큰 코를 치켜들고, 작은 눈을 샬포드 씨에게 고정하고, 이마를 찌푸리고, 입술은 항상 "아이고, 내 머리야!"라는 공식으로 향하며 뛰어다녔다.

똑똑한 주니어와 두 번째 도제는 민첩하게 아첨하며 서로 경쟁했다. 똑똑한 주니어는 카샷의 자리를 탐냈고, 그 욕망이 그를 샬포드에게 폭력적인 수준으로 복종하게 만들었다. 그들은 모두 킵스에게 쏘아붙였다. 킵스는 압지 패드와 안전 잉크병, 그리고 표 상자를 들고, 물건을 가져오기 위해 불철주야 뛰어다녔다. 만약 그가 물건을 가져오기 전에 잉크를 내려놓으면 샬포드 씨는 보통 그것을 엎질렀고, 만약 그가 그것을 가져가면 샬포드 씨는 그가 돌아오기 전에 그것을 원했다. "너 때문에 이가 아파, 킵스." 샬포드 씨가 말하곤 했다. "너 때문에 신경통이 생겨. 너는 썩은 감자보다도 체계가 없어." 그리고 킵스가 잉크병을 가져갔을 때, 샬포드 씨의 얼굴은 보라색으로 변했고, 마른 펜으로 상상의 잉크병을 찌르며 욕을 했다. 카샷은 서서 고함을 질렀고, 똑똑한 주니어는 부서 구석으로 달려가 고함을 질렀고, 두 번째 도제는 킵스를 쫓아다니며 고함을 질렀다. "정신 차려, 킵스! 정신 차려! 잉크, 이 사람아! 잉크!"

폭풍 같은 시련의 시기 동안, 킵스의 영혼은 막연한 자기혐오와 샬포드, 그리고 그와 같은 인간들에 대한 격렬한 증오로 뒤덮였다. 그는 이 모든 게 부당하고 어리석다는 걸 느꼈지만, 그 이유를 알아낼 수는 없었다. 마음 속은 혼돈 그 자체였다.

그 와중에, 한 가지 욕망만은 점점 또렷해졌다 —

쏟아지는 잔소리와 모욕의 폭우에서 가능한 한 멀어지고 싶다는 욕망이었다. 그는 그 생각 하나를 더듬거리며 하루를 버텼다. 일에 대한 그의 혐오감은 끝이 없었다. 그것은 영국 상점 직원 수련생이라면 으레 겪는 발의 통증으로도, 아니면 선임 도제 민턴의 존재로도 줄어들지 않았다. 민턴은 잉크로 얼룩진 콧수염과 창백한 얼굴, 그리고 항상 찡그린 눈빛을 가진, 보기만 해도 불쾌한 청년이었다. 그는 킵스의 비참함을 더욱 깊은 곳으로 밀어 넣었다.

"네가 더 이상 일을 못할만큼 나이가 들면, 그들은 널 버릴 거야."

민턴이 말했다.

"보라고, 늙은 상점 직원들을. 부랑자, 거지, 부두 인부, 버스 차장, 감옥살이. 가게 안 빼고는 어디에나 있지."

"자기 가게를 차리지는 않나요?"

"가게를? 자본이 없잖아! 상점 직원 점원이 어떻게 500파운드라도 모을 수 있겠어? 불가능한 일이야. 결국 죽을 때까지 가게에 묶여 사는 거지. 우린 빌어먹을 배수관 속에 갇혀서, 죽을 때까지 그 안을 기어가는 거야."

민턴의 머릿속에서는 늘 같은 생각이 끓고 있었다 —

'그 꼬마(샬포드)의 얼굴에 한 방 먹여버리고, 그의 빌어먹을 시스템이 그걸 어떻게 처리하는지 두 눈으로 보고 싶다'는 생각이었다.

그 위협은 샬포드가 민턴의 부서에서 재고 조사를 할 때마다 킵스의 머릿속을 화려한 기대로 가득 채웠다. 그는 민턴을 보고 샬포드를 보며, 샬포드가 어디를 맞으면 가장 좋을지 결정하곤 했다. 그러나 자신만이 아는 이유로 샬포드는 무해한 카샷에게 하듯이 민턴에게는 쯧쯧거리거나 혀를 차지 않았고, 이 흥미로운 시스템 실험의 결과는 결코 볼 수 없었다.

4

때때로 킵스는 기숙사의 다른 모든 사람들이 잠들어 코를 골고 있을 때 깨어나, 우울한 기분으로 누워 민턴이 그린 전망을 생각하곤 했다. 그는 자신에게 일어난 일을 어렴풋이 인식했다. 거대하고 어리석은 소매업의 기계가 그의 인생을 바퀴 속으로 집어넣었다. 그것은 그가 빠져나올 의지도 방법도 모르는, 저항할 수 없는 힘이었다. 그렇게 그의 삶은 정해졌다.

모험도, 영광도, 변화도, 자유도 없는 날들이 죽을 때까지 이어질 것이다. 그리고 나중에서야 깨달았지만, 그 안에서는 사랑도, 결혼도 꿈꿀 수 없었다. '교환'이라 불리는 일, '거리의 열쇠', 그리고 '일자리 사냥'이라 불린 잔혹한 현실이 있었다. 이야기는 많지 않았지만, 그 몇 가지 사례만으로도 충분했다. 그는 밤마다 다짐했다. 입대하리라, 바다로 도망치리라. 아니면 창고에 불을 지르거나, 차라리 물에 뛰어들어가리라.

하지만 아침이면 여전히, 6펜스의 벌금을 두려워하며 일어나 아래층으로 내려갔다. 그리고 그 지루한 노예 생활을, 리틀스톤에서 보낸 바람 부는 햇살의 날들과 비교하곤 했다. 멀어질수록 더욱 찬란하게 빛나는 행복의 창문들, 그 모든 기억 속에는 이제 언제나 앤의 작은 모습이 함께 있었다.

그녀 역시 불행한 일을 겪었다. 킵스가 계약을 맺은 후 첫 크리스마스에 집에 갔을 때, 그녀에게 키스하겠다는 그의 그 큰 미뤄둔 결심은 뜨거운 결단으로 불타올랐고, 그는 서둘러 나가 마당에서 휘파람을 불었다. 고요한 침묵이 흘렀고, 그러자 숙부가 그의 뒤에 나타났다.

"거기서 휘파람 불어봤자 소용없어, 애야." 숙부가 담 너머로 들릴 수 있도록 크고 분명한 목소리로 말했다. "네가 어울리던 애들은 다 떠났어. 걔는 애쉬포드로 하녀로 갔어, 애야. 하녀! 우리 때는 노예라고 불렀는데, 세상이 변했지. 하녀 아가씨라고 하지 않는 게 다행이야. 그럴 만도 하지."

그리고 시드는? 시드도 가버렸다. "심부름꾼 같은 거." 숙부가 말했다. "이 빌어먹을 자전거 가게 중 하나로 갔지."

"그래요?" 킵스는 가슴이 꽉 막히는 듯한 느낌으로 말하고, 재빨리 돌아서서 안으로 들어갔다.

숙부는 여전히 그가 있는 줄 알고, 포닉 가문에 대한 반감을 드러내는 추가적인 관찰을 계속했다. 킵스가 위층 자기 침실에 안전하게 도착했을 때, 그는 침대에 앉아 아무것도 응시하지 않았다. 그들이 잡혔다—그들은 모두, 잡혔다. 모든 삶이 영원하고 우울한 월요일 아침의 색조를 띠었다. 휴런족은 흩어졌고, 난파선과 해변은 그에게서 사라졌으며, 리틀스톤의 그 따뜻한 저녁의 태양은 영원히 졌다.

그 후 그의 짧은 휴가 중 남은 유일한 즐거움은 가게에 있지 않다는 사실을 생각하는 시간이었다. 그것조차도 일시적이었다. 이틀 더—하루 더—반나절. 그가 돌아갔을 때, 정말로 우울한 밤이 한두 번 있었다. 그는 집에 사업과 전망 감정에 대한 막연한 암시를 담은 편지를 썼고, 민턴의 말을 인용했다. 그러나 숙모는 단호히 말했다.

"포닉 부인이 네가 가게 일도 못 버티는 애라고 말하길 바라니?"

그 끔찍한 상상만으로도 모든 게 결정되었다.

"아니요."

그는 결심했다. 그들이 '실패했다'고 말하게 두지 않겠다고. 킵스는 건강상의 이유로 사임해서 식민지 주교직에서 막 돌아온, 크고 뚱뚱하고 햇볕에 그을린 붉은 성직자가 거대한 목소리로 한 '남자다운' 설교에서 많은 도움을 얻었다. 그는 그의 손이 할 일을 찾으면 무엇이든 온 힘을 다해 하라고 권고했다. 그리고 그의 견진성사를 준비하기 위한 교리문답 복습은 그에게 "하나님께서 그를 부르실 삶의 상태에서 의무를 다해야 한다"는 것을 상기시켜 주었다.

세월이 흐르자 킵스의 슬픔은 잦아들었다. 기적이라도 일어나지 않는 한, 그의 짧은 삶의 비극은 이미 막을 내린 셈이었다. 그는 교회가 가르친 대로, 주어진 운명에 순응했고— 그 길 외에 다른 길이 있다는 생각조차 하지 못했다.

그의 운명에 가장 먼저 찾아온 위안은, 끝없이 서 있어야 하는 일에 발바닥과 발목이 점점 익숙해졌다는 사실이었다. 그다음 위안은 매주 목요일마다 불쑥 찾아오는 한 줄기 자유의 숨결이었다. 샬포드 씨는 '개인의 자유'와 '나의 시스템의 이상'을 내세우며, 그것을 지키겠노라 굳게 맞섰다.

그는 그것이 순전히 애국심 때문이라고 주장했지만, 결국 고객들의 압력에 밀려 지역 조기폐점 협회와 발을 맞추게 되었고, 덕분에 킵스는 대낮에 밖으로 나와 다음 껏 거리를 돌아다닐 수 있게 되었다. 그 사이 비관론자 민턴은 견습 기간을 마치고 떠났다. 그는 기병 연대에 입대해 이 행성을 떠돌며, 복종하지 않고 흥미로운 인생을 살았다. 그리고 그 끝은 테라 계곡의 밤, 가까이서 벌어진 한 격투 속에서—생생하면서도 기묘하게, 비극적이지 않은 죽음이었다.

얼마 지나지 않아 킵스는 더 이상 창문을 닦지 않았다. 이제 그는 사소한 손님들을 응대하고, 상급자의 승인을 받기 위해 상품을 들고 다녔다. 그리고 곧, 그는 세 번째 도제 자리에 올랐다. 콧수염이 나기 시작했고, 그가 이제는 합법적으로 무시하고 부릴 수 있는 세 명의 도제가 있었다. 다만 그 중 한 명은(부당하게도) 그보다 어리지만 너무 커서 때리지는 못했다.

5

그는 결국 굳어진 일상을 벗어나게 해줄 또 다른 위안을 찾았다. 청소년기라면 누구나 겪는, 자연스러운 변화였다. 어느 순간부터 옷차림이 이상하게 신경 쓰이기 시작했고, 자신이 다른 사람의 눈에 어떻게 보일까 하는 생각이 들었다. 그는 의상실의 거울 속에서, 여자 도제들의 시선 속에서 묘한 흥미와 자극을 느끼기 시작했다.

이 시기에 그는 조언과 모범에서 많은 도움을 받았다. 바로 윗선배 피어스는 소위 '멋쟁이'였고, 나름의 유행 철학을 설교하듯 전파했다. 한가한 시간에 맨체스터 부서에는 칼라와 넥타이, 바짓단의 길이, 부츠 앞코의 형태 같은 문제를 두고 진지한 토론이 벌어졌다. 그리고 마침내 때가 되어, 킵스도 재단사를 찾았다. 그의 짧은 재킷은 꼬리가 달린 모닝코트로 바뀌었다. 거기에 자극을 받아 그는 자기 돈으로 예전의 턴다운 칼라 대신 새 스탠드업 칼라 세 개를 샀다. 그것들은 피어스의 것보다 거의 세 치나 높아서 목이 쓸리고 귀 밑에는 붉은 자국이 남았다. 하지만 그는 이제야 비로소, 민턴의 뒤를 이어 피어스와 어깨를 나란히 할 만한 유행에 밝은 도제가 되었다고 느꼈다.

그에게 삶의 재앙을 잊게 한 가장 강력한 위안은 이것이었다. 연미복을 입자마자, 가게의 젊은 여자들이 그를 더 이상 '끔찍한 꼬마'로 보지 않기 시작했다는 사실이다. 지금까지 그들은 그를 거들떠보지도 않고 제자리에 두려는 듯 고개를 돌리곤 했다. 그런데 이제, 그들은 그가 '착한 소년'이라는 걸 발견했다. 그것은 '남자'가 되는 것과 거의 가까운 일이며, 어떤 면에서는 그보다 더 매력적이기까지 했다.

안타깝게도, 앤에 대한 충실함은 이 첫 번째 유혹 앞에서 오래 버티지 못했다. 그가 그 어린 사랑에 끝까지 충실했다면, 감상적으로는 훨씬 아름다운 이야기가 되었을 것이다. 하지만 그랬다면, 그것은 전혀 다른 이야기가 되었을 것이다. 그래도 한 가지는 분명했다. 이후의 그 어떤 사랑도 앤의 그것과는 달랐다. 앤의 얼굴이 지녔던 그 따뜻함, 삶의 속살과 맞닿아 있던 그 느낌— 그런 건 어떤 여인에게서도 다시는 찾을 수 없었다. 물론, 그것들이 감정이 없었던 것은 아니지만 말이다.

그가 '자신도 누군가의 눈길을 끌 수 있는 존재'임을 처음으로 깨닫게 해준 건 의상실의 한 젊은 여성이었다. 그녀는 먼저 말을 걸었고, 그가 말을 걸도록 은근히 격려했으며, 책을 빌려주고, 그의 양말을 꿰매주며, "내가 네 누나가 되어줄게."라고 말했다. 그녀는 마치 그를 교회로 인도하는 사명이라도 지닌 듯한 태도로 그와 함께 예배에 참석했고, 그의 '영원한 구원'을 걱정하며 종교적 열정을 불러일으켰다. 마침내 그는 그녀에게 '견진성사를 받겠다'고 약속했다. 그러나 이 일이 곧, 또 다른 젊은 여성을 자극했다. 그녀, 즉 자연스러운 경쟁자는 훨씬 세속적인 방식으로 킵스의 마음을 사로잡았다. 그녀는 일요일 오후 그와 함께 부두를 산책하며 말했다.

"신사는 숙녀의 바깥쪽으로 걸어야 해요."

"모든 신사는 장갑을 끼거나, 적어도 가지고 다니죠."

그렇게 그녀는 그에게 영국 사회의 '신사 수업'을 가르쳤다. 두 사람은 곧 안식일 문제로 말다툼을 벌였고, 그렇게 킵스의 '성인식'은 끝이 났다.

그 결과 그는 이제, 최고급 상점의 점원들조차 흔히 빠져드는 그 무딘 플라토닉 연애의 화살이 닿을 만한 사람이 되었고, '진짜 신사'는 아닐지라도, 적어도 신사로 오해받기를 원하는 영국 청년의 꿈이 마음속에 깊이 자리잡게 되었다.

그는 아주 자연스럽고 개인적인 열정으로 이 새로운 관심사에 빠져들었다. '추파 던지기'라는 신비에 입문한 뒤, 얼마 지나지 않아 피어스의 '연애 조언' 몇 가지를 참고해 한층 온건한 방식의 연애를 시작했다.

곧, 그는 약혼했다. 그리고 2년이 채 지나기 전에 무려 여섯 번이나 약혼했다. 그가 아는 한, 그는 이제 다소 절망적인 사람이 되어가고 있었다. 그러나 절망적이긴 해도, 그는 여전히 '신사적'이었다. 네 번의 짧은 교리 수업을 거쳐, 무뚝뚝하고 우울한 젊은 부목사의 지도 아래 영국국교회의 일원으로 '견진성사'를 받는 일에도 아무런 지장은 없었다.

잡화점에서의 약혼이 반드시 결혼으로 이어지는 것은 아니었다. 그들의 약혼은 돈 많은 상인들의 실용적인 약혼과는 달랐다. 훨씬 세련되었고, 덜 노골적이었으며, 구속력도 거의 없었다. 그렇다고 젊은 여성들이 약혼하지 않은 상태로 지내는 것을 좋아하지는 않았다. 오히려 그 것을 부자연스럽게 여겼다. 덕분에 킵스는 마음만 먹으면 얼마든지 쉽게 약혼할 수 있었다.

젊은 여성의 입장에서 약혼은 꽤 편리한 제도였다. 교 회에 가거나 산책을 할 때 함께할 동행을 공식적으로 얻 을 수 있었기 때문이다. 당시에는 약혼자나 친오빠도 아 닌 남자와 단둘이 길을 걷거나 '애정 행각'을 벌이는 것은 점잖지 못한 행동으로 여겨졌다. 자칫 경박해 보이거나, 한 단계 낮은 계급인 '하녀들의 연애 방식'처럼 보일 위험 이 있었다.

당시 영국 사회의 계급 의식은 그만큼이나 예민했다. 잡화점 아가씨들은 자신들이 하녀처럼 보이는 것을 죽기 보다 싫어했다. 이는 마치 여기자가 자신을 평범한 가게 점원 취급할까 봐 두려워하는 것과 같은 종류의 강한 불 안감이었다.

하지만 이런 관계들 중 가장 깊은 것조차, 진정한 사랑 과는 거리가 멀었다. 허우적대거나 헤엄쳐 나와야 할 사 랑의 바다에서, 기껏해야 그저 얕은 물에 발을 담그고 물

장난을 치는 수준에 불과했다. 킵스는 사랑의 깊고 위험한 곳, 그 거친 파도가 주는 진정한 황홀경을 단 한 번도 경험해보지 못했다. 그의 연애는 옷과 허영심에 관한 사건의 연속이었다. 사소한 말 한마디에 질투하고, 서로 칭찬하며 우쭐대고, 고작 손을 잡거나 서로의 이름을 부르는 것만으로도 관계의 절정을 맞았다. 해가 진 후 벤치에 나란히 앉아 살짝 몸을 기대는 것이 그가 할 수 있는 가장 대담한 연애의 모험이었다.

그의 마음을 스쳐 지나간 젊은 여성들은 마치 버스 승객과도 같았다. 정해진 길 위에 잠시 나타났다가, 별다른 감정의 동요 없이 훌쩍 내리고 떠나갔다. 그럼에도 불구하고, 이런 가벼운 연애 놀음은 킵스에게 끊임없는 흥밋거리였다. 그리고 노예 같은 세월을 견디게 해준 중요한 원동력이기도 했다.

6

이 장의 끝맺음으로, 작은 사건들 중 하나를 간략하게 묘사할 수 있다.

화창한 일요일 오후였다. 배경은 리스 앞쪽 중간쯤에 있는 한적한 작은 벤치, 킵스는 앤과 헤어졌을 때보다 네 살 더 많다. 그의 윗입술에는 꽤 눈에 띄는 솜털이 있고, 그의 의상은 그의 수단 내에서 가능한 한 엄청난 '멋'을 부리고 있다. 그의 칼라는 너무 높아 턱 아래에 자국이 남았다. 모자는 곱슬거린 챙을 자랑했고, 넥타이는 나름의 '취향'을 드러냈다. 바지는 튀지 않게 화려했고, 부츠는 옆에 단추가 달린 옅은 천 갑피였다. 그는 값싼 지팡이로 앞의 자갈을 툭툭 찌르며 걸었다. 그리고 계산대의 젊은 여성, 플로 베이츠를 힐끗 곁눈질했다.

그녀는 화려한 블라우스와 화려하게 장식된 모자를 쓰고 있다. 그녀에게는 세상 물정에 밝은 여인 특유의, 분석하려 들면 금세 사라져버릴 유행의 향기가 있었다. 하지만 그것만으로도 킵스에게는 충분했다. 그는 자신이 그녀의 '특별한 남자'로 구별되고, 가끔 그녀의 이름을 허락된 듯 불러볼 수 있다는 사실에 은근한 자부심을 느꼈다. 대화는 현대적인 스타일로 가볍고 명랑하며, 플로는 계속 미소를 짓는다. 좋은 성격이 그녀의 특별한 매력이기 때문이다.

"넌 내가 말하는 뜻을 이해하지 못해" 그가 말하고 있다.

"글쎄, 네가 말하고 싶은 게 뭔데?"

"그건 네가 생각하는 그게 아니야!"

"글쎄, 말해봐."

"하, 그건 또 다른 얘기지."

잠시 침묵이 흘렀다.

그들은 의미심장하게 서로를 쳐다보았다.

"너는 정말 빙빙 돌리기만 하는구나." 여자가 말했다.

"글쎄, 너도 그렇게 솔직하지는 않잖아."

"솔직하지 않다고?"

"응."

"내가 빙빙 돌린다는 말은 아니지?"

"아니. 내 말은… 그래서——"

잠시 침묵이 흘렀다.

"그래서?"

"넌… 전혀 평범하지 않아—넌…"

그의 목소리가 살짝 갈라졌다.

"예뻐. 알아?"

"아, 저리 가!"

그녀의 목소리도—기쁨 섞인 웃음으로—높아졌다.

그녀는 장갑 낀 손으로 그를 툭 치더니, 불현듯 손가락의 반지를 흘깃 내려다봤다. 그 미소가 잠시 사라진다. 다시, 짧은 침묵. 눈이 마주치고—미소가 돌아온다.

"나 정말 궁금한데…."

킵스가 말했다.

"…뭐가 궁금해?"

"그 반지, 어디서 난 거야?"

그녀는 손을 들어 반지를 빛에 비추며,

눈을 그 위로 살짝 들어 올렸다.

그 눈매는—아주 예뻤다.

"그냥 알고 싶을 뿐이지, 그렇지?"

그녀가 천천히 말했다. 그리고 자신의 연출이 완벽하다는 걸 아는 듯, 조금 더 환하게 미소 지었다.

"내가 맞출 수 있을 것 같아."

킵스가 말했다.

"못 맞출걸."

"못 맞출까?"

"응!"

"세 번 안에 맞출게."

"이름은 아니야."

"아!"

"아!"

"그래도... 한번 보자."

그는 그것을 잠시 들여다본다. 잠시의 침묵, 웃음소리, 가벼운 몸싸움, 그리고 코트 소매에 툭─한대. 길모퉁이에서 행인이 나타나자, 그녀는 황급히 손을 뺐다. 그녀는 다가오는 남자의 얼굴을 힐끗 쳐다본다. 그가 지나갈 때까지 그들은 수줍은 침묵을 지킨다.

3. 목조각 수업

1

아가씨들에게 정성을 쏟고 옷치장에 신경 쓰는 일은 킵스의 생각을 다른 곳으로 돌려 그의 초라했던 초반의 삶을 견디게 하는 데 큰 도움이 되었다. 하지만 그가 온전히 행복했다고 말한다면 섣부른 낙관일 것이다. 삶에 대한 막연한 불만은 늘 그 주위를 맴돌았고, 때로는 바다 안개처럼 그를 감쌌다. 이 시기, 그의 삶에는 무언가 중요한 것이 빠져 있다는 사실이 희미하지만 확실해졌다. 뚜렷한 이유도 없이, 그는 자신의 삶이 어딘가 잘못되어 가고 있거나 이미 돌이킬 수 없는 길로 들어섰다는 의심에 시달렸다. 청소년기의 무르익는 자의식은 이런 막연한 불안감을 명확한 결핍감으로 키워나갔다. 장갑을 끼고, 문을 열어주고, 여성을 '아가씨'라 부르지 않고, 길의 '바깥쪽'으로 걷는 법을 아는 것만으로는 부족했다. 완전한 신사가 되기 전, 무언가 다른 것, 아마도 더 깊은 것이 필요하지 않을까? 예컨대 지식의 문제 같은 것들 말이다. 그는 자신을 둘러싼 거대한 무지의 늪을, 발을 헛디딜 수밖에 없는 불안감의 수렁을 깨달았다. 진짜 신사나 성직자 같은 사람들은 그가 모르는 지식과 확신으로 가득 차 보였고, 때로는 그 무지를 피하기 어려웠다. 한번은 모자 가게에 프랑스어와 독일어를 할 줄 안다는 아가씨가 새로 들어왔다. 그녀는 자신을 거들떠보지도 않았고, 킵스는 뼈아픈 열등감을 느꼈다. 그는 그녀를 마주칠 때마다 "프랑스어 할 줄 아세요?"라고 묻고, 어린 도제에게도 똑같이 따라 하도록 시켜 그 일을 그저 농담으로 넘기려 애썼다.

그는 자신의 결핍을 메우려는 듯, 남몰래 어설픈 시도를 했다. 5실링을 주고 『가정 교육자』 시리즈 다섯 권을 샀고, 돈이 궁한 친구에게서 셰익스피어 전집과 베이컨의 『학문의 진보』, 그리고 헤릭의 시집까지 구했다. 심지어 그 책들을 읽어볼 생각까지 했다. 어느 일요일 오후, 그는 셰익스피어를 붙잡고 씨름했다. 하지만 우드로 씨가 주입했던 '영문학'의 흔적은 머릿속에서 말끔히 사라져 있었다. 셰익스피어가 위대한 작가라는 건 부정할 수 없었지만, 도무지 한 줄도 이해할 수가 없었다. 깊은 뜻이 있다는 건 알았지만, 그 뜻이 어디 있는지는 다시는 잡히지 않았다. 게다가 하루는 어린 도제를 무식하다고 꾸짖다가 정작 자신도 '영국의 강' 이름조차 가물가물하다는 걸 깨달았다. 그는 한참을 들여 기억을 더듬었다.

"타임즈강, 웨어강, 티스강, 험버강… 도대체 다음이 뭐였더라?"

청소년기에는 누구나 이런 불만의 단계를 겪는 법이다. 성장하는 마음은 끓어오르는 의지를 쏟아부을 대상을, 해마다 넘쳐나는 산만한 감정을 집중시킬 무언가를 찾기 마련이다. 많은 경우 그 대상은 종교가 되지만, 그해 포크스톤의 분위기는 킵스의 마음에 닿을 만한 종교 부흥 운동의 열기와는 거리가 멀었다. 때로는 사랑에 빠지기도 한다. 이 불안감이 결국에는 매주 책 한 권(소설 제외) 읽기, 1년 안에 성경 통독하기, 런던 대학 입학시험 합격하기, 뛰어난 화학자 되기, 다시는 거짓말하지 않기 같은 여러 맹세로 이어지는 경우도 보았다. 이러한 방황은 다침내 킵스를 우리가 남부 잉글랜드에서 말하는 '기술 교육'의 길로 이끌었다.

그가 부족한 자격을 메우려는 마음으로 포크스톤 청년협회의 문을 두드린 것은 도제 생활 마지막 해였다. 그곳을 이끌고 있던 이는 체스터 쿠트 씨였는데, 그는 부동산 중개업 지분을 물려받은 덕분에 어느 정도 재산이 있는 젊은이였고, 험프리 워드 부인의 소설을 탐독하며 '사회사업'에 각별한 관심을 가진 인물이었다. 창백한 얼굴에 두드러진 코, 옅은 파란 눈, 그리고 약간 떨리는 목소리가 그의 인상이었다.

그는 각종 위원회와 사교 모임, 연단, 준공식 같은 자리에서 언제나 빠지지 않고 등장하는, 한 단어로 말하면 '유용한' 인물이었다. 그는 여동생과 함께 살며, 청년협회의 젊은이들에게 '자조(Self-Help)'의 미덕을 열정적으로 설파하곤 했다. 쿠트 씨는 자조 정신이야말로 영국인의 가장 고귀한 자질이라 주장했고, '과잉 교육'을 받은 독일인들을 거세게 비난했다.

그의 강연이 끝나자, 한 젊은 독일인 미용사가 일어나 칭찬 몇 마디를 건네려다 어쩌다 보니 하노버의 정치 상황을 열변하게 되었고, 결국 그 어눌한 영어는 회의장을 웃음바다로 만들었다. 킵스는 그 모습이 너무 우스워서, 샬포드 씨의 '시스템' 안에서 자조 정신을 어떻게 실천할 수 있을지 쿠트 씨에게 물어보려던 생각을 잊고 말았다. 하지만 그 생각은, 그날 밤 다시 찾아왔다.

몇 달 후, 킵스의 도제 생활이 끝났다. 샬포드 씨는 그를 연봉 20파운드의 수습사원으로 채용하며 온갖 생색을 냈다. 바로 그때, 한 외판원이 두고 간 아침 신문에서 우연히 기술 교육에 관한 기사를 읽게 되면서 킵스는 잊고 있던 문제를 다시 떠올랐다. 그것은 마치 때를 맞춰 들려온 계시와도 같았다. 종교적 계시처럼, 그의 흐릿했던 삶의 목적이 한순간에 한곳으로 모이기 시작했다. 통찰력 넘치는 격렬한 문체로 쓰인 그 기사는 킵스를 강하게 자극했고, 그는 곧장 지역 과학 및 미술 수업에 대해 문의했다.

그는 가게의 모든 사람에게 이 결심을 떠벌렸고, 모두의 지지와 조언을 등에 업고 마침내 수업에 등록했다. 가장 먼저 등록한 수업은 가게가 일찍 문을 닫는 날 저녁에 열리는 소묘 수업이었다. 그는 두 세대에 걸쳐 영국 미술 교육의 전부나 다름없었던 석고상 '사본'을 따라 그리는 단조로운 과정에 어느 정도 익숙해졌다. 그러다 수업 날짜가 변경되는 바람에, 3월의 쌀쌀한 바람이 불기 시작할 무렵 그는 목조 교실로 옮겨가게 되었다. 그의 마음은 처음에는 이 유용하고 폭넓은 배움 자체에 쏠렸지만, 이내 그를 가르치는 선생님에게로 향했다.

2

그가 수강한 목조각 수업은 윌싱엄이라는 젊은 여성이 맡고 있었다. 그녀는 훗날 킵스에게 단순한 조각 기술 이상을 가르쳐줄 운명이었다. 독자는 지금부터 그녀의 모습을 분명히 마음에 새겨두는 게 좋다. 그녀는 킵스보다 겨우 한두 살 위였다. 창백하고 지적인 얼굴, 짙은 회색 눈, 그리고 사우스 켄싱턴 미술관의 로세티 그림을 떠올리게 하는 검은 머리카락이 이마 위로 자연스레 흘러내렸다. 마른 체형 덕분에 키가 커 보였고, 그녀의 손은 거친 천을 다루는 도제들의 손과 달리 희고 섬세했다.

그녀는 사회주의와 미학이 한창 유행하던 시절, 영국에서 새로 등장한 여성상, '스스로 생각하는 여자'의 전형이었다. 투르게네프의 소설을 읽고, 대중적인 연애소설은 경멸하며, 넉넉하고 절제된 색감의 옷을 입는, 당대 교양 여성들의 상징 같은 존재였다. 내 생각엔 그녀는 웬만한 미인 못지않게 아름다웠고, 킵스의 눈에는 완벽했다. 그녀가 런던 대학 입학시험에 합격했다는 사실을 들었을 때, 그는 그것을 거의 기적처럼 느꼈다. 그녀가 나무 조각을 단순한 모양에서 섬세한 무늬로 깎아내는 모습을 볼 때마다 그의 경탄은 절정에 이르렀다. 처음엔 '여자'에게 배우는 일이 못마땅했지만, 최근 버긴스가 "여성 고용의 불공정성"을 열변한 것을 떠올리면 그 불쾌감은 어쩌면 자존심의 반사 작용이었을지도 모른다.

"우리는 아내를 먹여 살려야 한다고." 버긴스가 말했다(물론 그는 아내가 없었지만). "그런데 여자들이 자꾸 우리 밥그릇을 빼앗으러 들어오니, 우린들 어쩌란 말이야?"

나중에 킵스는 피어스와 이야기를 나누며 생각을 바꿨다. 어쩌면 꽤 '재미있을지도 모른다'고 생각한 것이다. 마침내 그가 그녀를 직접 보았을 때, 그녀가 교탁 앞에서 차분하게 가르치며, 인상적인 침착함으로 자신에게 다가오는 모습을 보았을 때— 킵스는 숨이 막힐 정도의 경외감에 사로잡혔다. 그녀의 어둡고 날렵한 여성성은 그에게 거의 위협처럼 느껴졌다.

수업은 월싱엄 양의 친구인 두 소녀와 나이가 좀 있는 미혼 여성으로 구성되어 있었다. 그들은 진지하게 돋조 기술을 배우기보다, 그저 재능 있는 친구를 응원하러 온 듯했다. 또 한 사람, 검은 수염에 안경을 낀 중년의 남자는 심한 근시라 작품 전체를 거의 볼 수 없는 듯했고, 그래서인지 누구에게도 말을 걸지 않았다. '재능이 있다'는 평을 듣는 어린 소년도 있었고, 매년 겨울마다 '수업을 듣는다'며 마치 건강보조제라도 삼키듯 목조각 수업을 꾸준히 이어가는 하숙집 아주머니도 있었다. 가끔은 세련된 신사, 체스터 쿠트 씨가 서류를 들고, 혹은 빈손으로 들렀다. 겉으로는 위원회 업무 때문이라 했지만, 사실은 두 여학생 중 덜 매력적인 쪽과 이야기를 나누기 위해서였다. 그리고 수업이 끝날 무렵이면, 월싱엄 양의 오빠가 여동생을 데리러 나타났다. 그는 창백한 얼굴에 젊은 나폴레옹을 연상시키는, 날렵하고도 어딘가 음울한 인상을 가진 청년이었다.

이 모든 사람들은 킵스에게 열등감을 안겨주었다. 그리고 월싱엄 양 앞에 서면, 그 감정은 끝없는 심연 속으로 떨어졌다. 그들이 가진 사고력과 지식, 능력과 자유는 그의 상상 속에서 전혀 다른 세상을 열어주었다. 그들은 석고상과 도표, 작업대, 칠판으로 가득한 교실을 마치 자기 집처럼 드나들었다. 킵스에게 그곳은 지식과 예술, 더 높은 삶으로 통하는 비밀의 성소였다. 그는 그들이 피아노를 자유롭게 치고, 책이 사방에 흩어진 방에서 살며, 외국어로 대화하는 집으로 돌아갈 거라 상상했다. 그들은 냅킨을 쓰며, 복잡한 식탁 예절을 알고, 그가 1페니짜리 『피해야 할 것』이나 『말하기의 흔한 실수』를 뒤적이며 애써 피하려는 모든 실수를 자연스럽게 피할 줄 아는 사람들이었다. 그는 그 모든 것에 대해 아는 게 하나도 없었다. 정말, 전혀. 그는 예기치 않은 빛 앞에서 눈을 깜박이는,

어둠 속에서 걸어 들어온 존재였다. 그는 그들이 시험, 책, 그림, 그리고 '작년 아카데미 전시회'에 대해 (약간은 경멸적으로)쉽고 자유롭게 이야기하는 것을 들었다. 한번은 수업이 끝날 무렵, 체스터 쿠트 씨와 월싱엄, 그리고 두 소녀가 '바그너'인지 '바르그너'인지 하는 것에 대해 논쟁을 벌였다. 그들은 두 가지 방식으로 발음하는 듯했고, 곧 그것이 어떤 작곡가의 이름이라는 것이 분명해졌다. (카샷이나 버긴스와는 비교도 할 수 없는 대화였다.)

월싱엄이 교훈적인 한마디를 던지자, 모두가 웃으며 박수를 쳤다. 킵스는 자신이 이 높은 세계에 결코 섞일 수 없는 침입자, 바깥 어둠에서 온 사람처럼 느꼈다. 그 말이 터져 나왔을 때, 그는 처음엔 알아들은 척 미소를 지었지만, 아무도 웃지 않자 황급히 표정을 거두었다. 아무도 그의 얼굴빛 변화를 눈치채지 못했지만, 그의 볼은 뜨겁게 달아올랐고, 그는 견딜 수 없이 불편해졌다.

그는 자신의 끝없는 비천함을 숨길 방법이 입을 다무

는 것뿐임을 곧 깨달았다. 그래서 그는 묵묵히 나무를 조각했고, 월싱엄 양의 그림자 앞에서는 한없이 자신을 낮췄다. 그녀는 종종 그에게 다가와 부드럽게 조언하고 가르쳤다. 그러나 킵스는 그녀의 눈빛 속에서 자신을 향한 은근한 경멸이 비치는 듯 느꼈다. 사실 처음의 그녀에게 그는 그저 귀가 빨갛고 서툰 젊은이일 뿐이었다.

그러던 어느 날, 하숙집 주인 아주머니가 수업 내내 쉴 새 없이 그에게 말을 걸어준 덕분에 그는 비로소 그 순수한 경외와 겸손의 껍질에서 벗어났다. (그녀는 월싱엄 양과 그 친구들을 달가워하지 않았고, 게다가 안경 낀 청년은 귀가 먹어 말을 걸 상대가 자연스레 킵스뿐이었다.) 그제야 그는 깨달았다―자신이 월싱엄 양을 숭배하고 있음을. 그 감정은 너무도 성스러워서 '사랑에 빠졌다'는 흔한 표현조차 그 앞에서는 불경스러운 말처럼 느껴졌다.

이 감정은 리스나 부두에서 오가던 '추파'나 '애정 행각' 같은 피상적인 열정과는 아무런 관계가 없었다. 그는 처음부터 그것을 알고 있었다. 어두운 머리카락 아래의 창백하고 지적인 얼굴은 그녀를 전혀 다른 부류의 존재로 만들었다. 그녀에게 '관심을 보인다'는 생각 자체가 그의 마음속에서 스르르 사라졌다. 그런 존재에게 할 수 있는 일이라곤

그녀에게 다가가고, 헌신하고, 기꺼이 그녀를 위해 죽는 것뿐이었다. 그것이 그나, 혹은 그 어떤 남자라도 감히 바랄 수 있는 전부처럼 보였다. 만약 그의 사랑이 비굴함이었다면, 그 안에는 적어도 그 누구도 자신보다 낮다고 인정하지 않으려는 어떤 순수한 남성성이 함께 있었다. 그걸 인정하는 순간, 게임은 끝나고 인간은 늙어간다. 그의 다른 모든 연정은 이 위대한 깨달음 앞에서 완전히 자취를 감췄다. 그는 크레톤 천을 정리하면서 그녀를 생각했고, 찻시간에도 그녀의 얼굴이 눈앞에 아른거려 다른 모든 얼굴을 지워버렸다.

그의 태도는 부주의해졌고, 옆자리의 어린 도제가 그가 먹는 커다란 빵과 버터를 흉내 내며 놀려도 그는 웃기만 했다. '장식' 코너에서는 점점 존재감이 희미해졌고, '의상' 코너는 차가워졌으며, '모자' 코너는 완전히 냉담했다. 하지만 그는 신경 쓰지 않았다. 샬포드 씨의 계산대에서

턴브리지의 '집에서 가까운 자리'로 옮긴 뒤에도 가끔 이어지던 플로 베이츠와의 편지는 그의 태만으로 완전히 끊겼다. 그 소식의 끝에는, 플로가 '농장주와 사귀고 있다'는 말이 따라왔지만, 그는 거의 아무런 감정도 느끼지 못했다.

매주 목요일, 그는 자신의 나무 조각을 쪼고 파내며, 교차하는 원과 다이아몬드 무늬, 그리고 이 미친 세상이 장식이라 부르는 그 고된 무의미함을 새겨나갔다. 그리고 월싱엄 양이 고개를 돌릴 때마다 몰래 그녀를 훔쳐보았다. 그 결과 그의 원은 삐뚤어졌고, 조각판은 대칭을 잃어 훈련되지 않은 눈에는 오히려 더 보기 좋게 되었다. 한번은 손가락을 찌르기도 했다. 만약 그 기회를 이용해 자신을 사로잡은 막연한 감정을 표현할 수만 있었다면, 그는 기꺼이 모든 손가락을 찔렀을 것이다. 그러나 그는 자신의 심각한 무지가 드러날까 두려워, 대화를 간절히 원하면서도 필사적으로 피했다.

3

교실 창문 중 하나가 열리지 않았다. 검은 수염의 남자는 자기 조각에만 몰두하고 있었다. 킵스는 한순간도 망설이지 않고 기회를 잡았다. 그는 끌을 내려놓고 앞으로 나섰다.

"제가 해보겠습니다."

하지만 그 역시 창문을 열 수 없었다!

"아, 괜찮아요. 애쓰지 마세요."

그녀가 말했다.

"아닙니다, 괜찮습니다."

그가 숨을 헐떡이며 말했다.

창틀은 여전히 꿈쩍도 하지 않았다. 그는 자신의 남성성이 시험대에 올랐다고 느꼈다. 온 힘을 다해 창문을 밀자, 창문은 '딱' 소리를 내며 깨졌고, 그의 손은 창밖 허공으로 쑥 빠져나갔다.

"어머나!"

월싱엄 양이 말했고, 유리 조각이 아래 안뜰로 쨍그랑 소리를 내며 떨어졌다.

킵스는 손을 다시 안으로 들이려다 깨진 유리의 날카로운 가장자리가 손목에 스치는 것을 느꼈다.

그는 울상으로 돌아섰다.

"정말 죄송합니다."

그는 월싱엄 양의 비난하는 듯한 눈빛에 대답했다.

"이렇게 깨질 줄은 몰랐어요."

마치 전혀 다른, 훨씬 더 만족스러운 방식으로 깨질 것이라 예상했던 사람처럼 말이다. 목조에 재능이 있다는 소년은 킵스의 얼굴을 잠시 쳐다보더니, 웃음을 참지 못하고 책상 밑으로 거의 쓰러질 뻔했다.

"손목을 베었어요!"

월싱엄 양의 친구 중 한 명이 일어서서 가리키며 말했다. 주근깨가 많고 쾌활한 얼굴의 그녀는 마치 숙련된 간호사처럼 밝게 외쳤다. 킵스는 아래를 내려다보았다. 손목 아래로 붉은 피가 빠르게 흘러내리고 있었다. 그는 다른 남학생이 눈을 동그랗게 뜨고 그 모습을 쳐다보는 것을 알아차렸다.

"손목을 베었네요."

월싱엄 양이 말했고, 킵스는 더 큰 관심으로 자신의 상처를 들여다보았다.

"손목을 베었대요."

미혼 여성이 하숙집 주인에게 말했고, 어찌할 바를 모르는 듯했다.

"피가….."

그녀는 '흐른다'는 말을 차마 내뱉지 못하고, 대신 하숙집 주인을 향해 고개를 끄덕였다.

"심하게요."

미혼 여성이 말하며, 보려는 듯 말려는 듯 애썼다.

"물론 손목을 베었지." 하숙집 주인이 순간적으로 킵스에게 꽤 짜증 섞인 투로 말했다.

그리고 킵스를 그저 평범한 청년이라 생각했던 또 한 명의 젊은 여자는 다른 누구도 그렇게 하지는 않았지만, 그게 마땅히 해야 할 일인 양 조용히 자신의 조각을 계속했다.

"묶어야 해요." 월싱엄 양이 말했다.

"묶어야 해요." 주근깨 소녀도 따라 말했다.

"정말 이렇게 깨질 줄은 몰랐어요."

킵스가 솔직하게 말했다. "정말로요."

그는 다시 손목의 피를 힐끗 내려다봤다.

이 세련된 교실의 바닥에 피가 떨어지기 직전인 것처럼 보였다.

그래서 그는 재빨리 고개를 숙여 피를 핥아 없애고, 동시에 손수건을 뒤적이기 시작했다. "아, 그러지 마세요!" 월싱엄 양이 외쳤다. 주근깨 소녀는 몸을 움찔하며 질겁했다. 그 순간, 재능 있는 소년은 웃음을 참지 못해 책상 밑에서 소동을 벌이다가, 결국 부적절한 소리를 내며 승리를 자축했다. 그러나 킵스는 알지 못했다. 그가 월싱엄 양을 질색하게 만든 바로 그 행동이 자신에게는 남자답고, 어쩐지 칭찬받을 만한 일처럼 느껴졌다는 것을.

"묶어야 해요." 하숙집 주인이 끌을 손에 든 채 말했다. "그렇게 피가 나는 걸 보니 상처가 깊은가 봐요."

"묶어야 해요." 주근깨 소녀가 킵스 앞에서 망설이며 말했다. "손수건 있으세요?"

"왜 안 가져왔는지 모르겠어요." 킵스가 말했다. "저는… 감기도 안 걸려서 그런지, 미처 생각을 못 했네요."
그는 다시 한번 흐르는 피를 막았다.

주근깨 소녀는 월싱엄 양의 눈을 잠시 동안 가만히 마주 보았다. 둘 다 킵스의 상처를 힐끗 쳐다보았다. 책상 밑에서 한바탕 소동을 피우고 얌전한 표정으로 다시 나타난 재능 있는 소년은, 무언가 내밀려다 무시당한 사람처럼 수줍게 손을 거두었다. 월싱엄 양은 주근깨 소녀의 눈빛에 이끌린 듯 손수건을 꺼냈다. 뒤에서는 미혼 여성의 목소리가 들려왔다.

"나는 기술 교육원에서 구급 수업을 두 번이나 들었어. 정맥이면 이렇게 하고, 동맥이면 저렇게 한다는 걸 알지. 적어도 둘 중 하나는 이렇게 하고 다른 하나는 저렇게 하는 건데, 어느 쪽이든… 하지만….″

"손 좀 주시겠어요?" 주근깨 소녀가 말하고는, 월싱엄 양의 도움을 받아 매우 능숙하게 킵스의 손목을 감싸기 시작했다. 그렇다, 그들은 정말로 킵스를 붕대로 감아주었다. 그의 소맷부리를 걷어 올리고—다행히 그다지 낡은 셔츠는 아니었다—손목을 잡고 부드러운 손수건을 둘러

매듭을 지었다. 그러자 월싱엄 양의 얼굴, 거의 신성하고 초인적으로 느껴졌던 그 얼굴이 킵스의 얼굴 가까이 다가왔다.

"아프진 않으세요?" 그녀가 물었다.

"전혀요." 킵스는 그들이 자기 팔을 톱으로 자르고 있었더라도 그렇게 대답했을 것이다.

"우리는 전문가가 아니에요." 주근깨 소녀가 말했다.

"정말 끔찍한 상처일 거예요." 월싱엄 양이 말했다.

"별거 아닙니다." 킵스가 말했다. "그리고 두 분이 너무 수고하시네요. 창문을 깬 건 정말 죄송합니다. 제가 무슨 정신으로 그랬는지 모르겠어요."

"당장의 상처보다 나중에 덧나는 게 더 문제예요." 미혼 여성의 목소리가 들려왔다.

"물론 창문 값은 제가 기꺼이 물어내겠습니다." 킵스가 호기롭게 숨을 헐떡이며 말했다.

"피를 멈추려면 최대한 꽉 조여야 해요." 주근깨 소녀가 말했다.

"별거 아닙니다." 킵스가 말했다. "그래도 창문을 깬 건 정말 죄송해요."

"매듭에 손가락 좀 대주실래요?" 주근깨 소녀가 말했다.

"네?" 킵스가 되물었다.

"제 말은… 이걸 잡아줘요."

두 젊은 여자는 매듭에 온 신경을 집중했고, 킵스는 얼굴이 새빨개진 채 그들의 손놀림을 멍하니 바라보았다.

"괴사해서 톱으로 잘라냈다니까요."

미혼 여성이 불쑥 말했다.

"톱으로요?"

하숙집 주인이 물었다.

"네, 완전히 잘라냈어요."

미혼 여성이 말하며 자신의 망가진 조각을 툭 찔렀다.

"됐어요."

주근깨 소녀가 말했다.

"이 정도면 괜찮죠? 너무 세게 조이지 않았어요?"

"전혀요." 킵스가 말했다.

그는 월싱엄 양의 눈을 마주쳤다. 그리고 상처 따위는

아무렇지도 않다는 듯 용기 있는 미소를 지으며 말했다.

"그냥 작은 상처일 뿐이에요."

미혼 여성이 앞으로 다가와 살피며 말했다.

"상처를 씻었어야죠."

그녀가 말했다.

"제가 지금 콜리스 양에게도 그 얘길 했어요."

그녀는 안경 너머로 붕대를 들여다보며 말했다.

"그다지 제대로 감은 것 같진 않네요. 구급 수업을 들어야 했는데… 어쩔 수 없죠. 아파요?"

"전혀요."

킵스가 대답했다. 그리고 마치 병원 침대 위의 용감한 군인이라도 된 듯, 그들 모두에게 미소를 지어 보였다.

"분명 아플 텐데요." 윌싱엄 양이 말했다.

"어쨌든, 당신은 참 좋은 환자네요." 주근깨 소녀가 말했다.

킵스 씨는 얼굴이 꽤 분홍색으로 물들었다. "저는 창문을 깬 게 미안할 뿐이에요." 그가 말했다. "그게 다예요. 하지만 그렇게 깨질 줄 누가 알았겠어요?"

잠시 침묵이 흘렀다.

"오늘 밤에는 조각을 계속하기 힘들겠어요." 월싱엄 양이 말했다.

"해볼게요." 킵스가 말했다. "정말 아프지 않아요. 문제될 만큼은 아니에요."

잠시 후, 월싱엄 양은 그가 그녀의 손수건으로 손을 붕대 맨 채 영웅처럼 조각을 이어가고 있을 때 다시 다가왔다. 그녀의 눈에는 새로운 흥미가 서려 있었다.

"별로 진전이 없는 것 같네요." 그녀가 말했다.

주근깨 소녀는 고개를 들어 월싱엄 양을 바라보았다.

"그래도 조금은 하고 있어요." 킵스가 말했다. "시간을 낭비하고 싶지 않아서요. 저 같은 처지에는 여유 시간이 많지 않거든요."

그 '저 같은 처지'라는 말에서 풍기는 겸손함이 두 소녀의 마음에 와 닿았다. 그 말은 이 정체 모를 남자에 대해 무언가 알려주는 듯했고, 월싱엄 양은 용기를 내어 그의 작품이 '가능성이 있다'고 칭찬하며 앞으로도 계속할 것인지 물었다. 킵스는 '확실히는 모른다'며, '상황에 따라 많이 달라질 것'이라고 대답했다. 하지만 만약 다음 겨울에도 포크스톤에 있다면 분명히 계속할 것이라고 덧붙였다. 월싱엄 양은 왜 그의 예술적 발전이 포크스톤에 머무는 것에 달려 있는지 굳이 묻지 않았다. 몇 마디 질문과 대답이 더 오갔다. 심지어 체스터 쿠트 씨가 방에 들어왔을 때도 그들은 잠시 동안 대화를 이어갔다. 마침내 대화가 끝났을 때, 킵스는 자신의 베인 손목이 얼마나 큰일을 해냈는지 깨달았다.

그날 밤, 잠자리에 든 킵스는 그 대화를 스무 번도 넘게 되새겼다. 어떤 말은 소중히 곱씹고, 어떤 말은 더 멋지게 고쳐 말하며, 월싱엄 양에게 했어야 할 말들과 다음에 하게 될 말들을 끝없이 이어 붙였다. 그는 한동안, 자신의 팔이 좀 심각하게 덧나는 편이 더 나을지도 모른다고 생각했다. 그렇게 되면 그녀가 병문안을 오게 될 테니까. 아니면 깨끗이 나아서, 자신의 피가 얼마나 '순수한가'를 보여주는 게 더 나을지도 몰랐다.

4

깨진 창문 사건은 4월 말에 일어났고, 수업은 5월에 끝났다. 그 사이, 몇 번의 사소한 일들과 함께 감정에는 눈에 띄는 변화가 있었다. 그의 얼굴을 '못생겼다'고 한 적이 있다면, 그건 킵스에게 부당한 평가일 것이다. 그의 얼굴에는 나름의 매력이 있었다. 입가와 눈에는 묘하게 호감이 가는 구석이 있었고, 주근깨는 사라졌으며, 이마 위로 고집스럽게 솟던 머리칼도 차분해졌다. 세상에 익숙해진 그의 귀는 더 이상 붉게 달아오르지도 않았다.

두 소녀는 그에 대해 이야기했고, 주근깨 소녀는 그의 태도에서 '어딘가 애수 어린' 구석을 발견했다. 그들은 그에게서 '타고난 섬세함'을 감지했고, 그때부터 주근깨 소녀는 그의 마음을 열어주기로 마음먹었다. 그녀는 열아홉 살이었고, 나이답지 않게 현명하고 자비로웠으며, 사실 목조보단 킵스의 마음을 끌어내는 일에 훨씬 더 흥미를 느꼈다.

킵스가 헬렌 월싱엄을 사랑하고 있다는 것은 그녀에게 너무나 명백했다. 그 모습이 그녀에게는 기이하고 낭만적이면서도, 애처롭고 흥미로운 현상으로 보였다. 당시 그녀는 헬렌을 '정말로 사랑스럽다'고 생각했기에, 킵스가 그녀의 제단에 자신을 온전히 바치려는 이 겸손한 노력을 돕는 것이 옳다고 여겼다. 그녀의 다정한 보살핌 아래, 킵스의 입장은 곧 명확하게 정의되었다. 그는 이유를 알 수 없는 어긋남 속에 서 있었다. 그는 고객들과 '잘 어울리지 못하는 것 같다'고 털어놓았고, 그녀는 이것을 그가 '너무 섬세하기 때문'이라고 해석해주었다.

그는 다시금 자신의 처지에 불만을 느꼈다. 제대로 된 교육을 받지 못했다는 자각, 자신이 어딘가 모자라다는 끊임없는 열등감이 한때처럼 그를 짓눌렀다. 하지만 이번엔 달랐다. 그것들은 더 이상 절망의 이유가 아니었다. 오히려 사람들의 동정을 이끌어내는 근거가 되었고, 심지어 은근한 즐거움의 원천이 되었다.

러던 어느 날 저녁, 카샷과 버긴스가 '작가들이란 족속'에 대해 이야기를 시작했다. 디킨스는 한때 구두약 공장 직공이었고, 새커리는 그림을 팔지 못한 화가였으며, 새뮤얼 존슨은 신발 한 켤레밖에 없어서, 자존심 때문에 그걸 벗고 맨발로 런던까지 걸어갔다는 이야기였다.

"결국 운이지." 버긴스가 말했다.

"대부분은 그래. 그냥 유행을 한 번 맞으면, 그걸로 끝이잖아."

"그래도 꽤 편하게 살았을걸요?" 머글 양이 말했다.

"두세 시간만 일하고 하루 끝내는 거잖아요. 거의 신사들이죠."

"생각보다 힘든 일일걸." 카샷이 음식을 씹으며 말했다.

"그래도 난 바꿀래." 버긴스가 말했다.

"그 작가들 중 하나가 샬포드 영감이랑 재고 조사하는 꼴을 한 번 보고 싶군."

"서로 베끼는 일도 많다던데요." 머글 양이 끼어들었다.

"그렇다 해도," 카샷이 우물거리며 말했다,

"결국엔 자기 손으로 써야 하잖아."

그들은 그 뒤로 작가의 삶이 얼마나 안락하고 위엄 있는지, 세상 사람들에게 얼마나 존경받는지, 그리고 그들의 허영심이 얼마나 완벽히 채워지는지를 두고 한참이나 떠들었다.

"어딜 가나 사진이 실리고, 새 옷을 입을 때마다 또 사진 찍히고, 거의 왕족 같잖아요."

머글 양이 말했다. 이 이야기는 킵스의 상상력에 깊은 흔적을 남겼다.

그는 문득 깨달았다 —

여기, 신분의 벽을 넘을 수 있는 계층이 존재한다는 것을. 태생은 하층일지라도, 글이라는 인위적 재능을 통해 '높으신 분들'과 어깨를 나란히 할 수 있는 사람들. 집사를 부리고, 재단사를 깔보며, 심지어 상류층과 교류할 수도 있는 존재들. "그야말로 신사들이지 뭐." 그 한마디가 그의 마음을 사로잡았다.

그날 오후 내내 그는 그 생각에 잠겼고, 밤이 되자 그 상상은 하나의 꿈으로 부풀었다. 만약 자신이, 이름도 없이 위대한 책 한 권을 쓴 작가라면 어떨까? 그러면서 여전히 샬포드 가게에서 일하고 있다면? 물론 터무니없는 일이지만, 생각만으로도 짜릿했다. 다음 목조각 수업에서,

그는 윌싱엄 양에게 조심스레 털어놓았다.

"제 안에는 글을 쓸 재능이 있어요. 다만, 그걸 펼칠 기회를 못 가졌을 뿐이에요."

그날 이후 그는 자신이 조금은 특별한 사람이라는 감각을 은근히 즐기기 시작했다. 세상에 알려지지 않은 디킨스, 혹은 그 비슷한 존재. 이제 모두가 자신 안에 '무언가'가 있다고 믿는 듯했다. 그 '무언가'는 그녀와 자신을 가르는 간극을 조금은 메워주는 것 같았다. 그는 여전히 초라하고 무력했지만, 적어도 평범하지는 않았다. 그리고 두 여학생—특히 주근깨 소녀—는 그의 숨은 재능이 언젠가 드러나리라 믿으며 그를 은근히 부추겼다.

그들에겐 아직, 재능 있는 남자는 여자의 격려만 받으면 못할 일이 없다는 믿음이 있었다. 주근깨 소녀는 말하자면 이 연극의 무대 감독이었지만, 그 중심에 있는 여신은 윌싱엄 양이었다. 때때로 그녀가 그를 쳐다볼 때, 그녀의 눈에는 소유의 빛이 서렸다. 그는 그녀의 것이었다. 무조건적으로. 그리고 그녀는 그 사실을 알았다.

킵스는 그녀에게 직접 말을 건 적이 거의 없었다. 그녀

에게 전하고 싶어 속으로 수없이 연습한 말들은, 막상 입
밖으로 나오지 않거나 기껏해야 주근깨 소녀에게 완곡하
게 변형된 채 흘러나올 뿐이었다. 그러던 어느 날, 주근깨
소녀가 그의 마음을 단번에 알아차렸다. 그녀는 교실 건
너편 선반에서 석고상을 내리는 친구를 턱짓으로 가리키
며 말했다.

"가끔은 헬렌 월싱엄이 세상에서 제일 사랑스러운 사
람 같아. 지금 좀 봐, 저 모습."

킵스는 숨이 멎는 듯했다. 시간이 느리게 늘어지고, 그
녀는 마치 마취 없이 수술을 앞둔 젊은 외과의처럼 조용
히 그를 바라보았다.

"네 말이 맞아."

그가 겨우 말했다.

그는 완전히 넋이 나간 표정으로 그녀를 바라보았고,
그의 말 없는 고백에 그녀의 얼굴이 붉게 물들었다. 그러
자 그도 따라 얼굴을 붉혔다.

"나도 그렇게 생각해."

그가 잠긴 목소리로 말하고는 목을 가다듬었다.

잠시 생각에 잠긴 뒤, 그는 경건한 표정으로 다시 조각 칼을 들었다.

집으로 돌아가는 길에, 주근깨 소녀가 불쑥 월싱엄 양에게 말했다.

"너 정말 대단하다."

"그 사람, 너를 정말 숭배해."

"얘, 내가 뭘 했다고 그래?" 헬렌이 말했다.

"바로 그거야." 주근깨 소녀가 말했다. "네가 뭘 했는데?"

그리고 끔찍할 정도로 빠르게, 마지막 수업 날이 닥쳐왔고, 이 관계는 갑작스러운 끝을 맞았다. 킵스는 날짜에 무심했기에, 그 사실은 그에게 불현듯 닥친 충격과도 같았다. 그의 꽃잎이 그토록 희망차게 펼쳐지려던 순간, 모든 것이 끝나 버린 것이다. 하지만 킵스는 그 끝이 정말로, 진정으로 끝이라는 것을 완전히 이해하지 못했다. 수업이 모두 끝나고 잡화점으로 돌아올 때까지는 말이다.

끝은 사실 마지막 수업 중간에 시작되었다. 주근깨 소녀가 종강 이야기를 꺼냈을 때였다. 그녀는 수업이 끝난 후 그가 어떻게 지낼 것인지 물었다. 그가 다짐했던 자기 계발의 약속들을 지키기를 바란다고 했다. 그녀는 자신의 가능성을 발전시키는 것이 스스로에 대한 의무라고 솔직하게 말했다. 그는 굳은 결심을 내비쳤지만, 어려움을 강조했다. 책이 없다고 했다. 그녀는 공공 도서관에서 책을 빌리는 법을 알려주었다. 납세자의 서명이 필요했는데, 그녀가 샬포드 씨가 해줄 것이라고 말했을 때 그는 "물론이죠"라고 대답했지만, 속으로는 샬포드 씨에게 그런 부탁을 하는 것은 '절대 불가능하다'는 것을 완벽하게 알고 있었다.

그녀는 여름 동안 노스 웨일스로 갈 것이라고 설명했고, 그는 별다른 아쉬움 없이 그 말을 들었다. 그는 간간이 여름이 끝나면 목조를 계속할 것이라는 뜻을 내비쳤고, 한번은 "만약…"이라고 덧붙였다. 그녀는 그 '만약…' 뒤에 올 말을 굳이 묻지 않은 자신의 섬세함에 만족했다. 그 대화 후에는 나른한 조각과 윌싱엄 양을 훔쳐보는 시간이 이어졌다. 이윽고 짐을 챙기는 소란이 일었고, 콜리스 양과 나이 든 미혼 여성이 모두에게 악수를 건네는 의식이

치러졌다. 그러고 나서 킵스는 교실 밖, 두 친구와 함께 있는 계단참에 서 있는 자신을 발견했다. 그에게는 이것이 모든 수업의 마지막이라는 사실을 방금 깨달은 것만 같았다. 잠시 침묵이 흘렀고, 주근깨 소녀는 갑자기 교실로 돌아가 버려, 킵스와 월싱엄 양은 처음으로 단둘이 남게 되었다. 킵스는 즉시 숨이 막혔다. 그녀는 동정과 호기심이 뒤섞인 시선으로 그의 얼굴을 쳐다보더니, 하얀 손을 내밀었다.

"그럼, 안녕히 가세요, 킵스 씨." 그녀가 말했다.

그는 그녀의 손을 잡고 놓지 않았다. "저는 뭐든지 할 거예요." 킵스가 말했지만, "당신을 위해서"라고 덧붙일 용기는 없었다. 그는 어색하게 말을 멈췄다. 그는 그녀의 손을 한번 흔들고는, "안녕히 가세요."라고 말했다.

잠시 침묵이 흘렀다.

"즐거운 휴가 보내시길 바라요." 그녀가 말했다.

"내년에는 꼭 수업에 다시 올 거예요." 킵스가 용감하게 말하고는, 갑자기 계단 쪽으로 돌아섰다.

"그러시길 바라요." 월싱엄 양이 말했다.

그는 그녀를 향해 돌아섰다. "정말로요?"

"모두가 돌아오길 바라요."

"저는… 어쨌든… 꼭 올 겁니다." 킵스가 말했다. "그건 믿으셔도 돼요." 그는 자신의 말투에 의미를 담으려 애썼다. 그리고 그들은 잠시 침묵 속에서 서로를 쳐다보았다.

"안녕히 가세요." 그녀가 말했다.

킵스는 모자를 들어 보였다. 그녀는 교실 쪽으로 돌아섰다.

"그래서?" 주근깨 소녀가 돌아오며 물었다.

"아무 일도 없었어." 헬렌이 말했다.

"적어도… 당장은."

그리고 그녀는 책상 위에 흩어진 도구들을 정리하며 매우 활기찬 척했다.

주근깨 소녀는 밖으로 나가 계단 꼭대기에서 잠시 서 있었다. 그녀가 돌아왔을 때, 그녀는 친구를 매우 유심히 쳐다보았다. 그 사건은 그녀에게 중요하게, 놀랍도록 중요하게 보였다. 물론 이해할 수도 없고 터무니없는 일이었지만, 거기에는 한 소녀에게 매우 소중한 것, 즉 한 남자의 감정과 복종, 그리고 여성으로서 거둔 최고의 승리가 있었다. 그녀는 헬렌이 이 모든 것을 너무 무심하게 받아들이는 것이 아닌가 하는 생각을 떨칠 수 없었다.

4. 치터로

1

다음 목요일 수업 시간, 킵스는 믿을 수 없을 만큼 깊은 낙담에 빠져 있었다. 그는 열람실 시계에 눈을 고정한 채, 턱을 주먹에 괴고 팔꿈치를 쌓인 만화 신문 위에 올려놓고 앉아 있었다. 아아! 만화 신문은, 조금도 웃기지 않았다. 그는 맞은편에서 안경 쓴 작은 남자가 풍자 잡지 『편』을 뚫어져라 쳐다보는 것에도 아랑곳하지 않았다. 바로 이 자리에서 그는 밤마다, 하루하루 더 행복해하며, 그녀에게 갈 시간이 오기만을 기다렸다! 그 행복이란! 하지만 이제 시간이 되었는데 수업은 없었다. 다음 10월까지는 수업이 없을 것이고, 어쩌면 그에게는 다시는 수업이 없을지도 모른다.

다시는 없을지도 모른다. 지난 며칠간 샬포드가 그의 산만함을 꼬투리 잡아—맨체스터 제품 코너 창문에 물건을 거꾸로 진열하는 등의 실수를 저지른—매우 부담스럽게 그를 '닦달했기' 때문이다. 그는 깊은 한숨을 쉬고 만화 신문을 뒤로 밀었다. 신문은 즉시 안경 쓴 남자가 채갔다. 그는 방 주위에 걸린 옛 포크스톤의 판화들을 둘러보았다. 그러나 그것들 역시 그의 상처받은 마음에 아무런 위안도 주지 못했다. 그는 잠시 복도를 어슬렁거리다 도서관 대출 현황판을 잠시 지켜보았다. 놀라운 장치였다! 하지만 그것도 그를 오래 붙잡지는 못했다. 사람들이 다가와 곁에서 웃었고, 그 소리가 참기 힘들 만큼 신경에 거슬렸다. 그는 건물 밖으로 나왔다. 거리에서는 끔찍할 정도로 명랑한 손풍금 소리가 울려 퍼졌다. 그 음색이 그를 조롱하는 것 같았다. 그는 절망적인 마음으로 해변으로 향하기로 했다. 거기라면 혼자 있을 수 있을 것이다. 아마 바다는 거칠겠지 — 그건 지금 마음의 상태와 잘 어울렸다. 그리고 분명 어두울 것이다.

'1페니만 있었다면, 부두 끝에서 몸을 던졌을 텐데...그 녀는 내가 사라져도 그리워하지 않겠지.' 그는 그 생각을 한동안 붙잡고 있었다. '1페니라니 — 2펜스잖아.' 그가 낮게 중얼거렸다. 그는 깊은 우울 속에서 도버 스트리트를 걸었다. 마치 자신의 장례 행렬처럼 느릿하고 무겁게.

세상에 대한 모든 흥미를 잃은 채, 톤틴 스트리트 모퉁이를 돌았다. 그리고 바로 그곳에서,

운명이 그를 덮쳤다 — 과장된 음성으로 외치며 다가온 누군가, 그의 어깨를 세게 내리치는 한 방과 함께. 그의 모자가 눈을 가렸고, 엄청난 무게가 어깨를 짓눌렀으며, 무언가가 그의 종아리를 후려쳤다. 그가 평생 벗어나지 못한 그 바닷가 도시, 포크스톤과 운명의 합작으로, 킵스는 그를 기다리던 진흙탕 속에 네 발로 처박혀있게 되었다. 그는 그 자세로 몇 초간 다음 사태를 기다렸다. 마음보다 먼저, 몸의 거의 모든 뼈가 부서졌다고 믿었다. 그리고 그는 마침내 그 난데없는 폭력이 멎었다는 걸 깨닫고, 어쩌면 누군가 잡아주는 손의 도움으로, 비틀거리며 일어섰다. 그리고 자전거를 세운 채, 숨을 헐떡이며 불안한 눈

으로 그를 바라보는 한 남자와 마주했다.

"이봐, 괜찮은가?" 그 남자가 물었다.

"당신이 저를 친 겁니까?" 킵스가 말했다.

"이 핸들바 때문이오." 남자가 약간 미안한 얼굴로 말했다.

"언덕을 내려오던 중이었는데—코너 바로 앞에서 당신이 멈출 줄은 몰랐다네—쾅! 그리고 거기 당신이 있었던 거지! 이 포크스톤 언덕들이 좀 까다롭단 말이지. 난 내내 역페달을 밟고 있었는데 말이야."

"좀 세게 들이받았잖아요." 킵스가 말했다.

"말했다시피, 난 계속 역페달을 밟고 있었다네," 자전거를 탄 남자가 말했다. "하지만 이런 역페달이라는 게—좀 쓸모가 없어."

그는 주위를 둘러보고는 갑자기 자전거에 올라타려는 듯한 움직임을 보였다. 그러고 나서 그는 재빨리 킵스에게 다시 돌아섰다. 킵스는 몸을 숙여 자신의 부상 목록을 읊고 있었다.

"이봐요." 킵스가 말했다. "당신 때문에 이 바지 뒤가 다

찢어졌어요. 피도 좀 나는 것 같고… 좀 조심하셨어야죠."

남자는 즉시 미안해하며 몸을 숙였다.

"오, 이런, 정말 미안하네. 정말로! 좀 봐도 될까? 세상에, 피가 나네. 이건 정말 내 잘못이네. 당장 꿰매야겠어. 근처에 집이 있는데 오면 아무 문제 없을 거야. 정말로. 집에—"

그의 목소리가 갑자기 낮아졌다. "잠시만. 경찰이 온다. 제발 내가 당신에게 부딪혔다고는 말하지 말아주게. 지금 자전거 등에 불이 없거든. 좀 곤란해질 수도 있어서 그래."

킵스는 다가오는 경찰관을 바라보았다. 그 순간, 그는 상대가 자신에게 '너그러움'을 구하고 있다는 사실을 깨달았다. 그리고 킵스는 어딘가 영웅적인 자세로 몸을 곧추세우며 말했다. "좋아요."

경찰관이 지나간 후 그가 말했다. "정말 100야드도 안 된다네. 바로 저 모퉁이만 돌면 되거든."

"그래요." 킵스가 약간 절뚝거리며 말했다. "남을 곤경에 빠뜨리고 싶지는 않아요. 사고란 일어나기 마련이니까요. 그래도…"

"아! 그럼! 맞는 말이지. 사고는 일어나기 마련이니까. 특히 나 같은 사람이 자전거를 타면." 그는 웃었다. "내가 쳐서 넘어뜨린 건 당신이 처음이 아니야, 정말로! 당신도 많이 다치지는 않았을거야. 내가 과속을 한 것도 아니고. 당신이 내가 오는 걸 못 봤을 뿐이지. 나는 죽어라 역페달을 밟고 있었다네. 단지 당신에게는 내가 빨리 오는 것처럼 보였을 뿐이지. 그리고 당신을 쳤을 때 나는 충격을 줄이려고 최선을 다했어. 아마 페달이 당신 종아리에 부딪힌 것 같군. 하지만, 그 경찰관 앞에서는 정말 잘해줬어. 정말로. 상황을 고려하면, 만약 당신이 내가 자전거를 타고 있었다고 말했다면 벌금이 40실링은 나왔을걸! 40실링 말이야! 나는 그들에게 시간이 돈이라고 말해야 했을 거야. 지금의 H.C.에게는 말이지."

"당신은 날 탓하지 않았겠지. 대부분의 사람이라면 그런 충격을 받고 자기 일만 생각했을 거니까. 내가 할 수 있는 최소한의 일은 바늘과 실, 그리고 옷솔을 주는 거고. 당신은 보통 사람들과는 다른 사람이야.

"과속이라니! 내가 정말 빨리 달렸다면 지금쯤 죽었을 거야."

"하지만 , 당신이 그 경찰을 대처한 건 정말 훌륭했어. 솔직히 처음엔 눈치채지 못할까 봐 걱정했는데, 아니었어—딱 알아차렸지. 정말 신사답게 행동했어. 그 장면은 아마 평생 잊지 못할 거야."

처음, 킵스가 상처받았던 감정은 눈 녹듯 사라졌다. 킵스는 아직 사고와 이어진 칭찬에 얼떨떨한 채, 그 칭찬에 걸맞은 사람인 듯 행동하려 애쓰며 뒤따랐다. 그는 그 남자가 어딘가 주도적이고 사람을 끌어들이는 성격이라는 걸 곧 알아차렸다. 그는 니커보커 바지를 입은 작고 통통한 체구의 남자였고, 자전거 모자 아래로 붉은 콧수염과 큰 코, 그리고 밝고 불안하게 빛나는 눈을 가지고 있었다. 그의 움직임은 빠르고 단호했으며, 목소리에는 늘 세상을 주도하던 사람 특유의 친밀하고도 지배적인 어조가 배어 있었다. 그는 근육질의 다리를 반짝이며 성큼성큼 걸었고, 그의 그림자는 마치 그와 함께 도로 위를 손짓하며 지나갔다. 그들은 여러 골목을 지나 마침내 이웃집들 사이에 꼭 낀 듯한 작은 집 앞에 도착해 멈췄다. 자전거 탄 남자는 자전거를 창문에 조심스럽게 기대고, 열쇠를 꺼내 날카롭게 불었다.

"자물쇠가 좀 뻑뻑해서."

그가 말하며 몇 분 동안 문을 여는 데 씨름했다. 요란한 금속성 소음과 함께 마침내 문이 열렸다.

"내가 램프를 가져오는 동안 여기서 좀 기다리는 게 좋겠어." 그가 킵스에게 말했다. "기름이 없을지도 모르니." 그는 복도의 어둠 속으로 사라졌다. "성냥이 있어서 다행이군!" 그가 말했고, 킵스는 잠시 스친 분홍빛 불꽃 속에서 복도의 모습을 어렴풋이 보았다. 남자는 더 안쪽 방으로 사라졌다. 킵스는 이 모든 상황이 너무 흥미로워서 잠시 부상을 완전히 잊어버렸다. 잠시 후, 분홍빛 갓 아래 등유 램프의 불빛이 그의 눈을 비췄다. "들어오게." 붉은 머리 남자가 말했다. "내가 자전거를 가져오지." 잠시 동안 킵스는 램프 불빛이 비치는 방에 홀로 남았다. 그는 찢어지고 얼룩진 붉은 덮개가 씌워진 둥근 테이블과 그 위에 놓인 램프, 그리고 그 작은 아파트의 초라한 전체를 막연하게 훑어보았다. 벽난로 위의 얼룩덜룩한 거울이 그 모습을 비추고 있었다. 사용하지 않는 가스등, 꺼진 난로, 유리 주변에 붙은 수많은 먼지 쌓인 엽서와 메모, 벽난로 선반 위 먼지투성이 사진들, 그리고 종이와 담배 재, 소다수 시럽 병으로 어질러진 테이블이 보였다. 이윽고 자전거 탄 남자가 다시 나타났고, 킵스는 파랗게 면도한 활기차 보이는 그의 얼굴과 밝은 적갈색 눈을 처음으로 제대로 보았다. 전체적으로 킵스보다 열 살은 더 많아 보였지만, 수염 없는 얼굴 덕분에 어떤 면에서는 동년배처럼 느껴졌다.

"어쨌든 그 경찰관 앞에서는 너무 훌륭했어." 그가 다가오며 되풀이해서 말했다.

"달리 어떻게 할 수도 없었는걸요." 킵스가 아주 겸손하게 대답했다. 자전거 탄 남자는 처음으로 손님을 위아래로 훑어보더니 어떻게 대접할지 결정했다.

"그 진흙은 좀 마른 다음에 털어내는 게 좋겠군. 술은 위스키가 있어. 아주 좋은 '오래된 므두셀라'하고, 캐나다 라이 위스키, 그리고 괜찮은 브랜디도 좀 있지. 어느 걸로 하겠나?"

"잘 모르겠는데요." 킵스는 갑작스러운 질문에 당황했다. 그러다 거절할 수 없다는 것을 깨닫고 말했다. "그럼… 위스키로 하겠습니다."

"좋아, 친구. 내 조언을 듣는다면, 그냥 스트레이트로 마시는 게 좋을 거네. 내가 이런 술에 특별한 전문가는 아닐지 몰라도, '오래된 므두셀라'만큼은 꽤 잘 알거든. '오래된 므두셀라'—별 네 개짜리! 그게 바로 나야! 좋은 늙은 해리 치터로와 좋은 오래된 므두셀라. 둘을 함께 놔둬 봐. 펑! 그냥 훅 가버리지!"

그는 큰 소리로 웃고는, 주위를 한번 둘러보고 잠시 강설이다가 자리를 비켜주었다. 덕분에 킵스는 방 안의 물건들을 좀 더 자세히 살펴볼 수 있게 되었다.

2

그는 특히 방을 장식한 사진들에 주목했다. 대부분 여성들의 사진이었는데, 그중 하나는 타이츠 차림이었고, 킵스는 '좀 야하다'고 생각했다. 하지만 다른 한 장은 자전거 탄 남자가 옛 시대의 의상을 입고 있는 사진이었다. 사진 속 다른 이들은 아마도 여배우일 것이고, 집주인은 배우일 것이라고 추론하는 데는 그리 오래 걸리지 않았다. 벽에 붙은 크고 화려한 연극 포스터의 반쪽이 그 추측을 뒷받침하는 것처럼 보였다. 옥스퍼드 액자에 담긴 쪽지는 액자에 비해 조금 컸는데, 그는 몸을 숙여 읽어보았다. "친애하는 치터로 씨께," 짧은 글이었다. "결국 말씀하신 그 희곡을 보내주신다면, 한번 읽어보도록 하겠습니다." 그 아래에는 세련되었지만 도무지 알아볼 수 없는 서명이 있었고, 그 위를 가로질러 연필로 "해리, 요즘은 얼마야?"라고 쓰여 있었다. 창가 그늘에는 갈색 종이에 분필로 그린 남자의 스케치가 있었다. 몸통과 종아리의 곡선, 그리고 쾌활하게 솟은 코의 윤곽이 강조된, 거칠지만 꽤 능숙한 그림이었다. 그 아래에는 틀림없이 "치터로"라고 적혀 있었다. 킵스는 "꽤 닮았네"라고 생각했다. 시럽 병 옆 테이블 위의 종이들은 원고였다. 킵스는 특히 경련을 일으킨 듯 얼룩덜룩하게 페이지를 비스듬히 가로지르는 필체의 원고를 유심히 보았다.

이윽고 그는 현관문 자물쇠가 제 기능을 다하며 망가지는 듯한 요란한 금속성 소리를 들었고, 그러고 나서 치터로가 다시 나타났다. 그는 마치 한바탕 달리기라도 한 듯 약간 숨이 차 있었고, 크고 주근깨 많은 손에는 별표가 붙은 병을 들고 있었다.

"앉게, 친구." 그가 말했다. "앉아. 결국 사러 갔다 와야 했어. 한 방울도 안 남았더군. 하지만 이제 여기 있으니 괜찮아. 아니, 그 의자에는 앉지 마, 내 희곡 원고가 있어. 저거야, 팔걸이 부러진 거. 이 잔은 깨끗할 것 같지만, 혹시 모르니 시럽으로 헹궈서 벽난로에 던져버리게. 자! 내가 하지! 이리 줘!"

말을 하면서 치터로 씨는 테이블 서랍에서 코르크따개를 꺼내, '오래된 므두셀라'의 코르크를 바텐더가 부러워할 만한 솜씨로 따냈다. 그는 두 개의 텀블러를 자신만의 단순하지만 효과적인 방식으로 헹군 뒤, 각각에 고풍스러운 액체를 두 인치쯤 부었다. 킵스는 잔을 들고 아무렇지 않은 척 "고맙습니다"라고 말하고는, 잠시 "건배!"를 외칠까 망설이다가 별다른 의식 없이 입술로 가져갔다. 순간

목구멍을 태우는 불길이 다른 모든 생각을 밀어냈고, 정신을 차렸을 때 그는 치터로 씨가 커다란 불독 파이프에 불을 붙이고 빈 벽난로 맞은편에 앉아 두 번째 위스키를 따르고 있는 것을 발견했다.

"결국," 치터로 씨가 병을 쳐다보며, 그의 큼직한 이목구비 사이에 숨으려는 듯한 작은 미소를 지으며 말했다. "이 사고가 더 나쁜 일로 이어졌을 수도 있었는데. 나는 이야기할 상대가 좀 필요했고, 술집에는 가고 싶지 않았거든. 적어도 포크스톤 술집에는 말이야. 사실, 멀리 있는 치터로 부인에게 여러 가지 이유로 가지 않겠다고 약속했거든. 물론 내가 가고 싶었다면, 내 성격에 어쨌든 갔겠지만. 하여간 여기 우리가 있네! 자전거를 타다가 친구를 만나게 된다는 건 정말 신기한 일이야!"

"그러게요!" 킵스는 이제 한마디 할 때가 되었다고 느끼며 말했다.

"여기 우리가 있잖아, 오랜 친구처럼 앉아서 이야기하고. 30분 전만 해도 서로 존재하는지도 몰랐는데. 적어도 우리는 서로를 몰랐지. 나는 아마 거리에서 자네와 그저 스쳐 지나갔을지도 모르고, 자네도 나를 그냥 스쳐 지나 갔을지 몰라. 그리고 내가 어떻게 알았겠어, 막상 일이 닥 쳤을 때 자네가 그렇게까지 품위 있게 행동할 줄은. 단지 일이 이렇게 되었을 뿐이야, 그게 다야. 담배는 안 피우는 군!" 그가 말했다. "한 대 피우겠나?"

킵스는 피워도 상관없다는 식의 어정쩡한 대답을 했 고, 혼란 속에서 '오래된 므두셀라'를 한 모금 더 마셨다. 그는 그 한 모금이 몸속을 여행하는 과정을 꽤 오랫동안 따라갈 수 있었다. 마치 그 늙은 신사가 그의 내장을 따라 불타는 횃불을 휘두르며, 여기저기 불을 붙여 마침내 그 의 온 존재가 환하게 빛나는 것 같았다. 치터로는 담배 주 머니와 종이를 꺼내 들더니, 아직 풋내기였던 시절 자신 에게 담배 말기를 가르쳐준 '키티'라는 아가씨 이야기를 늘어놓았다. 이야기는 흥미로웠지만 도무지 맥락을 잡기 어려웠다. 그는 킵스를 배려하듯 위스키에 소다수를 조금 섞어보는 게 어떠냐고 제안했다. "그렇게 마시는 사람들 도 있더군." 그리고 잠시 멈칫하더니, 특유의 진지한 얼굴 로 덧붙였다.

"나는 별로지만 말이야." 적의 기세가 약해진 틈을 타, 킵스는 남은 술을 단숨에 삼켰고, 그의 잔은 즉시 환대 속에 다시 채워졌다. 그는 자신이 평소 생각했던 것보다 훨씬 더 굳건한 사람이라고 느끼기 시작했고, 지금까지보다 대화에서 더 큰 역할을 하겠다는 결심으로 치터로의 말에 귀를 기울였다. 그는 또한 아주 최근에야 익힌 기술인, 코로 담배 연기를 성공적으로 내뿜었다.

한편 치터로는 자신이 극작가라고 설명했다. 그러자 킵스도 입이 풀렸다. 그가 아는 친구—아니, 그 친구의 친구—아니, 정확히 말하면 그 친구의 형제가 희곡을 썼다는 이야기를 꺼냈다.

"제목이 뭐였는데?" 치터로가 물었다.

"잘 기억은 안 나요. '사랑의 몸값'인가, 뭐 그런 거였던 것 같아요. 런던 어딘가에서 공연됐다고 들었어요."

"얼마나 벌었대요?"

"500파운드요."

"500?" 치터로가 벌떡 일어서듯 외쳤다. "그건 아무것도 아니야. 아무것도! 자네는 몰라, 연극으로 얼마나 벌

수 있는지—상상도 못 할 거야. 엄청난 돈이 걸려 있다고! 어마어마한 돈!"

치터로는 구체적인 사례들을 줄줄이 늘어놓기 시작했다. 그는 분명 독백에 천부적인 재능을 가진 사람이었다. 마치 킵스 앞에서 어떤 대화의 댐이 터진 듯했고, 잠시 후 그는 연극계의 모든 것을 꿰뚫고 있는 사람의 풍부하고 빠른 말의 홍수에 휩쓸려가고 있었다. 그 흐름이 자신을 어디로 데려갈지 전혀 예측할 수 없었다. 어느새 이야기는 유명 연극 연출가들에 대한 일화로 넘어갔다. 작은 테디 블레더스카이트, 교활한 늙은 첨스, 그리고 거구의 베헤모스.

"사교계 여성들이 하도 애지중지해서 죽을 지경이었지. 정말이지, 진절머리가 날 정도였다니까."

치터로는 이 인물들과의 개인적인 만남을 항상 겸손하게 자신을 낮추며 묘사했고, 술에 취한 늙은 첨스의 모습을 아주 재미있게 흉내 내 보여주었다. 그러고는 '오래된 므두셀라'를 연거푸 두 잔 더 들이켰다. 킵스는 담배 끝을 잘근잘근 씹으며, 가장 현명한 태도로 "그렇겠지요"와 "전적으로 믿습니다" 같은 말로 맞장구를 쳤다. 그는 이 새롭고 재미있는 인물과 스스럼없이 어울리는 자신에게 감탄했다. 그는 담배를 하나 더 말아달라고 했고, 그러자 치터로는 어느새 부유하고 성공한 극작가가 젊은 숭배자에게 인터뷰를 해주는 듯한 태도를 취했다. 그는 자신의 경력과 작업 방식에 대한 질문들에 답하기 시작했는데, 때로는 킵스가 묻고 때로는 스스로 묻는 식이었다. 그는 이 자발적인 과제를 대단한 진지함과 활력으로 수행했다. 그는 너무나 충실하게 설명에 임한 나머지, 때로는 이야기가 곁가지와 각주, 일화의 덤불 속으로 완전히 길을 잃는 것처럼 보이기도 했다. 하지만 이야기는 언제나 다시 그 자신에게로 돌아왔다. 대개는 자신의 경험을 예로 들기 위해서였다. 사실 그것은 온갖 일을 다 겪은 사내의 전기 초안 같은 이야기였고, 그는 마치 토머스 노게이트 경 같은 인물들과 어깨를 나란히 했다는 듯 말했다. 특히 미국과 '문명 세계 전역'에서 배우로서 "엄청난 성공을 거두던 시절"의 일화를 늘어놓았는데, 그때 그는 주에 서른, 마흔, 쉰 달러를 벌었다며 시점을 정하곤 했다. 그의 풍부하고 가득 찬 목소리가 계속 흘러나왔고, 그가 만든 고약한 늙은 악당, '므두셀라 노인'이 킵스의 속을 뒤흔들며 그의 온 존재를 하나둘 불 밝혀지는 축제의 전당처럼 환히 비추자─보라! 치터로와 킵스, 그리고 그들이 앉아 있던 방은 완전히 변모했다. 치터로는 셰익스피어와 입센, 마테틀링크와 어깨를 나란히 한 인물이 되었고, 마치 그들의 곁에서 우연히 '발견된 사람'처럼 보였다. 그는 원숙하고 깊으며, 유머와 천재성이 넘쳤다. 그리고 그 방은 더 이상 포크스톤 뒷골목의 초라한 방이 아니었다. 책과 그림, 세련된 문명의 안락함으로 가득한 호화로운 아파트였다. 벽에 걸린 싸구려 사진들은 고화(古畵)가 되었고,

잡동사니 천 조각은 값비싼 태피스트리로 바뀌었으며, 그 흔한 등유 램프마저도 부드럽고 우아한 빛을 뿜어냈다. '오래된 므두셀라'의 유구한 역사에 대한 주장을 약화시켰을지도 모를 어떤 미숙한 열기는 그 화려함 속에서 사라졌고, 식탁보의 탄 자국 두 개와 꿰맨 자국은 천재의 집에서 볼 수 있는 자연스러운 불일치에 불과하게 되었다. 그리고 킵스는! 킵스는 최근의 빠르고 용감한 행동

으로 두각을 나타낸, 아직 널리 알려지지 않았지만 장래가 촉망되는 젊은이였고, 그 보상으로 성소의 비밀을 엿볼 자격을 얻었다. 평범한 부자들, 심지어 '사교계 여성들'조차 그 안을 들여다보지 못해 안달한다는, 바로 그곳을 말이다. "그런 사람들은 원치 않아, 친구. 그들은 일을 망칠 뿐이야, 알잖아! 저 바깥의 은행원이나 대학생들은 그게 인생의 전부라고 생각하지. 그들을 믿지 마. 믿지 말라고."

그리고 그때!

"쿵… 쿵… 쿵… 쿵…" 배우라고 착각하고 순회 극단에 들어가는 바보들에 대한 가장 재미있는 여담의 한가운데서, 킵스는 치터로가 폭로하는 그들의 어리석음에 한껏 즐거워하고 있었다.

"오, 이런!" 킵스가 잠에서 깬 사람처럼 말했다. "벌써 11시잖아요!"

"그럴 거야." 치터로가 말했다. "내가 위스키를 가져왔을 때 거의 10시였으니. 아직 일러."

"그래도 가야겠어요." 킵스가 말하고 일어섰다. "지금이라도 가야 해요. 사실은… 전혀 몰랐어요. 집 문은 10시 반에 닫히거든요. 미리 생각했어야 했는데."

"글쎄, 가야 한다면 가야지! 내가 말해줄게. 나도 같이 가지. 아참! 자네 다리! 완전히 잊고 있었군! 그렇게 거리를 다닐 수는 없지. 내가 찢어진 곳을 꿰매주겠네. 그동안 위스키 한 잔 더 하게."

"지금 가야 해요." 킵스가 힘없이 항의했다. 그러자 치터로는 찢어진 바지를 꿰맬 수 있도록 의자에 무릎을 꿇는 법을 보여주었고, 세 번째 잔에 들어간 '오래된 므두셀라'는 킵스의 혈관 속에서 잠시 희미해졌던 빛을 되살리느라 바빴다. 그러다 갑자기 치터로는 웃음이 터져 바느질을 멈추고는, 이 장면이 희극의 한 장면으로도 손색이 없겠다고 말했다. 그는 즉석에서 희극의 줄거리를 스케치하기 시작했고, 그것은 곧 읽는 데 10분도 걸리지 않을 또 다른 희곡에 대한 이야기로 이어졌다. 그 희곡에는 무대에서 한 번도 시도된 적 없지만, 그럼에도 불구하고 완벽하게 합법적인 장면이 있었다. 바로 목덜미에 살아있는 딱정벌레가 들어간 남자가 사람들로 가득 찬 방에서 태연한 척하는 장면이었다.

"그들이 자넬 문밖에 세워두진 않을 거야."

치터로가 유난히 다정한 어조로 말하고는, 자신이 썼을 뿐 아니라 직접 연기했고, 연기했을 뿐 아니라 실제로 살아낸 장면을 읽기—아니, 암송하기 시작했다. 그 장면은 아직 무대에 오른 적은 없지만, 지금까지 쓰인 작품들 중에서도 손꼽히는 오프닝이었다. 킵스는 그 장면의 모든 것을 눈앞에 그릴 수 있었다. 다 끝나자 그는 "정말 훌륭하네요"를 여섯 번이나 반복했고, 치터로는 "빌어먹게 훌륭하지"를 세 번 외쳤다. 그리고 영감의 술을 한 모금 더 들이켜며 선언했다.

"난 자네처럼 예술의 미묘한 점을 단번에 알아보는 지성을 거의 본 적이 없어. 더 강한 머리를 가진 사람은 있을지 몰라도, 자네처럼 예리하고 빠른 사람은 없었어."

그런 용감하고 분별력 있는 지성이 매일 밤 10시—아니, 10시 30분—에 갇히거나 쫓겨나는 것은 부끄러운 일이며, 그는 런던 일간지의 편집장에게 현재의 무능한 사람 대신 킵스를 즉시 드라마 비평가로 임명하라고 추천하고 싶은 마음이 반쯤 들었다고 말했다.

"저는 인쇄용으로 글을 써본 적이 없는 것 같아요." 킵스가 말했다. "한 번도요. 그래도 기회가 생긴다면 정말 열심히 해볼 거예요. 정말로요! 창문 광고판은 여러 번 써 봤어요. 만들고 뭐하고 다요. 하지만 그건 다르죠."

"자네는 전에 해본 적이 없으니 더 신선하게 접근할 수 있을 거야. 그리고 자네가 그 장면의 모든 포인트를 잡아낸 방식은, 친구, 정말 대단했어! 장담하는데, 자네는 윌리엄 아처(유명 비평가)를 완전히 능가할 거야. 물론, 자네가 그렇게 문학적이진 않겠지만, 나는 문학적인 극작가만큼이나 문학적인 비평가도 믿지 않아. 연극은 문학이 아니야. 그게 바로 그들이 놓치는 점이지. 연극은 연극이라고. 아니! 그건 어쨌든 자네에게 방해가 되지 않을 거야. 자네는 여기서 낭비되고 있어, 정말이야. 내가 연기를 시작하기 전에 그랬던 것처럼. 내가 지금 쓰고 있는 비극의 첫 두 막에 대한 자네 의견을 듣고 싶군. 그건 아직 갈 안 했지. 읽는 데 한 시간도 안 걸릴 거야."

3

그가 나중에 기억하기로는, 킵스는 '한 잔 더' 마셨다. 그리고는 갑자기, 비극이고 뭐고 간에 '정말로 가야 한다'고 고집을 부렸다. 그 이후로 기억은 띄엄띄엄 이어졌다. 몇몇 장면은 또렷했지만, 그 사이엔 빈틈이 있었다. 그는 치터로가 끝까지 집에 데려다주겠다고 고집하며 잠들기 전 산책 삼아 함께 나선 일을 기억했다. 그리고 리틀 펜처치 스트리트에서 자신이 똑바로 걷지 못한다는 것을 깨달았고, 치터로가 꿰매던 바늘과 실이 아직도 바짓단에 달려 인도 바닥을 질질 끌리며 따라오는 것도 아주 분명히 기억했다. 그는 그 실을 집으려다 비틀거리며 넘어졌고, 치터로는 큰 소리로 웃으며 그를 일으켜 세웠다.

"이번엔 자전거가 아니라네, 친구!"

그 말은 두 사람 모두에게 견딜 수 없을 만큼 웃긴 농담이었다. 그들은 그 농담을 핑계 삼아 서로를 주먹으로 툭툭 쳤다. 그 후 잠시 동안 킵스가 완전히 술에 취해 걷지 못하는 척을 했고, 치터로는 그 장단에 맞춰 그를 부축

했다. 그러다 킵스는 톤틴 스트리트 언덕을 내려가 잡화점으로 다시 언덕을 올라가는 것이 너무나 우스꽝스럽다는 생각에 사로잡혔다. 그는 이 생각을 치터로에게 설명하려 했지만, 자신의 즐거움 때문인지 치터로의 명백한 취기 때문인지 제대로 전달할 수가 없었다. 그의 다음 기억은 잡화점의 외관이었다. 문은 닫히고 불은 꺼져 있었으며, 노란색과 초록색 줄무늬가 마치 자신을 향해 찡그리는 것 같았다. 달빛에 차갑게 반짝이는 '샬포드'라는 금박 글자가 그의 마음에 특히 생생하게 각인되었다. 킵스에게는 그 가게가 영원히 닫힌 것처럼 보였다.

그 글자들은 겉보기와는 달리, 그에게 종말과 포크스톤에서의 추방을 의미했다. 그는 다시는 목조를 하지 못할 것이고, 월싱엄 양을 다시는 보지 못할 것이다. 그녀를 다시 볼 희망을 품었던 것은 아니었지만, 이것은 비수였고, 마지막이었다. 그는 문밖에 남겨졌고, 술에 취했으며, 사흘 전에는 맨체스터 코너 창문 진열 문제로 소동까지 있었다. 돌이켜보면, 그는 그때 완전히 제정신이었고 마음 깊은 곳에서는 매우 불행했지만, 그럼에도 불구하고 그는 그 상황에 용감하게 맞서며 쫓겨나도 상관없다고 단호하게 선언했다. 그러자 치터로는 그의 등을 매우 세게 치며 '정말 잘했다'고 말했다. 그는 자신이 연기를 시작하기 전 셰필드에서 점원으로 일할 때, 때로는 엿새 연속으로 쫓겨나기도 했다며 그를 안심시켰다.

"결과가 어땠냐고?" 치터로가 말했다. "나는 지금이라도 그곳으로 돌아갈 수 있고, 그들은 나를 기꺼이 다시 받아줄 거야. 기꺼이." 그는 되풀이하고는 덧붙였다. "물론, 그들이 나를 기억한다면 말이지. 그럴 가능성은 별로 없지만."

킵스는 약간 힘없이 물었다. "저는 어떻게 해야 하죠?"

"밖에서 버텨." 치터로가 말했다. "지금 그들을 깨울 수는 없어. 그러면 바로 들키지. 아침에 고양이 들어갈 때 슬쩍 들어가는 게 좋을 거야. 그러면 될 거야. 아무도 너를 고자질하지 않으면 아침에는 아마 괜찮을 거야."

그 뒤로 잠시 동안—아마도 방금 등을 맞은 충격으로—킵스는 머리가 멍함을 느꼈다. 언제나 상황을 기막히게 파악하는 치터로가 그를 이끌어 리스 해변 산책로로 바람을 쐬러 나갔다. 얼마 지나지 않아 그는 일시적인 어지럼증을 떨쳐버렸고, 치터로가 달빛이 바다 위에서 만들어내는 변화에 대해, 그리고 그것이 사람 얼굴에 드리우는 달빛과 어떻게 다른지를 논하고 있다는 것을 알아챘다. 그들은 나란히 팔짱을 끼고 걸었고, 곧 그들은 사랑에 대한 이야기를 나누기 시작했다. 그리고, 그곳에서 한동안 머물렀다.

바람이 멎자, 밤은 절정의 아름다움 속에 있었다. 달빛은 맑고 부드러웠고, 공기에는 알 수 없는 신비가 감돌았다. 킵스는 문득 무한한 자유를 느꼈다. 아무도 보지 않고, 아무도 듣지 않았다. 그는 말하고 싶은 대로 말하고, 생각하고 싶은 대로 생각할 수 있었다. 세상은—적어도 리스만큼은—그의 것이었고, 그 소유의 자부심을 흐리는 것은 약간의 비틀거림뿐이었다. 그들은 리스 산책로를 따라 샌드게이트 리프트까지 걸어갔다가 되돌아왔다.

치터로는 먼저 달빛이 바다 위에서 일으키는 변화를 이야기하더니, 곧 사람의 얼굴에 드리우는 달빛의 변화로 화제를 옮겼다. 그리고 마침내 사랑에 이르러, 한동안 그곳에 머물렀다. 그는 풍부한 경험과 일화를 곁들여, 킵스의 귀에는 유난히 생생하고 사실적으로 들렸다. 킵스는 월싱엄 양과 샬포드의 분노를 잊었고, 세상의 구속에서 벗어난 무법자가 된 듯했다. 치터로는 여성 문제에 있어서도 대단한 인물이었으며, 여전히 예술가가 자신의 작품을 회상하듯 화려하고 다채로운 과거를 즐겁게 떠올렸다.

그는 연대를 따지지 않고, 인상파 화가처럼 관계와 얽힘의 짧은 스케치를 이어갔다. 한순간 그는 케이프타운에서 말레이 여인의 남편을 피해 달아나고 있었고, 다음 순간엔 요크의 성직자 딸과 열정적인 관계에 빠져 있었으며, 이내 시포드에서의 기묘한 연애담 속으로 옮겨갔다.

"사람들은 한 번에 두 여자를 사랑할 수 없다고 말하지."

치터로가 말했다.

"하지만 내가 장담하는데…"

그는 손짓을 하며 넉넉한 목소리를 높였다.

"그건 헛소리야! 헛소리!"

"저도 알아요." 킵스가 말했다.

"왜, 내가 베시 호퍼 극단에서 작은 역을 맡았을 때, 세 명이나 있었다니까." 그는 웃고는 덧붙였다. "물론 베시는 빼고 말이야."

그는 순회 극단의 삶에 대해 말하기 시작했다. 그것은 사랑과 욕망이 뒤엉킨 삶의 정글이었다. 매혹적이고 두려운 그 혼란은 마치 사랑이라는 거대한 착즙기가 인간의 심장을 눌러 짜내는 듯했다.

"사람들은 이런 연애사가 귀찮고 일에 방해가 된다고 말하지. 나는 아니라고 봐. 그런 것 없이는 일이 제대로 돌아갈 수가 없어. 배우들은 그래야만 해. 그렇지 않으면 기질이 없는 거지. 기질이 없었다면 애초에 배우가 되려고도 안 했을 거고. 기질이 있다면? 붐! 하고 터지는 거야."

"맞는 말이에요." 킵스가 말했다. "알 것 같아요."

치터로는 무대 도덕에 관한 클레멘트 스콧 경의 어떤 역사적인 발언에 대해 면밀한 비판을 시작했다. 그는 비밀스럽게, 마치 대중 앞이 아닌 것처럼, 그 발언이 대체로 사실임을 유감스럽게 인정했다. 그는 거의 자신에게 강요

되다시피 했던 여러 전형적인 사례들을 검토하기 시작했고, 특히 여성에 대한 자신의 성격과, 한때 매우 친밀했던 것으로 보이는 토마스 노게이트 경의 성격을 비교하는 데 특별한 주의를 기울였다. 킵스는 이 특별한 회상에 넋을 잃고 귀를 기울였다. 그것들은 놀라웠고, 믿을 수 없을 만큼이나 믿음이 갔다. 당연히, 이렇게 소란스럽고 열정적인 과정이야말로 삶이 흘러가는 방식이었다. 적어도 고급 잡화점 밖에서는! 그는 그런 일들이 소설이나 연극 속에서나 벌어지는 줄 알았다. 단지 자신이 너무 어리석어서, 그것이 현실이라는 걸 깨닫지 못했을 뿐이다.

이제 대화에서 그의 몫은 간헐적인 감탄사 한두 마디 뿐이었고, 그건 마치 책 여백에 희미하게 그려진 낙서 같은 것이었다. 치터로는 완전히 혼자서 이야기를 이끌었다. 그는 웅장한 목소리로 웃음을 터뜨리다가, 갑자기 신비로운 열정 속으로 가라앉았다. 그는 솔직했고, 그 솔직함은 엄청난 진리를 마주하는 느낌을 줬으며, 침묵은 깊은 의미가 숨겨져있는 듯 했다. 그는 달빛 아래서 팔을 휘두르며, 자신의 인생극에 완전히 몰입했다. 모험과 쾌락,

그리고 육체의 교훈을 설교하는 신처럼 보였다. 그러나 그 열정의 밑바닥에는 감상적인 무언가— 거칠고 제맛대로지만 어쩐지 세련된 자기 연민—이 깔려 있었다.

그가 보냈던 세월이란!

치터로가 킵스의 나이였을 때, 이미 그는 수많은 사랑을 지나왔다. 그러다 그는 불현듯 화제를 바꿨다. 그는 젊은 시절 방탕하게 살았으나, 결혼을 할 때가 다가왔다. 그리고 이제 그는 저녁 초에 그 이야기를 했던 것 같다. 그는 행복하게 결혼했다. 그녀는, 그가 이야기했듯이, '타고난 숙녀'였다. 그녀의 아버지는 켄티시 타운의 저명한 변호사였고, '술집 관련 소송을 많이 맡았다'. 그녀의 어머니는 유명한 초상화가인 아벨 존스의 아내와 둘째 사촌이었다. '어떤 면에서는 거의 사교계 인사'라고 불릴만 했다.

하지만 그것은 치터로에게 중요하지 않았다. 그는 속물이 아니었다. 중요한 것은 그녀가, 그가 자신 있게 주장하건대, 전혀 훈련되지 않았지만, 전 세계에서 가장 훌륭한 콘트랄토 목소리를 가졌다는 것이었다. ("하지만 그걸 제대로 들으려면," 치터로가 말했다. "큰 홀이 필요해.")

그는 언제, 어떻게 결혼했는지에 대해서는 얼버무리며 고개를 저었다. 그녀는, 보아하니, 가족과는 따로 살고 있었다. 치터로가 처가 식구들과 별로 잘 지내지 못한다는 건 분명했다. 그들은 그의 '극작 재능'을 알아보지 못했고, 그저 돈 안 되는 허황된 공상쯤으로 여겼다. 하지만, 그와 킵스는 잘 알고 있었다. 조금만 더 참으면, 노력의 대가로 엄청난 번영의 황금이 쏟아질 것이라는 걸. 그는 곧 환대의 이야기로 화제를 돌렸다.

"자네, 나랑 집에 가세. 밤새 떠돌 순 없잖나. 집엔 딱맞는 술이 기다리고 있지." 그는 말했다. "소파에서 자면 돼. 걱정 마, 스프링은 완벽해. 내가 2~3주 전에 다 빼버렸거든. 도대체 왜 그걸 넣는지 모르겠어. 난 잘 알지. 예전에 베시 호퍼 극단이랑 다닐 때 배웠거든. 그때 잉글랜드 전역, 노스 웨일스, 맨섬까지 돌았지만—스프링이 제대로 된 소파는 단 한 번도 못 봤다니까."

그는 어깨를 으쓱하며, 의미심장하게 웃었다.

"가끔은 그렇게 되기도 하지." 그들은 항구 거리 쪽으로 경사진 길을 내려가 파빌리온 호텔을 지나 계속 걸었다.

4

그들은 다시 '오래된 므두셀라'의 면전에 이르렀고, 그 고귀한 술은 치터로의 지시에 따라 즉시 킵스의 내면을 깨끗하고 철저하게 비추는 일을 재개했다. 치터로는 마치 술이 불이라도 되는 양, 아무렇지 않게 한 잔을 가득 따르고 불독 파이프에 다시 불을 붙였다. 잠시 명상에 잠긴 그를 킵스가 깨웠다.

"배우라는 직업은 참 굴곡이 많네요."

"그렇지." 치터로가 정신을 차린 듯 말했다.

"어쩔 땐 자기 탓이고, 어쩔 땐 아닌데, 대부분은 자기 탓이야. 늘 그런 거지. 극장장 아내 문제거나, 술집에서 말이 많았거나. 난 운명론자야. 사람은 결국 자기 성격대로 살게 되어 있어. 거기서 벗어날 수 있다고 생각할지 모르지만—천만에." 그는 잠시 생각했다. "그게 바로 비극을 만드는 거야. 정말로, 검증된 심리학이지. 그리스 비극의 아이러니, 입센, 그 모든 것. 요즘 최신 유행이야."

그는 이 고상한 현대 비평을 마치 다른 생각을 하며 수업 내용을 암송하듯 내뱉었지만, 입센의 이름이 입술을 스칠 때 정신이 번쩍 드는 듯했다. 그는 킵스에게—이 완전히 새로운 이름에 대해 어떤 정보든 기꺼이 받아들일 준비가 된 킵스에게—입센의 부족한 점, 그의 결함이 우연히도 자신, 즉 치터로의 강점과 일치하는 점이 무엇인지 정확히 말해주고 싶어 했다. 물론 그는 자신을 입센과 어떤 식으로든 동등하게 놓으려는 생각은 없었다. 그럼에도 불구하고, 잉글랜드와 미국, 그리고 식민지에서의 그의 경험이 입센이 가졌을 법한 경험보다 훨씬 더 광범위하다는 사실은 변함이 없었다. 입센은 아마 평생 동안 '제대로 된 술집 싸움' 한번 본 적이 없을 것이다.

물론 그것이 입센의 잘못도 공로도 아니었지만, 사실은 사실이었다. 사람들은 천재라면 뭐든 할 수 있고, 훈련도 경험도 없이 곧바로 해낼 수 있다고 믿는다. 하지만 이제 그는 그 말을 조금 의심하게 되었다. 물론 지금 쓰고 있는 희곡이 비평가 윌리엄 아처의 마음에는 들지 않을 수도 있다. 하지만 그는 그런 건 전혀 신경 쓰지 않았다. 적어도 구조만큼은, 입센의 어떤 작품보다도 탄탄하다고 믿었으니까. 결국 치터로는 교묘하게 이야기를 돌려 다시 자신의 희곡 이야기로 돌아왔다. 그는 그것을 읽어주는 대신, 그냥 설명하기로 했다. 아직 다 쓰지 못한 부분이 많았기 때문이다. 이야기는 모든 것을 보고, 모든 것을 겪어본 한 귀족의 복잡한 인생담이었다. 그는 치터로가 아는 거의 모든 것—특히 '여자에 대한 모든 것'을—아는 인물이었다. 그 이야기는 치터로 자신을 흥분시켰고, 그는 이내 말로 설명할 수 없는 장면을 연기하기 위해 자리에서 일어났다. 킵스는 그 장면에 격렬한 찬사를 보냈다. "정말 멋지네요." 새로운 드라마 비평가가, 이제 자신의 역할에 완전히 익숙해져, 주먹으로 테이블을 치며 말했다. 그는 '오래된 므두셀라' 세 번째 잔을 거의 엎지를 뻔했다. "정말 멋져요, 치터로!"

"알겠나?" 치터로의 얼굴에서 우울함의 마지막 흔적이 사라졌다. "좋아, 친구! 자네가 알아볼 줄 알았어. 하지만 이건 문학 비평가들은 절대 볼 수 없는 종류의 것이야. 어쨌든, 이건 시작에 불과해."

그는 킵스에게 술을 더 따라주고 설명을 계속했다.

잠시 후, 과대평가된 입센에게 지금까지 부여했던 순

전히 의례적인 우위는 더 이상 필요하지 않았다. 킵스와 치터로는 친구였고, 그들은 보통 드러내지 않는 것들에 대해 솔직하고 공개적으로 이야기할 수 있었다.

"어쨌든, 방금 읽어주신 건 정말 멋졌어요. 그건 변하지 않아요.

킵스가 약간 뜬금없이, 잔 가장자리 너머로 말했다. 그는 사물 주위에 희미하게 윙윙거리는 진동 같은 것을 느꼈는데, 그것은 매우 기분 좋고 즐거웠다. 약간의 주의를 기울이자 그는 아무런 어려움 없이 잔을 테이블에 다시 놓을 수 있었다. 그러고 나서 그는 치터로가 시나리오를 계속 설명하고 있다는 것을, 그리고 '오래된 므두셀라' 병이 거의 비었다는 것을 알아차렸다.

그는 마실 술이 거의 남지 않았다는 사실에 기뻤다. 자신이 취하는 것을 막아줄 것이기 때문이다. 그는 지금 취하지 않았지만, 충분히 마셨다는 것을 알았다. 그는 언제나 자신이 충분히 마셨다는 것을 아는 부류의 사람이었다. 치터로에게 이 말을 하기 위해 그의 말을 끊으려 했지만, 적절한 기회를 잡을 수 없었다. 그는 치터로가 주량을 모르는 부류의 사람이 아닐까 의심했다. 그는 치터로에게 불만을 느끼기 시작했다. 매우. 그에게는 치터로가 강물이 끝없이 흘러가는 것 같은 사람으로 보였다. 잠시 동안 그는 설명할 수 없이 치터로에게 화가 났고, 그에게 "당신은 말재주가 있군요"라고 말하고 싶었지만, 그는 단지 "재주"라고 말하는 데 그쳤다.

그러자 치터로는 그에게 감사하며 그가 아처보다 낫다고 말했다. 그래서 그는 치터로를 험악한 눈으로 쳐다보기 시작했고, 마침내 가장 이상한 일이 일어나고 있다는 것을 깨달았다. 치터로가 '킵스'라는 이름의 누군가를 계속 언급하고 있었던 것이다. 이것은 곧 킵스를 매우 당황하게 하기 시작했다. 희미하지만 분명하게 그는 이것이 잘못되었다는 것을 인식했다.

"이봐요." 그가 갑자기 말했다. "어떤 킵스 말입니까?"

"내가 지금 자네에게 말하고 있는 이 친구, 킵스 말일세."

"어떤 친구 킵스에 대해 말하고 있는 거에요?"

"내가 말했잖나."

킵스는 잠시 침묵 속에서 이 어려움과 씨름했다. 그러고 나서 그는 단호하게 되풀이했다. "어떤 친구 킵스 말이에요?"

"내 희곡에 나오는 친구 말이야. 여자에게 키스하는 남자."

"나는 여자에게 키스한 적 없어요." 킵스가 말했다. "적어도…" 그는 잠시 말을 잇지 못했다. 앤에게 키스를 했는지 안 했는지 기억할 수 없었다. 하려고 했던 것은 기억났다. 그러고 나서 갑자기 그는 아주 슬픈 목소리로 난로를 향해 말했다. "내 이름이 킵스잖아요."

"응?" 치터로가 말했다.

"킵스." 킵스가 약간 냉소적으로 웃으며 말했다.

"그게 뭐 어쨌다는 건가?"

"그게 바로 나에요." 그는 자신의 본질을 가리키려는 듯 가운데 손가락으로 가슴뼈를 툭툭 쳤다.

그는 치터로를 향해 아주 진지하게 몸을 기울였다.

"이봐요, 치터로." 그가 말했다. "내 이름을 희곡에 넣을 권리는 없어요. 그런 짓을 하면 안 된단 말입니다. 그러면 나는 바로 일자리를 잃을 거요."

그리고 그들은 약간의 논쟁을 벌였다. 킵스가 기억하는 한은 그랬다. 치터로는 자신이 어떻게 이름을 얻었는지에 대해 장황한 설명에 들어갔다. 그는 인물 이름들을 대부분 낡은 신문에서 따온다고 했다. 그 이름들은, 그는 말하길, "지금도 어딘가엔 남아 있을 걸"이라고 했다. 심지어 킵스의 이름도 하나 찾아보겠다고 덧붙였다. 그가 그렇게 낡은 신문을 찾는 동안, 킵스는 논쟁을 이어갔다. 그는 벽에 붙은 타이츠 차림의 소녀 사진을 향해 말을 걸었다. 처음엔 그 복장이 영 마음에 들지 않았지만, 지금 보니 꽤 똑똑해보이는 얼굴을 하고 있다고 말했다.

"버긴스를 만나면 그녀는 분명 그를 좋아할 거야. 그런 부류잖아."

그는 계속 중얼거렸다.

"그녀라면, 아니, 분별력 있는 사람이라면 누구나 알거야. 희곡에 남의 이름을 쓰는 건 잘못이야. 그건… 법적으로 문제 될 수도 있어."

그는 비밀을 털어놓았다. 그는 희곡에 자기 이름이 들

어가지 않더라도, 밤새도록 밖에 머문 것만으로도 이미
충분한 곤경에 처해 있다고 설명했다. 그는 분명히 소동
에 휘말릴 것이고, 아주 큰 소동에 휘말릴 것이다.

　그는 왜 그런 짓을 했을까?

　왜 10시에 그냥 돌아가지 않았을까?

　그저 일이 꼬이고 꼬여 그렇게 된 것이다.

　세상일이란….

　그는 그럴듯하게 일반화했다, 언제나 하나가 다른 하
나로 이어지기 마련이었다. 그가 치터로에게 '자신은 월
싱엄 양과는 전혀 어울리지 않는다'는 말을 어떻게든 납득
시키려 애쓰고 있을 때, 치터로는 신문 찾기를 포기하고
갑자기 그를 향해 "헛소리 좀 그만해, 술 취했잖아!" 하고
쏘아붙였다.

5. 맞바꾼 삶

1

그는 스프링이 모두 제거된 덕분에 편안해진 소파에서 깨어났다. 술이 덜 깬 건 아니었지만, 상태는 엉망이었다. 머리는 깨질 듯 아팠고, 입안에는 쇠맛과 낡은 장화 냄새가 섞여 있었다. 옷을 입은 채 잠들었지만, 몸의 뻣뻣함은 별 문제가 아니었다. 그의 머릿속엔 단단하고 모서리진 생각 하나가 박혀 있었는데, 그 생각에 닿기만 해도 머리가 쪼개질 듯했다. 그건 바로—직장을 잃었고, 모든 걸 망쳤으며, 그런데도 그게 별로 중요하지 않다는 생각이었다. 샬포드는 분명 그의 탈선을 알게 될 것이고, 그건 '댄체스터 진열창 사건'과 함께 묶여버릴 터였다.

그는 무기력하게 치터로의 손에 자신을 맡겼다. 치터로 역시 "몸이 좀 안 좋다"며, "리큐어 잔만큼의 순수 브랜디가 유일한 처방이지"라고 선언했다. 그는 마치 외아들의 타락을 돌보는 어머니처럼 킵스의 머리와 입을 다정하게 보살폈고, 그 증상을 다른 숙취들과—특히 토머스 노게이트 경의 사례와—비교했다. "그 사람은 술을 못 했어. 원래 술꾼 체질이 아니었지. 하지만… 가끔은 그렇게 되기도 해." 마침내 치터로는 젊은 초심자의 팔을 펌프 손잡이처럼 길게 흔들며 위로를 건넸고, 그가 즐겨 쓰는 비밀 해독제—뜨겁게 데운 멸치 토스트에 카이엔 페퍼를 듬뿍 뿌린 것—를 내주었다. 그제야 킵스는 구겨진 칼라를 세우고 옷을 털며, 찢어진 무릎을 꿰매고, 샬포드 씨와 이 거칠고 전례 없는 첫 '외박'의 대가를 치를 준비를 했다.

잡화점으로 돌아가기 전에 기분 전환을 하라는 치터로의 조언에 따라, 킵스는 리스 해변을 따라 얼마간 걷다가 돌아와 항구 근처 가게에서 커피 한 잔을 마셨다. 그는 커피가 정신을 번쩍 들게 하는 것을 느꼈고, 피할 수 없는 공포에 맞서기 위해서 하이 스트리트를 올라갔다. 그나마

'남자다운' 일탈에 대한 희미한 자부심이 극도의 자기 비하를 조금이나마 덜어주었다. 결국, 이것은 '남자의 두통'이었다. 그는 밤새도록 밖에 있었고, 술을 마셨으며, 그의 신체적 고통은 그 사실을 증명하고 있었다. 만약 샬포드를 떠올리지 않았다면, 그는 그런 몰골의 자신을 거의 자랑스러워했을지도 모른다. 하지만 샬포드를 생각하는 순간, 그 자부심은 끔찍하게 무너졌다. 가게 문이 열리기 전, 그는 산책 중인 두 명의 도제를 마주쳤다. 그는 체면을 가다듬고, 창백한 이마 위로 모자를 젖히며, 바지주머니에 손을 찔러 넣고는 방탕한 태도를 흉내 냈다. 그리고 그들의 순진한 얼굴을 향해 희미한 미소를 지었다. 잠시 그는 치터로가 털어냈음에도 옷에 남은 진흙 자국과 꿰맨 무릎을 보고 이상하게 안도했다.

'저 애들이 내가 무슨 짓을 한 건지 궁금해하지 않을까?'

그는 아무 말 없이 그들을 지나쳤다. 그들이 자기 뒷모습을 보며 수군거릴 모습을 상상할 수 있었다. 그러고 나서야, 그는 샬포드 씨를 떠올렸다. 확실히 큰 소동이 날 것이고, 아마도…! 그는 그 사건에 대한 그럴듯한 변명을 생각해내려 애썼다. 자전거를 탄 거친 친구에게 치였다고 설명할 수 있을 것이다. 잠시 정신을 잃었고, (지금도 머리에 충격의 여파가 남아 있었다) 그를 깨우기 위해 위스키가 주어졌다.

"사실은요, 사장님…" — 그는 평소 버릇대로 약간 목소리를 높이고, 눈썹을 번쩍 치켜세우며 말했다. "그게 제 머리로 그대로 확 올라가 버린 겁니다요!" 그렇게 말하고 나니, 생각보다 나쁘게 들리진 않았다. 그는 여덟 시가 조금 못 되어 잡화점에 도착했다. 그가 은근히 호감을 느끼던 가정부는 오히려 그의 규칙 위반을 재미있어하는 듯했고, 그에게 마른 토스트 한 조각과 뜨거운 차 한 잔을 내밀었다.

"그, 영감님 말이야…" 킵스가 말을 꺼내자, 가정부가 먼저 말을 잘랐다. "다 알고 계서." 그는 평소보다 조금 일찍 가게로 내려갔다. 얼마 지나지 않아 부츠가 그를 불러 '그분' 앞으로 데려갔다. 열 분 후, 그는 개인 사무실에서 나왔다. 어린 점원은 그의 얼굴을 유심히 살폈고, 버긴스는 특유의 솔직한 말투로 물었다. 킵스는 한마디로 대답했다.

"짤렸어!"

2

킵스는 주머니에 손을 찔러 넣고 진열장에 기댄 채, 자기 아래 두 도제에게 이야기했다.

"짤려도 상관없어." 킵스가 말했다. "나는 테디(샬포드)와 그의 시스템에 진절머리가 났거든. 계약 기간이 끝났을 때 그만둘까 생각했었는데, 차라리 그때 그만뒀으면 좋았을걸."

나중에 피어스가 찾아왔을 때도 킵스는 같은 말을 되풀이했다.

"무슨 일이야?" 피어스가 물었다. "창문 광고판 소동 때문이야?"

"아니!" 킵스는 화려한 타락의 냄새를 풍기려 애썼다.

"어젯밤에 안 들어왔어." 그가 말하자, '도시 남자' 피어스조차 눈을 동그랗게 떴다.

"뭐! 어디 갔었는데?" 피어스가 물었다.

그는 자신이 '정말로 밤새 놀았다'고 전했다. "아는 배우 친구랑 같이."

"사람이 항상 목사처럼 살 수는 없잖아." 그가 말했다.

"그렇지." 피어스가 그에게 맞춰주려고 애쓰며 말했다.

하지만 그 대화의 주인공은 단연 킵스였다.

"맙소사!" 피어스가 떠난 후 킵스가 말했다. "오늘 아침에 해장하기 전까지는 머리가 터질 것 같았어!"

"뭘로 해장했는데?"

"뜨끈한 버터 토스트에 멸치 페이스트. 그게 이 세상 최고의 해장법이야. 내 말 믿어, 로저스. 난 그거 말고는 절대 안 해. 너도 괜히 다른 건 시도하지 마. 알겠지?"

그러면서 그는 '배우 친구랑 밤새 놀았다'는 말을 한 번 더 강조했다. 그들이 자세히 묻자 그는 "글쎄, 너희는 어떻게 생각하냐?"라며 얼버무렸고, 계속 캐묻자 "애들이 알아선 안 되는 일도 있는 법이야."라며 의미심장하게 웃었다. 그러곤 그들에게 말아 올릴 허커백 조각을 하나씩 던져주었다. 그렇게 킵스는 잠시나마 샬포드가 남긴 '거리로 내몰릴 신세'라는 생각에서 벗어날 수 있었다.

3

이런 허세는 어린 도제들 앞에서는 통했지만, 킵스가 혼자 있을 때는 아무 소용이 없었다. 그는 속이 불편했고, 온몸이 찝찝했으며, 머리와 입은 조금 나아졌을지 몰라도 여전히 지끈거렸다. 솔직히 말해, 그는 불쾌하고 더러운 기분을 느끼고 있었으며, 자기 자신이 혐오스러웠다. 일하는 것은 끔찍했지만, 가만히 서서 생각에 잠기는 것은 더욱 끔찍했다. 꿰맨 무릎 자국이 그를 꾸짖는 듯했다. 13실링 6펜스를 주고 산 세 벌의 바지 중 두 번째로 좋은 것이었는데, 사실상 망가진 셈이었다. 작업복 바지는 가게에서 입기에는 부적합했고, 결국 가장 좋은 바지를 꺼내 입어야 했다. 그는 남들이 볼 때는 무법자처럼 손을 주머니에 찔러 넣은 채 다녔지만, 혼자 있을 때면 그 자세는 무의식적으로 축 늘어진 모습으로 바뀌었다.

재정 문제가 그의 머리를 짓눌렀다. 그의 전 재산이라곤 우체국 저축예금 5파운드와 손에 쥔 4실링 6펜스뿐이었다. 다행히 앞으로 두 달치 월급이 들어오긴 할 터였다. 위층의 양철 상자는 이제 그의 살림살이를 담기엔 너무 작았다. 새 상자를 사야 했고, 낡은 상자는 새 일자리를 구할 때 좋은 인상을 주지 못할 게 뻔했다. 게다가 구인 광고에 답장을 보내고, '일자리를 찾아다닐' 편지지와 우표, 기차 요금까지 계산해야 했다. 그는 편지를 써야 했다. 하지만 한 번도 제대로 써본 적이 없었다. 맞춤법도 신경 써야 했다. 만약 한 달이 지나도록 일자리를 구하지 못한다면, 숙모와 숙부에게 돌아갈 수밖에 없을 것이다.

그분들이 이 일을 어떻게 받아들일까? 그는 일단 그들에게 편지를 쓰지 않기로 했다. 이런 따분하고 괴로운 계산들은 "난 더 좋은 자리를 알아보고 있었어. 그가 나를 자르지 않았더라도 내가 먼저 그만뒀을 거야."라는 허세 어린 말 뒤에 감춰져 있었다. 그 혼란스러운 마음속에서, 그는 도무지 일이 이렇게 된 경위를 이해할 수 없었다. 그는 운명의 희생자이거나, 아니면 적어도 치터로의 희생자였다. 그 재앙으로 치닫게 된 모든 과정을 떠올리려 했지만, 순서를 제대로 짚어내지 못했다. 그날 밤 버긴스는 조언과 회상으로 가득했다.

"신기한 일이야." 버긴스가 말했다. "하지만 내가 해고될 때마다, 나는 다시는 다른 일자리를 구하지 못할 거라고 믿었어. 절대로. 하지만 구했지." 버긴스가 말했다. "언제나. 그러니 무슨 일이 있어도 낙심하지 마."

"무슨 일이 있어도," 버긴스가 말했다. "칼라와 소맷부리는 꼭 챙겨. 셔츠도 챙길 수 있으면 좋고, 어쨌든 칼라는 챙겨. 마지막 순간에 전당포에 맡기더라도 말이야. 그리고 어쨌든, 여름이잖아! 외투는 필요 없을 거야. 좋은 우산도 있고."

"뉴 롬니에서는 가게를 구하는 것 이상의 일은 못 구할거야. 런던으로 바로 가서, 가장 싼 방을 구하고 버텨. 너무 많이 먹지 마. 자기 위장에 자기 미래를 다 털어 넣은 녀석들이 많아. 커피 한 잔에 빵 한 조각, 원하면 달걀 하나 정도만 먹고, 구인처에는 깔끔하게 나타나야 한다는 걸 기억해. 내가 알기로, 지금 가장 좋은 곳은 낡은 마부식당들이야. 시계와 체인은 가능한 한 오래 간직하고."

"일자리는 많아." 버긴스가 말했다. "정말 많아!"

그리고 생각에 잠긴 듯 덧붙였다. "하지만 아마 지금 같은 시기에는 아닐 거야."

그는 자신의 구직 경험을 회상하기 시작했다. "놀랄 만큼 많은 녀석들을 보게 될 거야." 그가 말했다. "별의별 인간들이 다 있지. 공작처럼 꾸민 놈들도 있어. 실크 해트에 에나멜 구두, 프록코트까지 — 완벽하지. 웨스트엔드에 가도 손색없을 차림이야. 그런데 다른 놈들은… 아, 조심해야 해, 킵스. 어떤 열람실에선 구두에 잉크칠을 해버리는 놈들도 있었거든. 나는 플리트 스트리트의 1페니 열람실에 다녔어. 완전 단골이지. 모자는 흠뻑 젖고, 칼라는 다 닳았고, 프록코트는 단추를 꼭 잠갔지. 검은 넥타이는 사방으로 펄럭였고. 셔츠는 말이지… 알잖아."

버긴스는 경건한 얼굴로 하늘을 올려다보았다.

"셔츠가 없었다고요?"

"먹어치운 거지." 버긴스가 말했다.

킵스는 잠시 생각에 잠겼다.

"늙은 머튼은 지금 어디 있을까."

…그가 마침내 말했다.

"가끔 그 생각을 하곤 해."

4

킵스가 해고 통지를 받은 다음 날 아침, 윌싱엄 양이 가게에 들어왔다. 그녀는 다소 빛이 바래고 몸에 딱 붙는 옷을 입은, 어둡고 날씬한 부인과 함께였는데, 킵스는 훗날 그녀가 윌싱엄 양의 어머니라는 것을 알게 될 터였다. 그는 리본 코너에서 그녀들을 발견했다. 자기 부서에서 풀어놓은 상품 꾸러미를 들고, 그는 반대편 장갑 코너 쪽으로 가던 참이었다. 두 부인은 검은 리본 상자 위로 몸을 숙이고 있었다. 그는 순간, 격렬한 망설임에 휩싸였다.

이런 상황에서 어떻게 해야 할지 전혀 알 수 없었다. 꾸러미를 아주 조심스럽게 내려놓고, 카운터에 손을 얹은 채 두 사람을 바라보았다. 그때 윌싱엄 양이 고개를 뒤로 젖히자, 도망쳐야 한다는 충동이 그의 머릿속을 완전히 지배했다. 그는 흥분한 채 맨체스터 제품 코너로 달려갔다. 하지만 그녀가 시야에서 사라지자마자, 다시 보고 싶어 몸이 근질거리는 것을 강렬하게 느꼈다. 그는 카운터 사이를 오가며 안절부절못했고, 창가의 도제에게 괜히 신경질적으로 말을 쏘아붙였다. 손에 쥔 꾸러미를 만지작거리다 괜히 풀었다가, 다시 묶었다. 그러고는 도저히 참지 못하고 다시 본점으로 뛰어갔다.

심장이 쿵쾅거리는 소리가 귓가에서 들리는 듯했다. 두 부인은 물건을 다 고르고 잔돈을 기다리며 서 있었다. 월싱엄 부인은 무심하게 남은 리본들을 훑어보았고, 헬렌의 눈은 가게 안을 두리번거렸다. 그녀의 시선이 킵스를 발견하자, 그 눈이 분명히 반짝였다. 그는 습관적으로 카운터에 손을 올리고, 잠시 동안 어색하게 그녀를 바라보았다. 그녀는 어떻게 할까? 그를 무시할까? 그녀는 가게를 가로질러 그에게 다가왔다.

"안녕하세요, 킵스 씨."

그녀가 맑고 또렷한 목소리로 말하며 손을 내밀었다.

"안녕하세요. 잘 지내시죠?" 킵스가 어색하게 대답했다.

그녀는 리본을 고르고 있었다고 했다. 그는 월싱엄 부인이 놀란 기색을 감추지 못하는 걸 눈치챘다. 그 때문에 수업 이야기는 꺼내지 못하고, 대신 그녀가 곧 휴가를 떠난다니 잘 됐다며 말을 건넸다. 그녀는 그렇다고 대답했다. 덕분에 책을 읽거나 이런저런 일을 할 시간이 더 생길 것 같다고 했다. 그는 그녀가 외국으로 떠날 거라고 짐작했는데, 그녀는 잠시 벨기에의 노크나 브뤼헤에 머물지도 모르겠다고 했다.

잠깐의 침묵이 흘렀다.

킵스의 목 안에서 무언가가 두근거리며 차올랐다.

그는 그녀에게 자신이 곧 떠나 다시는 볼 수 없을지도 모른다고 말하고 싶었지만, 말이 목까지 차올라오고도 끝내 나오지 않았다. 리본 코너 점원이 월싱엄 부인에게 잔돈을 건네고 있었다.

"그럼요."

월싱엄 양이 말했다.

"안녕히 계세요."

그리고 다시 손을 내밀었다.

"안녕히 가세요." 킵스가 답했다.

킵스는 그녀의 손 위로 고개를 숙였다. 그의 몸에 밴

카운터 매너는 그가 그녀 앞에서 보였던 모습 중 가장 편안해 보였다. 그녀는 어머니에게로 돌아섰다. 이제는 소용없었다. 그녀의 어머니! 어머니 앞에서 그런 말을 할 수는 없었다! 예의를 차리는 것 외에는 모든 것을 잃었다. 킵스는 문으로 달려갔다. 그는 극도의 정중함으로 몸을 숙이며 문 앞에 서 있었고, 그녀는 나가면서 미소와 함께 고개를 끄덕였다. 그녀는 그의 내면의 갈등을 전혀 눈치채지 못했고, 그저 만족스러운 감정 외에는 아무것도 보지 못했다. 그녀는 마치 신도들의 향을 받으며 만족하는 여신처럼 미소 지었다.

월싱엄 부인은 뻣뻣하고 약간 어색하게 고개를 숙였다. 그는 그들이 나간 후에도 몇 초 동안 문을 열고 있다가, 갑자기 '의상' 코너 창문 뒤로 달려가 그들이 거리를 내려가는 것을 지켜보았다. 그는 바라보는 동안 창문 선반을 꽉 쥐었다. 그녀의 어머니는 조심스럽게 무언가 묻는 듯했고, 헬렌의 태도는 세상이 살기 좋은 곳이라고 생각하는 사람의 무심한 대답을 암시했다.

"정말이지, 엄마, 제 학생들을 완전히 무시할 수는 없잖아요." 사실 그녀는 이렇게 말하고 있었다.

그들은 헨더슨 가게 모퉁이를 돌아 사라졌다.

…가버렸다!

그는 다시는 그녀를 보지 못할 것이다.

다시는!

마치 누군가 그의 심장을 채찍으로 내리친 것 같았다. 다시는! 다시는! 다시는! 그리고 그녀는 아무것도 몰랐다! 그는 창문에서 돌아섰다. 두 명의 도제가 있는 부서로는 돌아갈 수 없었다. 세상의 모든 빛이 눈부시게 괴로웠다.

그는 망설이다가 그의 맨체스터 제품 창고인 지하실로 고개를 숙이고 달려갔다. 로저스가 그에게 무언가 물었지만, 그는 듣지 못한 척했다. 맨체스터 창고는 건물의 일반 지하실과 분리된 작은 공간이었고, 작은 가스 불꽃으로 희미하게 불이 켜져 있었다. 그는 불을 켜지 않고 가장 어두운 구석으로 달려갔다. 가장 낮은 선반에는 세일 때 쓰는 광고판들이 쌓여 있었다. 그는 떨리는 손으로 상자를 꺼내 바닥에 쏟아부었다. 그리고 그 위에 엎드려 머리를 어둠 속 깊이 파묻을 핑계를 만들어낸 뒤에야, 터질 듯한 작은 가슴을 붙잡고 마음껏 울 수 있었다.

그리고, "킵스! 이리 와!"라는 외침이, 그를 다시 세상으로 불러낼 때까지 그곳에 그렇게 남아 있었다.

6. 예기치 못한 일

1

그날 오후, 점심이 끝나고 손님들이 몰려오기 전의 한 가한 시간에, 세상에서 가장 기이한 우연과 함께 '재앙'이 라 불릴 치터로가 킵스를 찾아왔다.

그는 가게 문으로 당당히 들어오지 않았다. 어딘가 은 밀하고 수상쩍은 기운을 풍기며, 몰래 다가왔다. 킵스가 처음 그를 알아본 건 양말 코너 창밖이었다. 어두운 형체 가 흥분한 듯 서성이고 있었다. 그는 양말과 스타킹 사이 틈으로, 또 그 위로 몸을 숙여 가게 안을 기웃거렸다. 그러 다 문 쪽을 힐끗 보더니, 잠시 머뭇거리며 아기 옷 진열대로 슬그머니 다가갔다. 그의 온몸에는 억눌린 들뜸이 묻어났다. 대낮에 본 치터로는 밤의 불빛 아래에서처럼 장대한 인물은 아니었다. 윤곽은 같았지만 질감이 달랐다. 요트 모자에는 형언하기 어려운 묵은 먼지가 내려앉았고, 리퍼 코트의 튀어나온 자리는 반들반들하게 닳아 있었다. 붉은 머리칼과 옆모습은 여전히 인상적이었지만, 미켈란젤로의 조각이라기보다 한 폭의 그림에 가까웠다. 그러나 아기 옷 진열 틈새를 들여다보는 눈빛만은 여전히 밝은 갈색으로 빛났다.

킵스는 치터로를 다시 만나고 싶지 않았다. 만약 그가 가게에 들어오지 않을 것이라고 확신할 수만 있었다면, 그는 위험이 지나갈 때까지 창고에 숨었을 것이다. 그러나 그는 치터로의 한계를 전혀 알지 못했다. 그는 치터로가 맨체스터 제품 코너의 옆 창문에 다다를 때까지 그림자 속에서 가게를 지켜보기로 했다. 그리고 나서 창문 상태를 점검하는 척 밖으로 나가, 지금은 만나기에 적절하지 않은 상황임을 설명할 작정이었다. 이미 직장을 잃었다고 말할 수도 있었다.

"안녕, 치터로." 그가 밖으로 나가며 말했다.

"내가 찾던 바로 그 사람이야." 치터로가 힘차게 악수하며 말했다. "내가 찾던 바로 그 사람이라고." 그는 킵스의 팔에 손을 얹었다. "몇 살인가, 킵스?"

"스물한 살이요." 킵스가 말했다. "왜요?"

"우연이라는 것에 대해서 이야기해보자고! 그리고 자네 이름이? 잠깐만...아서였나?"

"네." 킵스가 말했다.

"자네가 바로 '그 남자'야." 치터로가 말했다.

"무슨 남자요?"

"내가 평생 본 것 중에 가장 기막힌 우연의 남자." 치터로가 넓은 손을 조끼 주머니에 찔러 넣으며 말했다. "잠깐만, 자네 어머니 이름이 뭔지 말해줄게." 그는 웃으며 잠시 코트와 씨름하다가, 세탁 명세서와 연필 두 자루를 꺼내 옆 주머니에 넣었다. 그리고 나서 한 손 가득, 구부러졌지만 부러지지는 않은 시가, 자전거 펌프의 고무 꼭지, 약간의 끈과 여성용 지갑, 그리고 마침내 작은 수첩을 꺼냈다. 그는 주머니에서 명함 몇 장을 떨어뜨리고 다시 주워 넣더니, 아무렇게나 찢긴 신문 조각 하나를 꺼냈다.

"유페미아."

그가 읽고는 얼굴을 킵스 코앞까지 들이밀었다.

"어때, 이거! 내가 평생 겪은 일 중에 이보다 기막힌 장면은 없어! 자네 어머니 이름이 유페미아가 아니라고만 하지 말게, 킵스. 내 인생 최고의 극적인 순간을 망치게 될 테니까!"

"누구 이름이 유페미아라고요?" 킵스가 물었다.

"자네 어머니 이름이지."

"그 종이 좀 볼 수 있을까요?"

치터로는 조각을 그에게 건네며 돌아섰다.

"맘대로 말해봐. 난 이미 확신했어."

그리고 거리 전체가 들썩일 만큼 쩌렁쩌렁 웃어댔다.

킵스는 눈을 좁히며 활자를 읽으려 애썼다.

"와디 또는 킵스. 마거릿 유페미아 킵스, 구(舊) 와디의 아들 아서 와디, 또는 아서 킵스는—"

치터로의 손가락이 인쇄물을 짚었다. "신문 칼럼을 훑다가 내 연극에 쓸 만한 이름들을 모으고 있었지. 나는 지어낸 이름 따위는 믿지 않아. 전에 말했잖나? 그 점에선 졸라와 완전히 같은 생각이야. 언제나 실제에서 가져와야 해. 난 뜨끈뜨끈하고 살아 있는 걸 좋아하거든. 알겠지? 그런데, 와디는 누구였지?"

"들어본 적 없는 이름인데요."

"와디가 아니라고?"

"네!"

킵스는 다시 읽으려다 포기했다.

"이게 무슨 뜻이에요?" 그가 말했다. "이해할 수가 없어 요."

"그것은 말이지," 치터로가 잠시 명쾌하게 설명하는 투로 말했다. "내가 이해하기로는, 자네가 부자가 될 거라는 뜻이야."

"와디는 신경 쓸 필요 없어. 그건 사소한 문제야. 이런 광고가 보통 뭘 의미하겠나? 자네한테 좋은 소식이지, 아주 좋은 소식! 나는 내 희곡에 쓸 이름을 찾다가 우연히 그 신문을 집었을 뿐이야. 그런데 그걸 읽는 순간—딱!— 자네라는 걸 알았지. 나는 우연을 믿어. 사람들은 그런 건

없다고 말하지만, 내 말은 달라. 세상은 전부 우연으로 이루어졌다고! 제대로 보면, 모든 게 우연이야. 여기 자네가 있고, 여기 이게 있잖아! 봐! 못 믿겠다고? 천만에! 바로 자네야, 킵스! 와디는 잊어버려! 그건 내 연극에 행운을 불러올 마스코트야. 행운이야! 쾅! 자네가 있고, 내가 있고, 이게 있잖아! 찰칵!"

그는 손가락을 권총처럼 튕겼다.

"와디는 정말 걱정하지 마."

"네?" 킵스가 손가락 권총을 보며 불안하게 물었다.

"자넨 괜찮아." 치터로가 말했다.

"내 바지를 걸고 장담하지! 와디는 아무 문제없어. 불 보듯 뻔한 일이야. 자넨 뭐든 해도 다 잘될 거야. 그렇게 멍하니 서 있지 말고, 친구! 내 말을 못 믿겠으면 신문을 읽어봐. 읽어보라고!"

그는 킵스의 코앞에서 신문 조각을 흔들었다.

킵스는 가게 안에서 자신들을 엿보는 두 번째 도제를 알아차렸다. 어리둥절하던 표정이 서서히 풀리더니, 그 자리에 미묘한 자신감의 빛이 스며들었다.

"'이스트 그린스테드에서 태어났고…'"

그는 떨리는 목소리로 읽었다.

"맞아요. 거기서 태어났어요. 숙모님이 그렇게 말씀하셨어요."

"그럴 줄 알았지!"

치터로가 종이 한쪽 끝을 잡고 킵스 옆에 얼굴을 바짝 들이밀며 외쳤다.

"…1878년 9월 1일생."

"됐어." 치터로가 말했다. "다 맞아. 이제 자네가 할 일은 왓슨과 빈이라는 사람들에게 편지를 써서 그걸 받는 것뿐이야."

"뭘 받아요?"

"뭐든지."

킵스는 콧수염을 만지작거렸다. "편지를 쓸까요?" 그가 물었다.

"당연하지."

"하지만 그게 뭐라고 생각하세요?"

"그게 바로 재밌는 점이야!" 치터로가 아직 세상에 없던 어떤 춤을 세 걸음 추며 외쳤다. "거기에 묘미가 있는 거지! 뭐든 될 수 있어! 백만 파운드일 수도 있고—자, 그렇다면! 우리 해리는 그때 어디에 끼게 될까? 응?"

킵스는 살짝 떨고 있었다.

"하지만…"

그가 중얼거리며 잠시 생각에 잠겼다.

"만약 당신이 저라면요… 그 와디라는 건…?"

그는 고개를 들었다. 창문 안쪽, 상품 뒤편에서 두 번째 도제가 눈 깜짝할 사이에 사라지는 게 보였다.

"뭐라고?" 치터로가 물었지만, 대답은 돌아오지 않았다.

"어머나, 사장님이에요!"

킵스가 외치며 문 안으로 재빨리 뛰어들었다.

그는 샬포드가 어린 도제를 데리고 와, 자신이 팔다 남긴 면 드레스 천에 가격표를 붙이며 자기를 찾고 있다는 걸 깨닫자, 황급히 안으로 들어갔다.

"안녕, 킵스." 샬포드가 말했다. "밖엔…?"

"창문이 똑바른지 보고 있었어요, 사장님." 킵스가 말했다.

"음!" 샬포드가 말했다.

잠시 동안 킵스는 치터로나 그의 주머니 속 구겨진 종 잇조각에 대해 전혀 생각할 틈이 없을 정도로 바빴다. 그러나 그는 거리에서, 갑자기 솟구친 당황스러운 흥분의 기운을 고통스럽게 느꼈다. 치터로의 코가 부서 출입문의 반투명 유리 위로 불쑥 나타났고, 그 밝은 적갈색 눈이 킵스가 사라진 까닭을 더듬는 순간—끔찍한 정적이 흘렀다. 이내 그가 샬포드의 번쩍이는 대머리를 보고 모든 사정을 알아차린 듯 고개를 돌리고 떠난 것이 분명해졌다. 그제야 킵스는 주머니 속 광고를 쥔 채 다시 현실로 돌아올 수 있었다. 그는 샬포드가 무언가 물었다는 걸 뒤늦게 깨달았다.

"네, 사장님. 아니요, 사장님. 알겠습니다, 사장님. 내일 제퍼 정리하겠습니다, 사장님."

킵스가 기계적으로 대답했다. 이윽고 그는 다시 혼자 남았다. 새로 푼 여름 레이스 커튼 더미 뒤, 그나마 안전한 구석에 몸을 숨기고 종잇조각을 펼쳤다.

그는 다시 읽었다.

내용이 조금 혼란스러웠다.

'아서 와디 또는 아서 킵스'—이게 두 사람을 뜻하는 걸까, 아니면 한 사람을 말하는 걸까?

그는 피어스나 버긴스에게 물어볼 생각을 했다.

하지만… 그의 머릿속에 언제나 '어머니의 일은 절대 남에게 말하지 말라'는 다짐이 깊이 박혀 있었다.

"네 어머니에 대해 묻거든 대답하지 마라." 숙모가 말하곤 했다.

"그들이 뭘 묻든 모른다고 해."

"그럼 이건…?"

킵스의 얼굴은 불길할 정도로 조심스러워졌고, 그는 있는 힘껏 콧수염을 잡아당겼다.

그는 항상 자신의 아버지를 '신사 농부'라고 말해왔다. "돈벌이가 안 됐어요." 그는 걱정으로 일찍 늙어버린, 싸구려 잡지에나 나올 법한 귀족의 모습을 마음속에 그리며 말하곤 했다. "저는 양친을 모두 여읜 고아입니다." 그는 고생을 겪은 사람의 분위기를 풍기며 설명했다. 그는 숙부와 숙모와 함께 산다고 말했지만, 그들이 장난감 가게를 한다는 사실은 숨겼다. 그의 숙부가 한때 집사, 다시 말해 하인이었다는 사실을 누군가에게 털어놓는 건 미친 짓으로 보였을 것이다. 잡화점의 점원들은 하나같이 과묵하고 모호했다. '천박해 보인다'는 평판을 무엇보다 두려워했기 때문이다. 이 '와디 또는 킵스'에 대해 묻는 건, 자신이 애써 쌓아올린 작은 허상들을 한순간에 무너뜨리는 일과 같았다. 사실 그는 세상에서 자신의 진짜 위치가 어디쯤인지 확신하지 못했다. (사실, 그는 그 어떤 것에도 완전히 확신하지 못했다.) 다만 분명한 건, 그 신분이 언제나 자신에게 불리한 쪽으로 기울어 있다는 사실뿐이었다.

상황을 고려하면…?

그는 광고를 당장 찢어버리는 것이 여러모로 골치 아픈 일을 덜어줄 것이라고 생각했다.

하지만 그렇게 되면, 치터로에게 설명해야 할 것이다!

"…스."

"응?" 킵스는 말했다.

"킵스."

가게를 순찰하던 카샷이 불렀다.

"킵스, 이리 와!"

그는 구겨진 종이를 서둘러 주머니 속에 찔러 넣고 고객에게 다가갔다.

"나는요,"

고객이 안경 너머로 막연히 주위를 둘러보며 말했다.

"내가 가진 작은 의자에 씌울 천 조각을 찾고 있어요. 뭐든 괜찮아요, 남은 자투리 천이라도…"

그 순간, 광고 문제는 완전히 뒷전으로 밀려났다. 그 후 삼십 분 동안 그는 오직 천만 만지고 있었다.

작은 의자는 여전히 덮개 없이 남았고, 그 앞에는 치워야 할 천의 더미가 산처럼 쌓여 있었다. 그는 그 '작은 의자'에 괜히 분노가 치밀었고, 구겨진 신문 광고는 잠시 동안 그의 주머니 속에서 완전히 잊혀졌다.

2

그날 저녁, 킵스는 가스등 아래에서 깡통 상자에 걸터앉아 버긴스가 늘 참고서처럼 여기는 책 『무엇이든 물어

보세요』를 펼쳤다.

그는 '유페미아(Euphemia)'라는 이름의 뜻을 찾고 있었다. 그는 속으로 버긴스가 늘 그랬듯 "뭘 찾고 있어?" 하고 물어봐 주길 바랐지만, 버긴스는 일주일치 세탁물을 챙기느라 바빴다.

"칼라 두 개." 버긴스가 중얼거렸다.

"양말 한 짝, 가슴받이 두 개… 셔츠는? 흠, 어딘가에 칼라가 하나 더 있어야 하는데."

"유페미아."

킵스는 입을 다물 수 없었다.

고귀한 혈통일지도 모른다는 그 달콤한 의심을 혼자만 품고 있을 수가 없었다.

"유—페미아. 평범한 집안에서 딸에게 붙일 이름은 아니잖아요, 그렇죠?"

"그건 말이지," 버긴스가 말했다.

"괜찮은 집안에서도 딸에게 붙일 이름이 아니야. 평범하든 아니든 상관없이 말이야."

"뭐라고요?" 킵스가 놀라서 말했다. "왜요?"

"여자애들에게 그런 이름을 붙여주는 건," 버긴스가 말했다. "열에 아홉은 애를 망치는 길이야. 애를 불안하게 만든다고. 만약 내가 딸을 낳는다면, 설령 열두 명을 낳더라도, 전부 제인이라고 부를 거야. 전부 다. 그보다 더 좋은 이름은 없어. 유페미아라니! 다음엔 또 뭘까? 맙소사! 저기 내 칼라 아니야? 자네 침대 밑에?"

킵스는 그에게 칼라를 가져다주었다.

"유페미아라는 이름에 무슨 큰 흠이 있는지 모르겠네요." 그가 그렇게 하면서 말했다. 그 후 그는 안절부절못했다. "편지를 쓸까 봐." 그가 말하고는, 버긴스가 세탁물을 양말 한 짝에 싸느라 정신이 없는 것을 보고 혼잣말로 덧붙였다. "정말 써야겠어." 그래서 그는 1페니짜리 잉크병을 가져오고, 버긴스에게서 펜을 빌려, 맞춤법이나 작문에 별다른 어려움 없이, 결심한 대로 편지를 썼다. 그는 약 한 시간 후에 약간 숨이 차고 상기된 얼굴로 침실로 돌아왔다. "어디 갔었어?" 카샷에게서 넘겨받은 『데일리 월드 매니저』를 읽고 있던 버긴스가 물었다.

"편지 좀 부치러 나갔다 왔어요." 킵스가 모자를 걸며 말했다.

"일자리 구하려고?"

"그럼요." 그가 신경질적인 웃음과 함께 덧붙였다. '그거 말고 뭐가 있겠어요?"

버긴스는 계속 신문을 읽었다. 킵스는 침대에 앉아 『데일리 월드 매니저』의 뒷면을 생각에 잠긴 듯 바라보았다.

"버긴스." 그가 마침내 말했다.

버긴스는 신문을 내리고 그를 쳐다보았다.

"저기, 버긴스, 이런 광고는 무슨 뜻이에요? '자신에게 큰 이익이 될 소식을 듣게 될 것'이라고 하는 거 말이에요."

"사람 찾는 광고지." 버긴스가 다시 신문을 읽으려는 듯 말했다.

"무슨 뜻인데요?" 킵스가 물었다. "돈이 남겨졌거나 그런 건가요?"

버긴스는 고개를 저었다. "빚이야." 그가 말했다. "대부분은."

"하지만 그건 이익이 아니잖아요."

"그들을 꾀어내려고 그렇게 쓰는 거야." 버긴스가 말했다. "종종 아내들이지."

"무슨 뜻이에요?"

"버림받은 아내들이, 그런 식으로 남편을 되찾으려고 하는 거야."

"가끔은 유산일 수도 있겠죠, 그렇죠? 아마 누군가에게서 100파운드라도 남겨졌다면…"

"거의 없어." 버긴스가 말했다.

"글쎄, 그건…"

킵스가 말을 꺼내다 망설였다.

버긴스는 다시 신문으로 눈을 돌렸다. 그는 인도 문제를 다룬 사설을 읽고 있었다. 얼굴이 붉어지더니, 마침내 소리쳤다.

"이런 맙소사! 저 검둥이들한테 투표권을 줘서는 안돼!"

"그렇죠."

킵스가 무심히 맞장구쳤다.

"그 자들은 우리랑 완전히 달라."

버긴스가 계속 말했다.

"영국인들처럼 건전한 상식도 없고, 인격도 없어. 교활하고, 정직하지 못한 구석이 있다고. 위증 같은 거 말이야. 영국인들은 그런 건 몰라. 법정 밖에—이건 확실한 얘기야, 킵스—돈 받고 증언해주는 놈들이 줄을 서 있다니까! 완전히 장사꾼이야."

그는 신문을 접었다 펴며 더 열을 올렸다.

"그 자들은 태생이 그래. 정직하기엔 너무 비겁하고, 노예근성이 뼛속까지 박혀 있지. 자유롭게 사는 법을 모르는 거야. 설령 자유를 줘도, 제대로 쓰질 못해. 우리는—젠장!"

가스등이 꺼졌다.

버긴스는 아직 다 읽지 못한 사교계 가십란을 아쉬운 얼굴로 내려다봤다. 그 후 버긴스는 가스등을 끄는 샬포드의 인색함에 대해서만 이야기할 수 있었다. 그는 고용주에 대해 신랄한 말을 쏟아낸 후, 어둠 속에서 옷을 벗다가 맨발가락을 상자에 찧고는, 차마 입에 담지 못할 외마디 비명을 지른 뒤 조용한 불쾌함 속으로 빠져들었다.

킵스는 편지를 부친 일에 대한 생각이 다시 떠오르기 전에 억지로 잠을 청하려 했다. 하지만 도무지 잠들 수가 없었다. 그는 모든 일을 처음부터 다시, 꼼꼼하게 되짚어 보았다.

첫 충격이 가라앉자, 그 편지를 보낸 게 잘한 일인지, 아니면 커다란 실수였는지 전혀 판단할 수가 없었다.

만약 그게 100파운드라면—?

그래, 100파운드여야 한다!

그렇다면 그는 새 일자리를 구하기 전까지 1년, 아니 2년도 거뜬히 버틸 수 있었다.

심지어 50파운드라도 된다면…!

킵스가 다시 입을 열었을 때, 버긴스는 이미 규칙적으로 숨을 쉬고 있었다.

"버긴스." 그가 조심스레 불렀다. 버긴스는 잠든 척하며, 호흡 소리를 (약간 과하게) 코골이로 바꿨다.

"저기요, 버긴스."

잠시 후 킵스가 또다시 속삭였다.

"또 뭐야?"

버긴스가 짜증 섞인 목소리로 말했다.

"신문에서 광고를 봤다고 쳐요. 거기에 당신 이름이 있고, 누군가를 만나러 오라고 되어 있어요. 그게 아주 큰 이익이 될 소식이라면…"

"숨어야지."

버긴스가 퉁명스럽게 대꾸했다.

"하지만…"

"나는 숨을 거야."

"네?"

"잘 자, 친구." 버긴스가 설득력 있는 진지함을 가지고 말했다. 킵스는 한참 동안 꼼짝도 하지 않은 채 누워 있다가, 길게 한숨을 내쉬고 몸을 돌려 어둠의 반대편을 바라보았다. 그 편지를 부친 건, 정말 바보 같은 짓이었다! 세상에, 그는 정말 어리석기 짝이 없었다!

3

버긴스가 책을 읽다 불이 꺼진 지 꼭 닷새 반이 지난 오후였다. 창백한 얼굴에 눈만 또렷하게 빛나는 한 젊은

이가 리스 해변의 샛길에서 모습을 드러냈다. 그는 가장 좋은 옷차림을 하고 있었고, 날씨가 맑았음에도 불구하고 마치 일요일 교회에 가는 사람처럼 우산을 들고 있었다. 잠시 멈춰 서서 방향을 가늠하더니, 오른쪽으로 몸을 돌렸다. 그는 지나치는 집들을 하나하나 유심히 살피며 걸었고, 이윽고 갑자기 멈춰 섰다.

"허그헨든."

문기둥에는 그 이름이 단정한 검은 글씨로 새겨져 있었고, 채광창에는 금빛으로 다시 한 번 "허그헨든"이라 쓰여 있었다. 그것은 숨 막힐 만큼 화려한 치장 벽토 집이었다. 발코니는 바다빛으로 칠해져 있었고, 그 위에 금박이 번쩍였다. 그는 넋을 잃은 듯 그 집을 올려다보았다.

"세상에…"

그가 경외심 어린 목소리로 속삭였다. 아래층 창문마다 두툼한 진홍색 커튼이 드리워져 있었고, 위층 창에는 놋쇠 난간이 달린 블라인드가 반듯하게 쳐져 있었다. 거실 창가에는 커다란 예술적인 화분이 놓여 있었고, 그 안엔 이국적인 열대 식물이 무성했다. 문 앞에는 청동빛 문

고리 겸 초인종이 반짝였고, 그 옆에 또 하나의 초인종이 있었다. 작은 글씨로 '하인용'이라 쓰여 있었다.

하인이라니—!

그는 속으로 외치며 숨을 삼켰다. 그러고는 집을 한참 바라보다가 멀리 걸어갔다. 그러다 다시 돌아서서, 다시 그 앞에 섰다. 오래 망설인 끝에 그는 바다 쪽으로 걸음을 옮겨, 리스 길을 따라 조금 떨어진 벤치에 앉았다. 그는 팔을 등받이에 걸치고 '허그헨든'을 향해 몸을 기울였다. 입술 사이로 부드럽게 휘파람을 불며, 머리를 이리저리 기울였다가 잠시 찡그리며 집을 응시했다. 그 얼굴엔 단호함이라기보다, 마치 감히 자기 손이 닿지 않을 것을 바라보는 듯한 경직된 표정이 스쳤다. 그때, 붉은 얼굴에 툭 튀어나온 눈을 한 뚱뚱한 노신사가 옆에 와 앉았다. 그는 파나마 모자를 벗어 이마의 땀을 닦고, 한숨을 내쉬었다. 그리고는 모자 안쪽까지 정성스레 닦기 시작했다. 킵스는 잠시 그를 훑어보았다.

그가 1년에 얼마쯤 벌까, 저 모자는 어디서 샀을까—

그런 생각들이 잠시 스쳤다.

그러나 곧 그의 시선은 다시 '허그헨든'으로 붙잡혔다.

문득 어떤 충동이 그를 덮쳤다.

"저기요."

그가 몸을 앞으로 기울이며 말을 걸었다. 노신사는 깜짝 놀라 눈을 크게 떴다.

"뭐라고 하는 겐가?" 그가 날카롭게 물었다.

"믿기 힘드시겠죠."

킵스가 집게손가락으로 저쪽을 가리켰다.

"저기 저 집, 제 겁니다."

노신사는 목을 비틀어 '허그헨든'을 바라보았다. 그러고는 다시 킵스를 향해 돌아서더니, 그의 옷차림을 위아래로 훑어보며 숨을 몰아쉬었다. 그 표정엔 충격보다도 불쾌감이 앞서 있었다.

"제 집이라니까요."

킵스가 한결 작아진 목소리로 덧붙였다.

"허튼소리 마시오."

노신사가 모자를 눌러쓰며 눈가의 땀을 닦았다.

"바보들 없이도 오늘은 충분히 더워."

그는 분개하듯 헐떡이며 킵스를 노려보았다. 킵스는 당황한 채, 노신사와 집을 번갈아 바라보았다. 노신사는 코를 킁킁거리며 바다 쪽을 보다가, 다시 한 번 노골적으로 킵스를 위아래로 훑었다.

"그러니까… 제 게 아니라는 말씀이군요?"

킵스가 조심스레 물었다.

노신사는 어깨너머로 집을 힐끗 보고는 그를 투명인간 취급하기 시작했다.

"오늘 아침에 저에게 상속된 집이에요."

킵스가 말했다.

"그것뿐만이 아니고요."

"이런 세상에…"

노신사는 지친 사람처럼 중얼거렸다. 그는 마치 누군 가 곧 이 귀찮은 청년을 치워주기를 바라는 눈치였다.

"정말이라니까요."

킵스가 말했다.

그는 잠시 말을 멈추고, 조금 덜 확신에 찬 눈빛으로 집을 바라보았다.

"믿지 않으시면 어쩔 수 없죠."

그가 조용히 말했다.

노신사는 발작을 가까스로 억누른 사람처럼 숨을 고르며 내뱉었다.

"나한테 장난치지 마시오. 경찰을 부를 거요."

"무슨 장난이요?"

"내가 하루이틀 산 사람이 아니야."

노신사가 코웃음을 쳤다.

"그 꼴을 좀 봐! 난 네가 어떤 놈인지 알아."

그는 짧게 기침하고, 수평선을 향해 고개를 돌리더니 다시 한 번 기침을 터뜨렸다. 킵스는 의심스러운 눈으로 집을 보고, 노신사를 보고, 다시 집을 보았다.

그들의 대화는—그가 이해하기로는—끝났다.

킵스는 일어나 잔디를 가로질러, 치장 벽토로 된 현관문 쪽으로 천천히 걸어갔다.

문 앞에 서서 그는 입술로 그 단어를 조심스레 되뇌었다.

"허그헨든."

모든 것이 괜찮았다.

그는 마치 그 말을 증명이라도 하듯, 어깨너머로 노신사를 한 번 돌아보았다. 늙은 신사는 분명 제정신이 아니다!

그는 한동안 해변 산책로를 따라 걸었다. 마치 보이지 않는 끈이 등 뒤에서 그를 잡아당기는 듯했다. 보도 위에서 더 이상 집이 보이지 않게 되자, 그는 차도로 나섰다. 그리고 안간힘을 다해, 그 끈을 끊어냈다.

그는 조용한 샛길로 들어가, 코트 단추를 슬쩍 풀었다. 주머니에서 봉투를 꺼내, 그 안의 지폐 세 장을 세어보고 다시 넣었다. 그리고 바지 주머니에서 새로 찍은 소버린 금화 다섯 개를 꺼내 햇빛에 비춰보았다. 왓슨과 빈 씨가 그의 돌아가신 어머니의 초상화를 닮았다고 했던, 바로 그 자신감 넘치는 얼굴이었다.

괜찮았다.

정말로 괜찮았다.

그는 동전들을 조심스레 다시 주머니에 넣고, 휙 돌아 활기찬 걸음으로 길을 나섰다.

모든 것이 괜찮았다. 그는 이제 그것을 가졌다.

그는 부자였다.

그는 거리를 올라가 모퉁이를 돌고, 또 다른 거리를 따라 걸었다. 한때 머뭇거렸던 파빌리온 호텔 쪽으로 향했다가, 다시 마음을 바꾸고 발길을 돌렸다. 이젠 잡화점으로 가야 했다. 모든 사람에게 이 모든 일을 알려야 했다.

그때였다.

멀리서 길을 건너는 한 사람이 눈에 들어왔다. 그는 지금의 이 기이한 운명과 묘하게 연결된 인물이었다—치터로였다. 그렇다. 이 모든 일을 처음으로 그에게 알려준 사람, 바로 그였다! 극작가 치터로는 교차로를 따라 위풍당당하게 걷고 있었다. 코는 하늘을 향했고, 요트 모자는 머리 뒤로 젖혀져 있었으며, 커다랗고 주근깨투성이인 손에는 도서관에서 빌린 소설 두 권, 아침 신문, 종이에 싸인 새 모자 한 개, 그리고 양파와 토마토가 가득 든 그물망 가방이 들려 있었다. 그는 모퉁이의 와인가게 뒤로 사라졌다. 킵스는 방금 세상을 뒤집은 이 거대한 변화를 그에게 제일 먼저 말해주겠다는 생각으로 서둘러 앞으로 달려갔다.

"치터로!"

그는 희미하게 외쳤다. 그러나 목소리는 시작되기도 전에 사라졌다. 그는 우산을 흔들며 뛰기 시작했다. 모퉁이를 돌았지만, 치터로는 이미 보이지 않았다. 그는 또 다른 모퉁이로 달려갔지만, 그곳에도 없었다.

헛된 일이었다.

그는 멈춰 서서, 숨을 고르며 보도의 가장자리에 섰다. 손이 떨려 입가로 올라갔고, 그는 주위를 둘러보았다. 아무 소용도 없었다. 하지만 치터로를 본 것은 다행스러운 일이었다. 그것은 흩어져 있던 사건들을 하나로 묶어주었고, 그를 새로운 지점에서 다시 과거와 연결해주었다. 그리고 그것이 그가 절실히 필요했던 것이었다.

괜찮았다. 괜찮았다.

그는 갑자기 잡화점의 모든 사람, 정말로 모든 사람에게 이 모든 것에 대해 말하고 싶어졌다. 그것이 해야 할 일이었다. 그는 말하는 것이 이 일을 현실로 만들어 줄 것이라고 느꼈다. 그는 우산을 중간쯤 잡고 매우 서둘러 걸었다. 그는 맨체스터 제품 코너를 통해 잡화점에 들어갔다. 그는 문을 활짝 열었다. (그 반투명 유리 위로, 불안에 시달리던 나날 동안 그가 지켜보던 치터로의 코가 아직 선명히 떠올랐다.) 안에는 두 번째 도제와 피어스가 있었다. 피어스는 핀으로 충치를 쑤시며, 최근 유행하는 멋진 스타일에 대해 단편적으로 떠들고 있었다. 킵스가 카운터 앞으로 다가갔다.

"말 좀 할게."

그가 말했다.

"놀라지 마."

"뭔데?"

피어스가 핀을 물고 되물었다.

"맞춰봐."

"테디가 런던 갔다가 또 빠져나왔구나?"

"더 큰 거야."

"대체 뭔데?"

"나… 유산 받았어."

"말도 안 되는 소리."

"진짜야."

"그럴 리가."

"진짜라니까! 일 년에 1,200파운드야. 1,200파운드를 물려받았다고!"

그는 직원 숙소로 통하는 부서의 작은 문 쪽으로 움직였다. 그는 마치 어떤 전령처럼, 어깨너머로 뒤를 돌아보며 나갔다. 피어스는 입을 벌린 채, 핀을 공중에 든 자세로 얼어 있었다.

"설마!"

그가 마침내 외쳤다.

"진짜야."

킵스가 말했다.

"이제 난 간다."

그리고 그는 문지방에 발이 걸려, 그대로 상점 안으로 굴러 들어갔다.

4

샬포드 씨는 여름 세일 상품을 사러 런던에 가 있었고, 아마도 킵스의 후임자를 면접하고 있었을 것이다. 그래서 잡화점 전체에 걷잡을 수 없는 소문이 퍼지는 것을 막을 사람이 아무도 없었다. 모든 직원들은 똑같은 말로 이야기를 시작했다.

"킵스 얘기 들었어?"

계산대의 신입 아가씨가 제일 먼저 소식을 들었다. 피어스가 전해준 거였다. 그녀는 숨도 고르지 못한 채 장식품 코너로 달려가, 그곳에서 제일 먼저 입을 열었다.

"킵스가 유산을 받았대!"

1년에 천 파운드, 아니 만이천 파운드라고 했다. 어떤 사람은 백이십만 파운드라 했다. 액수는 들을 때마다 달라졌지만, 딱 한 가지—킵스가 부자가 됐다는 사실만큼은 누구나 확신했다. 킵스는 위층으로 올라갔다. 짐을 싸고 있었다.

그는 말했다.

"천 파운드를 준대도, 이 낡은 잡화점에선 하루도 더

있고 싶지가 않아!"

심지어 누군가는 그가 늙은 샬포드를 욕하는 음담패설 노래까지 부르고 있다고 했다.

그러다—그가 내려왔다! 이번엔 회계실이었다. 사람들이 몰려들었다. 불쌍한 버긴스만은 손님을 응대하느라 무슨 일이 벌어지고 있는지도 몰랐다.

그는 완전히 소외된 신세였다.

이리저리 뛰어다니는 발소리와 킵스에 대해 이러쿵저러쿵하는 목소리들이 들렸다. 딩동, 딩동, 저녁 식사 종이 울렸지만 아무도 신경 쓰지 않았다. 잡화점 전체가 갑자기 눈을 반짝이며 흥분했고, 누군가에게 이 소식을 전하고 싶어 안달이 났다. 무슨 수를 써서라도 아직 이 사실을 모르는 사람을 찾아서 가장 먼저 "킵스가 3만—아니 4만—아니 5만 파운드를 물려받았대!"라고 외치고 싶어 했다.

"뭐라고!" 선임 짐꾼이 외쳤다.

"그 친구가?" 그는 킵스가 목이라도 부러진 것처럼 쏜살같이 회계실로 달려갔다.

"우리 직원 중 한 명이 방금 6만 파운드를 물려받았어요."

첫 번째 도제가 한참 만에 고객에게 돌아와서 말했다.

"갑자기요?" 고객이 물었다.

"네." 첫 번째 도제가 말했다.

"누군가 받을 자격이 있다면, 그건 킵스 씨야." 머글 양이 말하고는, 드레스 자락을 스치며 회계실로 서둘러 갔다.

그곳에선 킵스가 축하의 소나기 속에서 서 있었다. 그의 얼굴은 붉었고 머리는 헝클어져 있었다. 그는 여전히 모자와 가장 좋은 우산을 왼손에 꼭 쥐고 있었다. 그의 오른손은 더 이상 그의 것이 아니라, 누구든 와서 악수할 수 있는 손이었다. (딩동, 딩동, 딩동, 딩동, 딩동, 젠장! 저녁 식사 종이 공허하게 울리고 있었다.)

"잘됐다, 킵스." 피어스가 악수하며 말했다. "정말 잘됐어."

부치는 핏기 없는 한 손을 다른 손에 비볐다. "정말 괜찮은 거죠, 킵스 씨?" 그가 뒤에서 말했다.

"우리 모두 축하하고 있어요." 머글 양이 말했다.

"맙소사!" 장갑 코너의 새로운 젊은 아가씨가 말했다. "일 년에 1200파운드라니! 세상에! 결혼할 생각은 없으세요, 킵스 씨?"

"하루에 3파운드 5실링 9펜스군." 부치 씨가 거의 기적적으로 암산하며 말했다.

모두가 킵스를 위해 기뻐하는 것 같았다. 단, 어린 도제는 예외였다. 그는 과부의 외아들이었고, 모든 것을 당연하게 여기는 데 익숙했기에, 참을 수 없는 질투와 견딜 수 없는 부당함의 감정이 그에게 어두운 그림자를 드리웠다. 나머지 사람들은 모두 솔직하게, 순수하게 기뻐했다. 아마도 그 순간만큼은 킵스 자신보다 더 기뻐했을 것이다. 그들은 그처럼 압도당하지는 않았기 때문이다.

킵스는 단편적이고 두서없는 말을 내뱉으며 아래층으로 저녁 식사를 하러 갔다. "이런 일은 전혀 예상하지 못했어요. 그 늙은 빈 씨가 저에게 말했을 때, 깃털로 쳐도 쓰러졌을 거예요. 그가 말했죠, '자네에게 돈이 남겨졌네.' 그때조차도 저는 그게 100파운드 이상일 거라고는 생각도 못 했어요. 그런 거였죠."

저녁 식탁에 앉아 접시가 오가면서 흥분은 좀 더 짙어져 있는 모습을 띠었다. 가정부는 고기를 자르며 축하의 말을 건넸고, 하녀는 접시로 사람들의 옷을 더럽힐 뻔했다. 그녀는 킵스를 쳐다보는 데 넋이 팔려 접시를 아무렇게나 들었고, 심지어 하나는 거꾸로 들고 있을 지경이었다. 어린 도제를 제외한 모두가 그 소식에 더 활기차고 배고파했으며, 가정부는 평소보다 더 후하게 고기를 잘라주었다. 가스등 아래, 그곳은 정말 즐거운 시간이었다.

"누군가 받을 자격이 있다면," 머글 양이 말했다. "소금 좀 건네줄래요? 그건 바로 킵스야."

카샷이 테이블 건너편에서 킵스를 향해 소리치자 수다 소리가 약간 잦아들었다. "너 이제 좀 멋쟁이가 되겠구나, 킵스." 그가 말했다. "너 자신도 못 알아볼 정도로 말이야."

"완전한 신사가 되는 거지." 머글 양이 말했다.

"진짜 신사 가문들조차," 가정부가 말했다. "그보다 훨씬 적은 돈으로 살아야 한단다."

"리스 해변에서 만나겠네." 카샷이 말했다.

"맙소사…!" 그는 가정부의 눈치를 살폈다. 그녀는 전에 그 문제에 대해 한마디 한 적이 있었다.

"맙소사!" 그는 그날의 기분을 망치지 않으려 말을 삼켰다.

"런던으로 가겠지." 피어스가 말했다. "넌 이제 도시의 신사가 될 거야. 벌링턴 아케이드에서 단추 구멍에 저비꽃을 꽂고, 거드름 피우는 널 보게 되겠군."

"웨스트엔드의 아파트 하나, 그게 내 스타일이야." 피어스가 말했다. "그리고 일류 클럽에도 가입하고 말이지."

"그런 클럽들은 들어가기 어렵지 않나요?" 킵스가 감자를 한입 베어 물며 동그란 눈으로 물었다.

"아니. 돈만 있으면 돼." 피어스가 대꾸했다. 그러자 마리 코렐리의 대담한 폭로 소설을 통해 세상의 냉소를 배운 레이스 코너의 아가씨가 끼어들었다.

"요즘 세상엔 돈으로 못 사는 게 없어요, 킵스 씨."

하지만 카샷은 여전히 전형적인 영국 신사의 본성을 보여주었다.

"내가 킵스였다면," 그는 그레이비 소스를 한 숟갈 떠 올리며 말했다. "로키산맥으로 가서 곰 사냥을 하겠어."

"나는 불로뉴로 달려가 구경 좀 하겠지." 피어스가 말했다. "어쨌든 다음 부활절엔 꼭 갈 거야. 내가 안 가는지 한번 보라고."

"아일랜드로 가세요, 킵스 씨." 큰 재봉실을 맡은 비디 머피가 부드럽게 말했다. 그녀는 말할 때마다 아일랜드 사람 특유의 온화한 빛으로 얼굴이 물들었다.

"아일랜드로 가세요. 세상에서 가장 아름다운 나라예요. 특히 킬라니는 정말 환상적이죠. 낚시, 사격, 사냥, 그리고 예쁜 아가씨들까지! 아, 킵스 씨, 킬라니 호수는 꼭 보셔야 해요!" 그녀는 황홀한 표정을 지으며 입맛을 다셨다.

그리고 이윽고 그들은 그 사건을 축하하기로 했다.

"킵스, 네가 샴페인을 사야 해!"라고 말한 것은 피어스 였다. 그리고 더 시적인 단어, "축배"를 제안한 것은 카샷 이었다.

"좋아요!" 킵스가 유쾌하게 외쳤고, 나머지는 세부 사항을 정하고 심부름꾼을 자처하는 사람들의 몫이었다. "온다!" 도제가 계단을 내려오자 모두가 외쳤다. "가게는 어떡하고?" 누군가 물었다. "에이! 가게는 됐어!" 카샷이 말하고는, 철사를 자를 수 있는 코르크따개를 달라고 투덜거렸다. 피어스, 그 친구! 그의 주머니칼에 마침 철사 절단기가 있었다. 만약 샬포드가 일찍 기차를 타고 돌아왔다면 금박을 입힌 병들을 보고 얼마나 놀랐을까! 코르크 마개가 '펑' 하고 터지고, 또 '펑'! 꿀꺽, 꿀꺽, 꿀꺽, 그리고 보글보글!

킵스는 가스등 불빛 아래에서 모두가 자신을 둘러싸고, 거의 엄숙하게 "킵스를 위하여!"라고 외치며 텀블러 잔을 치켜드는 것을 발견했다. "텀블러에 따라." 카샷이 말했다. "텀블러에. 이건 와인잔에 마시는 술이 아니야. 포트와인이나 셰리와인 같지 않다고. 기운을 북돋아 주지만 취하지는 않아. 레모네이드보다 조금 센 정도야. 어떤 사람들은 저녁 식사 때 매일 마셔."

"뭐라고요! 한 병에 3실링 6펜스나 하는데!" 가정부가 믿을 수 없다는 듯이 말했다.

"그런 사람들은 겨우 그 정돈 신경쓰지 않아." 카샷이 말했다. "그런 종류의 샴페인이 아니거든."

가정부는 입술을 오므리고 고개를 저었다.

모두가 자신을 축하하기 위해 그렇게 서 있는 것을 보았을 때, 킵스의 목과 얼굴로 어떤 감정이 솟구쳐 올랐고, 순간적으로 그는 울음을 터뜨릴 것 같았다. "킵스를 위하여!" 그들이 모두 친절한 눈으로 말했다. 그들은 정말 좋은 사람들이었고, 그들 모두에게 이런 행운이 찾아오지 않았다는 사실이 안타까웠다! 그러나 치켜든 턱과 잔을 보고 그는 다시 정신을 차렸다. 그들은 그에게 경의를 표했다. 질투 없이, 아낌없이 그에게 경의를 표했다. 예를 들어, 카샷은 나중에 크레톤 옷감을 팔면서, 천을 잴 공간을 확보하기 위해 카운터 위로 거절당한 옷감 뭉치들을 밀어 올리려 했다. 그는 강력하지만 잘못 계산된 팔놀림으로, 천둥 같은 소리와 함께 그것들을 바닥과, 여전히 우울에 잠겨 있던 어린 도제의 발 위로 쓸어버렸다. 그리고 카샷이 손님을 응대하는 동안 가게를 순찰하는 것이 임무였던 버긴스는, 한 손가락에 새 시즌 양산을 걸고 비할

데 없는 위엄으로 가게를 돌아다녔다. 그는 가게를 나서
는 모든 고객을 진지하고 통찰력 있는 시선으로 멈춰 세
웠다. "새 시즌 양산이 아주 매력적인 라인을 보여주고 있
습니다." 그가 말하곤 했다. 그리고 적절한 잠시 후, "놀라
운 일이죠. 우리 직원 중 한 명이 1년에 1200파운드의 유
산을 받았답니다. 아주 매력적이에요. 오늘 더 필요한 건
없으신가요, 부인? 없으시다고요! 좋습니다!" 그리고 그는
완벽한 예의와 왼손에 우아하게 매달린 양산으로 그들을
위해 문을 열어주곤 했다.

그리고 두 번째 도제는 값싼 티킹(매트리스 천)을 팔다
가, 갑자기 그것이 튼튼하냐는 질문을 받자, 놀랍게도 이
렇게 대답했다.

"아, 아니에요, 부인! 튼튼하다고요! 왜, 레모네이드브
다 조금 센 정도랍니다."

또, 수석 짐꾼은 '번개처럼 포장하는 사람'으로서 기록
을 세우고 잃은 시간을 만회하겠다는 고결한 결심에 불타
있었다. 예를 들어, 샌드게이트 리비에라의 스와펜햄 씨
는 그날 밤 7시에 외식을 예정했지만, 6시 30분에 절실ㅎ

필요했던 드레스 셔츠 대신 체격이 풍만한 사람들을 위한 코르셋을 받았다. 월더쇼 양의 여름 속옷 꾸러미는 어찌 된 일인지 사적인 물건답지 않게, 다른 소포들과 한데 섞여 아무 구분 없이 배달되었고, 왐퍅스의 팸쇼트 부인은 모자 견본 묶음 안에서 어린 짐꾼의 모자를 덤으로 받는 뜻밖의 행운을 누렸다.

이 작은 사건들은 그 자체로는 사소하지만, 킵스가 갑작스럽게 얻었던 엄청난 부에 대해 잡화점 전체가 느낀 사심 없는 환희를 그 어떤 웅변보다도 더 잘 증명해 줄 것이다.

5

뉴 롬니와 하이스, 포크스톤을 오가는 버스는 영국 버스답게 붉은색으로 칠해져 있고, 양옆에는 덩굴무늬 장식 속에 금빛 글씨로 '팁-탑(Tip-Top)'이라는 단어가 새겨져 있다. 그것은 느릿하면서도 위엄 있는 붉은 버스였다. 아래쪽 바퀴 사이에는 짐 바구니가 사슬에 매달려 흔들렸고, 여름이면 지붕 위에는 정원용 의자들이 놓인다. 두 마리의 힘세고 느긋한 말이 끄는 앞부분은 극장처럼 층층이 좌석이 올라가 있다. 맨 아래에는 운전사와 동승자의 좌석이 있고, 그 위에 또 한 줄, 그리고 내 기억이 맞다면 그 위에 한 줄이 더 있었다. 이 버스는 정해진 날에만 운행하므로, 미리 알아두는 편이 좋다. 그렇게 해서 사람들은 뉴 롬니에 닿는다.

이 버스(붉고, 유서 깊으며, 영원히 사라지지 않을 것 같은 이 버스)는 자기 일에 능숙한 것처럼 흔들림 없는 느긋함으로 포크스톤 언덕을 내려와, 샌드게이트와 하이스를 덜컹거리며 지나 바람 부는 습지대로 나아갔다. 그 댄 꼭대기 자리에는 킵스와 그의 전 재산이 함께 있었다. 그가 그곳에 앉아 있는 모습을 상상해보라. 운전사 바로 위, 가장 높은 좌석에 몸을 기댄 채, 그는 샴페인과 이 믿을 수 없는 행운이 주는 바보같을 정도의 들뜸 속에서 정신이 아찔했고, 그의 가슴은 벅차오르다 못해 터질 듯했고, 햇빛을 향해 든 얼굴은 환하게 빛나고 있었다.

그는 한마디도 하지 않았지만, 이따금씩 이런저런 생각에 잠겨 슬그머니 웃음을 터뜨렸다. 그는 잠시 동안 웃음으로 가득차고는 했다. 저절로 터져 나오는 독립적인 웃음, 마치 와인 속 거품처럼 솟아올라 터지는 웃음이었다. 그는 마치 왕이라도 된 듯 밴조를 들고 있었고, 무릎 위에서 그것을 조심스레 만지작거렸다. 그는 늘 밴조를 갖고 싶어 했고, 버스를 기다리던 중에 말키오르 악기점에서 하나를 샀다.

그 옆에는 박하사탕을 빠는 젊은 하녀와 코를 홀쩍이는 어린 소년이 앉아 있었다. 소년은 킵스가 왜 이따금씩 미소를 짓는지 궁금한 듯 그를 올려다보았다. 운전사 옆자리에는 각반을 신은 두 젊은 남자가 '사냥' 이야기를 나누고 있었다. 그리고 그곳, 아무도 눈치채지 못한 채, 1년에 1200파운드를 버는 남자, 킵스가 평범한 청년의 차림으로 앉아 있었다. 운전사 왼쪽의 각반 신은 젊은이는 킵스와 그의 밴조, 특히 그 밴조를 이따금 바라보았는데, 마치 그와 그의 황홀한 표정이 풀리지 않는 수수께끼라도 되는 듯했다. 수많은 왕들이 킵스보다 훨씬 덜 화려하게 정복한 도시에 입성했을 것이다.

그들의 그림자는 뒤로 길게 드리워졌고, 웅대한 서쪽

을 향해 덜컹거리며 나아갈 때 그들의 얼굴은 석양빛 금 빛으로 물들었다. 딤처치에 이르기 전 해는 이미 져 있었 고, 풍차를 지나 뉴 롬니에 들어설 때 황혼이 내려앉았다.

운전사는 밴조와 여행 가방을 내려주었고, 킵스는 그에게 돈을 지불했다. "잔돈은 괜찮아요." 그가 신사답게 말했다. 그는 돌아서다가 여행 가방으로 숙부를 재빨리 들이받았다. 숙부는 버스가 멈추는 소리에 공격적인 기분으로, 저녁 식사를 입에 가득 문 채 가게 문으로 나온 참이었다.

"안녕하세요, 숙부님. 못 봤어요." 킵스가 말했다.

"이런 멍청한 녀석." 숙부가 말했다. "여긴 웬일이냐? 일찍 문 닫는 날도 아닌데? 화요일도 아니고?"

"드릴 말씀이 있어요, 숙부님." 킵스가 여행 가방을 내려놓으며 말했다.

"직장에서 짤린 건 아니지? 저건 또 뭐야? 밴조잖아. 맙소사! 밴조에 돈을 쓰다니! 여행 가방은 거기다 두지 마. 길 한복판에. 너처럼 요즘 이상해진 녀석은 처음 보겠네. 이리 와! 몰리! 그리고, 이봐! 여행 가방은 왜 가져왔어?

왜! 맙소사! 정말 짤린 건 아니지?"

"무슨 일이 좀 있었어요." 킵스가 약간 기가 죽어 말했다. "괜찮아요, 숙부님. 곧 말씀드릴게요."

숙부는 조카가 다시 여행 가방을 집어 들자 밴조를 대신 들었다.

거실 문이 재빨리 열리자, 정갈하게 차려진 저녁 식탁이 보였고, 숙모가 나타났다.

"아티 아니니." 그녀가 말했다. "어쩐 일로 집에 왔어?"

"안녕하세요, 숙모님." 아티가 말했다. "들어가요. 드릴 말씀이 있어요. 운이 좀 좋았거든요."

그는 그들에게 단번에 털어놓지 않았다. 카운터 모퉁이를 돌아 여행 가방을 든 채 비틀거리며, 문가에 있던 아이들의 양철 양동이 묶음을 덜그럭거리게 하고는 작은 방으로 들어갔다. 그는 키 큰 괘종시계 옆 구석에 짐을 내려놓고, 다시 숙모와 숙부 쪽으로 몸을 돌렸다. 숙모는 의심스러운 눈길로 그를 바라보았다. 테이블 위 작은 램프에서 새어 나온 노란 불빛이 갓 위로 번져 그녀의 이마와 코끝을 비추고 있었다.

"괜찮아요, 숙모님." 그는 서두르지 않았다. 숙부는 밴조를 든 채 가게 문간에 서서 거칠게 숨을 내쉬고 있었다.

"사실은요, 숙모님," 그가 말했다. "제가 행운을 좀 얻었거든요."

"설마 또 그 경마 같은 데 돈을 건 건 아니겠지, 아티?" 숙모가 물었다.

"아니에요."

"복권에 당첨된 게 틀림없어." 숙부가 여행 가방에 부딪힌 충격으로 여전히 헐떡이며 말했다. "빌어먹을 복권이야. 이리 좀 봐, 몰리. 이 쓸모없는 밴조 하나 탔다고 덜컥 직장을 그만둬 버렸어. 그게 녀석이 한 짓이야. 노래나 부르며 돌아다니겠지. 저돌적이고 무모하기 짝이 없어! 가엾은 네 어미가 가졌던 바로 그 단점이야. 무작정 뛰어들고 아무도 못 말리게 만들지!"

"직장을 그만둔 건 아니지, 아티?" 숙모가 물었다.

킵스는 기회를 포착했다. "그만뒀어요." 그가 말했다. "그만둬 버렸어요."

"뭣 때문에?" 숙부가 말했다.

"밴조 배우려고요!"

"맙소사!" 숙부가 자신의 예상이 맞았다는 사실에 경악하며 말했다.

"밴조 들고 다니며 연주할 거예요!" 킵스가 킥킥 웃으며 말했다.

"얼굴에 검댕 칠하고요, 숙모님. 해변에서 노래도 부를 거예요. 돈도 얼마든지 벌 수 있다니까요! 하루에 2파운드 60펜스 버는 건 식은 죽 먹기예요!"

"세상에," 숙모가 말했다. "술을 마신 거니?"

그들은 저녁 식탁 너머로 길게 얼굴을 늘어뜨린 채 조카를 바라보았다. 그러자 킵스는 웃음을 터뜨렸고, 숙모가 슬프게 고개를 저었을 때 또다시 웃음이 쏟아졌다. 하지만 이내 진지해졌다. 더는 참을 수 없었다.

"괜찮아요, 숙모님. 정말이에요. 저 미친 것도, 술 마신 것도 아니에요. 저, 부자가 됐어요. 유산을 받았다고요. 제대로 된 유산이요. 2만6천 파운드를요."

잠시 침묵이 흘렀다.

"그래서 직장을 그만뒀다고?" 숙부가 말했다.

234

"네." 킵스가 말했다. "그럼요!"

"그리고 이 밴조를 사고, 제일 좋은 새 바지를 입고 곧장 여기로 온 거야?"

"글쎄요." 숙모가 말했다. "난 정말이지."

"이건 제 새 바지가 아니에요, 숙모님." 킵스가 아쉬워하며 말했다. "새 바지는 아직 완성되지 않았어요."

"나는 네가 그렇게까지 바보일 줄은 몰랐다." 숙부가 말했다.

잠시 침묵이 흘렀다.

"괜찮아요." 킵스가 그들의 불신에 찬 엄숙함에 약간 당황하며 말했다. "괜찮아요, 정말로! 2만 6천 파운드. 그리고 집도 한 채…"

숙부는 입술을 오므리고 고개를 저었다.

"리스에 있는 집이에요. 거기 가볼 수도 있었어요. 단지 안 갔을 뿐이에요. 그러고 싶지 않았어요. 무슨 말을 해야 할지 몰라서요. 숙모님하고 숙부님께 먼저 말씀드리고 싶었어요."

"그 집을 어떻게 알아?"

"그 사람들이 말해줬어요."

"글쎄." 숙부가 조카를 향해 불길하고 낙담시키는 듯 입꼬리를 내린 채 고개를 끄덕였다. "글쎄, 너는 정말 어린애구나."

"나는 너에게 그런 걸 기대하지 않았어, 아티!" 숙모가 말했다.

"무슨 말씀이세요?" 킵스가 창백한 얼굴로 두 사람을 번갈아 쳐다보며 희미하게 물었다.

숙부는 가게 문을 닫았다. "그들이 너를 놀린 거야." 숙부가 슬픈 낮은 목소리로 말했다. "내 말은 그거야, 애야. 너 같은 어린애가 어떻게 나오는지 보려고 장난친 거라고."

"아마 그 어린 퀴들링 녀석이 끼어 있었을 거야." 숙모가 말했다. "걔는 딱 그런 애거든."

(녹색 양모 가방을 메던 퀴들링은 자라서 무서운 개가 되었고, 뉴 롬니의 공포의 대상이었다.)

"아마 네 자리를 노리는 누군가겠지." 숙부가 말했다.

킵스는 의심과 꾸짖음이 가득한 두 얼굴을 번갈아 쳐

다보았다. 그는 익숙하고 초라한 작은 방, 수선된 의자 위의 낡은 여행 가방, 그리고 저녁 식사 음식들 사이에 놓인, 마치 돌이킬 수 없는 행동의 증거처럼 보이는 밴조를 둘러보았다. 그가 정말로 부자가 될 수 있을까? 이런 일들이 실제로 일어났을까? 아니면 어떤 미친 환상이 그를 여기까지 몰고 온 것일까?

그래도… 아마 100파운드 정도는…

"하지만," 그가 말했다. "정말이에요, 숙부님. 그렇게 생각하지 않으세요? 저 편지 받았어요."

"꾸며낸 거겠지." 숙부가 말했다.

"하지만 제가 답장하고 사무실에도 갔어요."

숙부는 잠시 흔들리는 듯했지만, 이내 고개를 저으며 현명하게 양쪽 턱을 흔들었다. 늙은 빈 씨와 샬포드에 대한 기억이 되살아나자, 킵스의 자신감이 돌아왔다.

"제가 한 늙은 신사를 만났어요, 숙부님. 완벽한 신사였어요. 그리고 그분이 저에게 모든 것을 말해주셨어요. 아주 존경할 만한 분이었죠. 이름이 왓슨과 빈이라고 했어요. 적어도 그분은 빈 씨였어요. 저에게 유산이 남겨졌다고 했어요…" 킵스가 갑자기 가슴 주머니로 손을 뻗었다. "제 할아버지께서…"

늙은 부부는 깜짝 놀랐다.

숙부는 감탄사를 내뱉고는, 잃어버린 여동생의 빛바랜 미소가 세상을 향해 미소 짓고 있는 다게레오타이프 사진이 놓인 벽난로 선반 쪽으로 몸을 돌렸다.

"와디라는 이름이었어요." 킵스가 주머니에 손을 깊이 넣은 채 말했다. "그분의 아들이 제 아버지였고요."

"와디!" 숙부가 말했다.

"와디!" 숙모가 말했다.

"그 애는 한 번도 말하지 않았지." 숙부가 말했다.

긴 침묵이 흘렀다.

킵스는 편지, 구겨진 광고지, 그리고 지폐 세 장을 더듬거렸다. 그는 이 증거물들 사이에서 망설였다.

"왜! 그때 질문하던 그 젊은 친구…" 숙부가 말하고는 놀란 눈으로 아내를 바라보았다.

"틀림없어요." 숙모가 말했다.

"틀림없어." 숙부가 말했다.

"여보." 숙모가 경외심에 찬 목소리로 말했다. "어쩌면… 정말일지도 몰라요!"

"얼마라고 했지?" 숙부가 물었다. "그가 너에게 얼마를 남겼다고 했더냐, 얘야?"

상황은 흥미진진했지만, 킵스가 예상했던 방식과는 조금 달랐다. 그는 증거 서류를 손에 든 채, 초라한 저녁 식사 너머로 거의 순종적으로 대답했다.

"1년에 1200파운드요. '대략적으로' 그렇대요." 킵스가 말했다.

"저는 한 번도 본 적 없는 할아버지께서 남기신 거래요. 돌아가신 지 한 달도 안 됐대요. 아주 연세가 많으셨다네요. 모든 건 제 아버지와의 불화 때문이었대요. 아시잖아요, 제 아버지가 어머니와 결혼하셨을 때, 그 일 말이에요.

그 일 이후로는 아버지를 용서하지 않으셨대요. 돌아가시기 직전까지도요.

그런데 임종 무렵엔 마음이 누그러지셨던 모양이에요. 혈육을 그리워하셨대요. 그래서 유언을 남기셨답니다. 변호사 빈 씨에게 말씀하시길, 지금의 일이 다 자신 때문이라고요. 자신이 두 분의 결혼을 막았고, 그게 잘못이었다고요. 그래서 빈 씨에게 저를 찾아보라고 하셨고, 결국 제게 모든 것을 남기도록 유언장을 쓰셨대요. 제가 아는 건 이게 전부예요."

6

마침내, 킵스의 흔들리는 촛불이 좁고 카펫 없는 계단을 올라, 그의 어린 시절과 청년 시절 내내 안식처이자 피난처였던 작은 다락방으로 향했다. 그는 어지러웠다. 조언을 들었고, 경고를 받았으며, 칭찬과 축하를 받았다. 위스키에 뜨거운 물과 레몬, 설탕을 타서 마셨고, 건강을 위해 건배했다. 그는 또한 웨일스 레어빗(맥주와 치즈로 만든 따뜻한 소스를 구운 빵 위에 끼얹어 먹는 음식) 두 개를 먹었다. 참으로 특이한 저녁 식사였다. 숙부는 주로 그가 의회에 진출해야 한다고 주장했고, 숙모는 커다란 불안감에 휩싸여 있었다. "나는 저 애가 자기보다 못한 사람과 결혼할까 봐 두려워."

"어디 가서 사냥이라도 좀 해야 할 텐데." 숙부가 말했다.

"너는 명문가와 결혼하는 것이 네 의무야, 아티. 그걸 기억해라."

"네 주위에 매달리려는 젊은 귀족들이 많을 거다." 숙부가 말했다. "내 말 명심해라. 놈들은 네 돈을 빌려 쓰고는, 곧바로 '넌 우리 급이 아니야'라며 손 털고 말 거야."

"아주 조심할 거예요." 킵스가 말했다. "빈 씨도 그렇게 조언했어요."

"빈 영감도 조심해야 해." 숙부가 다시 말했다. "우리가 뉴 롬니에서 세상 물정 모르고 산다고들 하지만, 변호사들이 어떤 인간들인지는 나도 좀 들어봤어. 그 영감, 눈 똑바로 뜨고 지켜봐라."

"그 사람이 지금 네 돈으로 무슨 짓을 하고 있을지 우리가 어떻게 알아?" 숙부가 집요하게 말을 이었다.

"아주 점잖은 분 같았어요." 킵스가 말했다.

그는 매우 신중하게, 그리고 생각에 잠긴 채 천천히 옷을 벗었다.

이천 육백 파운드라니…

숙모의 걱정은 그의 '연간 1200파운드!'라는 흥분이 잠시 동안 완전히 몰아냈던 문제들을 다시 전면에 내세웠다. 그의 생각은 목조 교실로 돌아갔다. 1년에 1200파운드. 그는 침대 가장자리에 앉아 깊은 명상에 잠겼고, 그의 장화는 긴 간격을 두고 '쿵', '쿵' 하고 바닥에 떨어졌다. 2만 6천 파운드. "맙소사!" 그는 나머지 옷을 바닥에 벗어던지고 침대로 들어가, 낡은 이불을 덮고, 앤 포닉이 그의 마음에 들어왔다는 소식을 처음 들었던 바로 그 베개에 머리를 뉘었다. 그러나 그는 지금 앤 포닉을 생각하지 않았다.

그는 앤 포닉을 제외한 세상의 모든 일에 대해 한꺼번에 생각하려는 듯했다. 그날의 온갖 생생한 장면들이 과열된 머릿속을 스쳐 지나갔다. '그 늙은 빈'이 거듭 설명하던 모습, 믿지 않으려던 뚱뚱한 남자, 코를 찌르는 박하사탕 냄새, 밴조, '그럴 자격이 있다'고 말하던 머글 양, 모퉁이를 돌아 사라지던 치터로, 그리고 숙모와 숙부의 지혜와 충고와 경고까지.

그녀는 그가 자기보다 신분이 낮은 사람과 결혼할까 봐 두려워했었다—정말 그랬을까?

그녀 자신도 알지 못했다.

그의 생각은 목조 교실로 날아가, 자신이 거기서 조용하지만 또렷한 목소리로 말하는 장면을 그렸다.

"나는 2만 6천 파운드를 물려받았어."

그리고 이어서 그는 차분하지만 단호하게 말했다. 자신은 언제나, 언제부터나 월싱엄 양을 사랑해왔다고. 그래서 자신의 2만 6천 파운드를 모두 그녀에게 가져와 그녀의 발치에 놓았다고.

그는 그 대가로 아무것도 바라지 않았다—정말, 아무것도.

그는 그렇게 모든 것을 봉투에 담아 그녀에게 건네고 떠날 것이다.

물론 밴조 하나와, 숙모와 숙부에게 줄 작은 선물 몇 가지, 그리고 새 양복 한 벌,

그리고 그녀가 그리워하지 않을 사소한 몇 가지 물건만은 간직한 채.

그는 딴생각에 잠겼다.

자동차를 살 수도 있고, 자동으로 피아노를 연주해주는 기계를 살 수도 있었다. 그건 늙은 버긴스를 깜짝 놀라게 할 것이다! 그는 자신이 직접 연주한다고 속일 수도 있었다. 또 자전거를 사고, 자전거 복장도 갖출 수 있었다. 그가 할 수 있는 일, 특히 살 수 있는 것들에 대한 기상천외한 상상들이 그의 머릿속을 휘몰아쳤다. 그리고 그는 잠이 든 것이 아니라, 소란스러운 꿈 속으로 빠져들었다. 그는 샌드게이트 언덕을 네 마리 말이 끄는 '팁-탑' 마차를 몰며 내려가고 있었고, ("아주 조심해야 해," 그가 생각했다) 몸에는 수없이 많은 옷을 겹겹이 걸치고 있었다. 그러나 어떤 끔찍한 실수로 모든 옷이 엉켜버려, 사람들의 웃음을 사고 있었다. 옷에 대한 혼란스러운 관심 속에서 마차는 사라졌다. 그는 새 실크 모자에 골프복 차림이 되었고, 곧 그것은 하이랜드 전통의상으로 바뀌어 리스 해변을 거니는 장면으로 이어졌다. 그런데 킬트가 계속 줄어들었다. 그리고 샬포드가 경찰관 셋과 함께 뒤따라오고 있었다.

"이놈이야," 샬포드가 말했다. "내 조수였어. 도망쳤지. 도망친 견습생이야. 붙잡아! 저런 놈들을 내가 알아. 씻으라 해도 안 씻는 놈들이야."

그는 킬트가 다리를 따라 위로 말려 올라가는 것을 느꼈다. 팔만 움직일 수 있다면, 당장 끌어내렸을 텐데! 그러나 몸은 마비된 듯 움직이지 않았다. 그는 절망 속에서 비명을 질렀다.

"지금이야!" 샬포드가 외쳤다.

그는 공포에 질려 깨어났다. 침대보가 바닥으로 미끄러져 내려가 있었고, 창밖에는 희미한 새벽빛이 번지고 있었다.

그는 방금 누가 자신을 불렀다는 생각이 들었다. 어쩐지 늦잠을 자서 아침 먼지떨이를 놓쳤다는 생각이 들었다. 그리고 나서 그는 아직 밤이고 달빛이 들어 방이 밝다는 것과, 자신이 더 이상 잡화점에 있지 않다는 것을 깨달았다. 그는 자신이 어디에 있는지 궁금해졌다. 세상이 카펫처럼 둘둘 말려 올라가 버렸고, 자신은 아무 데도 없는 곳에 덩그러니 남겨졌다는 기이한 생각이 들었다. 어쩌면 자신이 미쳤을지도 모른다고 생각했다. "버긴스!" 그가 불렀다. 대답이 없었고, 방어적인 코골이조차 들리지 않았다. 방도, 버긴스도, 아무것도 없었다!

그러고 나서 그는 기억을 되찾았다. 한동안 침대 가장자리에 멍하니 앉아 있었다.

누군가 그의 얼굴을 볼 수 있었다면, 창백하게 굳은 얼굴과, 멍하니 커진 눈 속에 자리한 벅찬 경이를 보았을 것이다. 이윽고 그는 희미하게 신음했다.

"1년에 2천 6백 파운드라니…" 그가 낮게 속삭였다.

그 돈은 그 순간, 믿기 어려울 만큼 거대하고 압도적인 덩어리로 다가왔다—그것은 거의 괴물처럼 느껴졌다.

침대를 다시 펴고 누웠다가, 이내 다시 일어나 앉았다.

그날 밤 그는 더 이상 잠들지 못했다.

그리고 문득 깨달았다.

이제 다시는 아침 일곱 시에 일어나 일하러 갈 필요가 없다는 사실을.

그 깨달음은 구름 사이로 비치는 별빛처럼 그에게 환히 다가왔다.

그는 원하는 만큼 침대에 누워 있을 수 있고, 원할 때 일어나며, 가고 싶은 곳으로 가고, 아침 식사로는 달걀, 베이컨, 마멀레이드, 케저리(인도식 생선죽) 같은 것을 먹을 수도 있었다.

그리고 그는 월싱엄 양을 놀라게 할 수 있을 것이다.

그녀를 놀라게 하고, 또 놀라게 하고…

킵스는 신선한 새벽 공기 속에서 노래하는 개똥지빠귀 소리에 잠에서 깼다. 방 전체가 따뜻한 황금빛 햇살로 가득 찼다. "이봐!" 개똥지빠귀가 지저귀었다. "이봐! 이봐! 1년에 1200파운드! 1년에 1200파운드. 1년에 1200파운드! 이봐! 이봐! 이봐!"

그는 침대에 앉아 주먹으로 잠이 덜 깬 눈을 비볐다. 그리고 나서 그는 침대에서 벌떡 일어나 정말 빠른 속도로 옷을 입기 시작했다. 새로운 삶의 시작을 단 한 순간도 낭비하고 싶지 않았다.

2부

샤프롱, 쿠트 씨

1. 새로운 환경

1

이 무렵, 신사적인 한 인물이 등장해 잠시 동안 이야기의 주도권을 잡는다. 좋은 영향력을 지닌, 세련되고 상냥한 인물—바로 체스터 쿠트 씨다.

저녁 어스름 속에서 공공 도서관을 향해, 부자연스러울 만큼 꼿꼿하게 걸어가는 그의 모습을 상상해보자. 그는 자세가 곧으며, 머리는 크고 단단하다. 강한 의지를 잘 제어하고 있음을 암시하는, 무게감 있는 머리다. 희고 마디가 굵은 손에는 커다란 공문서 봉투가 들려 있고, 다른 손에는 금장 손잡이가 달린 지팡이가 쥐어져 있다. 그는 은회색 실크 정장을 단정히 차려입었으며, 이따금 봉투로 입을 가리고 조심스레 헛기침을 한다. 코는 도드라지고, 눈은 슬레이트빛 회색이며, 입가에는 묘한 무거움이 깃들어 있다. 입은 숨을 고르느라 살짝 벌어져 있고, 아래턱은 약간 앞으로 나와 있다. 밀짚모자는 앞쪽으로 비스듬히 눌러 쓰고, 그는 스쳐 지나가는 사람들의 얼굴을 하나하나 살피다가, 시선이 마주치면 재빨리 눈을 돌린다.

이것이 바로 킵스를 처음 만났을 때의 체스터 쿠트 씨의 모습이었다. 그는 지역의 주택 중개인이자, 실로 부지런하고 신사다운 인물이었다. 그는 자신이 신사라는 사실을 늘 의식하고 있었으며, 사교계의 의무와 인생의 진지한 일들을 똑같이 중요하게 여겼다. 세련된 아마추어 연극에서부터 과학 강좌에 이르기까지, 그의 손을 거치지 않은 일은 거의 없었다. 성 스틸라이츠 교구에서 그는 긴장하기도 하고 음정도 불안하지만, 풍부하고 묵직한 음색의 베이스 파트를 맡고 있었다. 그는 공공 도서관을 향해 걸어가다, 지나가는 부목사에게 봉투를 들어 인사하고, 상냥한 미소를 지으며 안으로 들어갔다. 그곳이 바로 그가 킵스를 처음 만난 자리였다.

그때쯤 킵스는 부자가 된 지 일주일이 넘었고, 그의 외모에는 그 변화가 고스란히 드러나 있었다. 옅은 갈색 플란넬 정장에 파나마 모자, 붉은 넥타이를 매고, 거북 등껍질 손잡이가 달린 은장 지팡이를 들고 있었다. 그는 불과 일주일 전의 온순한 수습사원과는 전혀 다른 사람처럼 느껴졌다. 마치 공작이라도 된 듯한 기분을 느꼈지만, 마음 한구석에는 여전히 이상할 만큼 겸손함이 남아 있었다. 그는 지팡이에 몸을 기댄 채, 도서 목록 표시기를 식지 않는 경외심으로 바라보고 있었다. 그러다 문득, 체스터 쿠트 씨의 환한 미소와 마주쳤다.

"여기서 뭘 하고 계십니까?" 쿠트 씨가 물었다.

킵스는 순간 당황했다.

"아…." 그는 천천히 말했다. "그냥 좀 둘러보고 있었어요."

쿠트 씨의 친근한 말투는 그의 높아진 사회적 지위를 다시금 느끼게 했다.

"그냥 좀 둘러보고 있었어요." 그가 미소 지으며 말했다.

"포크스톤에 돌아온 지 사흘 됐거든요. 이제 제 집에 살죠."

"아!" 쿠트 씨가 말했다. "아직 당신의 행운을 축하할 기회가 없었네요."

킵스는 손을 내밀었다. "정말 뜻밖의 일이었어요." 그가 말했다. "빈 씨가 저에게 그 사실을 말했을 때, 깃털로 쳐도 쓰러졌을 거예요."

"당신에게는 정말 큰 변화겠군요."

"아, 그럼요. 변화라니! 왜, 노래에 나오는 그 사람처럼 완전히 어리둥절하죠. 지금 내가 어디 있는지도 잘 모르겠어요."

"참으로 특별한 변화군요." 쿠트 씨가 말했다. "충분히 이해가 갑니다. 포크스톤에 계속 머무르실 건가요?"

"잠시 동안요. 집이 있거든요. 할아버지가 쓰시던 집이에요. 그곳에 머물고 있어요.

할아버지의 가정부였던 분도 그대로 계시고요. 생각해 보세요 — 같은 마을, 같은 거리, 모든 게 그대로라니!"

"그렇죠." 쿠트 씨가 말했다. "바로 그거예요, 그렇습니다."

그리고는 네 손가락을 입 앞에 세우고, 양처럼 가볍게 기침을 했다.

"빈 씨가 절 다시 불러서 이것저것 정리하게 했어요. 그렇지 않았다면, 저는 여전히 뉴 롬니에 있는 숙모, 숙부님 댁에 있었을 거예요.

하지만 이렇게 다시 돌아오니까, 묘하게 즐겁네요."

잠시 정적이 흘렀다.

"책 빌리러 오셨습니까?" 쿠트 씨가 물었다.

"글쎄요, 아직 회원증은 없어요. 하지만 곧 만들어서 독서를 시작할 거예요. 오랫동안 하고 싶었거든요. 그럼요. 이 목록 표시기를 그냥 보고 있었어요. 정말 훌륭한 아이디어네요. 알고 싶은 모든 것을 알려주잖아요."

"간단하죠." 쿠트가 말하고 다시 기침을 하며, 킵스에게 시선을 고정했다. 잠시 동안 그들은 헤어지기 아쉬운 듯 망설였다. 그리고 나서 킵스는 하루 이상 소중히 간직해 온 아이디어를 떠올렸다. 쿠트와 특별히 관련된 것은 아니었지만, 누구와든 관련된 것이었다.

"지금 뭐 하세요?" 그가 물었다.

"수업에 관한 서류를 좀 가져왔어요."

"왜냐하면… 저희 집에 오셔서 구경도 하시고, 담배도 피우시고, 이야기도 나누시면 좋겠다 싶어서요. 괜찮으실까요?" 그는 머리를 뒤로 젖히며 집 쪽을 가리켰다. 그러고는 이 초대가 혹시 끔찍한 실례는 아닐까 하는 의심에 사로잡혔다. 지금이 적절한 시간일까? "와주시면 정말 기쁠 겁니다." 그가 덧붙였다.

쿠트 씨는 공문서처럼 보이는 봉투를 사서에게 건네는 동안 잠시 기다려달라고 부탁했고, 그러고 나서 기꺼이 킵스를 따르겠다고 선언했다. 그들은 문을 지날 때마다 서로에게 길을 양보하느라 잠시 우왕좌왕하다가 거리로 나왔다.

"모든 게 처음에는 정말 이상하게 느껴져요." 킵스가 말했다. "제 집이 생기고, 그런 모든 것들이요. 이상해요. 하루 종일 뭘 해야 할지 거의 모르겠어요."

"담배 피우세요?" 그가 갑자기 말하며, 마치 마술이라도 부리듯 난데없이 화려한 금장 돼지가죽 담배 케이스를 내밀었다. 쿠트는 잠시 망설이다 사양했고, 이내 너그럽게 덧붙였다. "제가 방해하지는 않겠습니다."

그들은 잠시 침묵 속에서 걸었다. 킵스는 주로 새 옷을 입고 편안한 척하는 데 신경을 썼고, 곁눈질로 쿠트를 살폈다. "꽤 큰 횡재를 하셨군요." 이윽고 쿠트가 말했다. "수입이…?"

"1년에 1200파운드 정도요." 킵스가 말했다. "조금 넘을 거예요, 아마."

"포크스톤에 계속 머무를 생각이신가요??"

"아직 잘 모르겠어요. 임대를 줄 수도 있고, 그냥 제가 쓸 수도 있고요. 가구가 다 있거든요."

"결정은 아직이시군요?"

"바로 그거예요." 킵스가 말했다.

"오늘 저녁 노을은 참 아름다웠죠." 쿠트가 말했다.

"그렇지 않나요?" 킵스가 대답했고, 두 사람은 노을의 아름다움에 대해 이야기하기 시작했다.

킵스가 그림을 그릴 줄 아는가? 어릴 적 이후로는 아니다. 지금은 아마 못 그릴 거라고 생각했다. 쿠트는 자기 여동생이 그림을 그린다고 말했고, 킵스는 경외심 어린 눈빛으로 그 말을 들었다. 쿠트는 가끔 자신도 그림을 배울 시간이 있었으면 좋겠다고 덧붙였지만, 인생에서 모든 걸 다 할 수는 없는 법이었다.

"맞아요, 바로 그거예요." 킵스가 맞장구쳤다.

그들은 마침내 리스 해변의 끝에 이르러, 점점이 불빛이 흩뿌려진 항구를 내려다보았다. 부두와 역의 어두운 덩어리들이 황혼의 잿빛 하늘 아래 웅크리고 있었다.

"저 풍경을 그릴 수만 있다면." 쿠트가 감탄하자,

킵스는 머리를 약간 젖히고 한쪽 눈을 감은 채 그 풍경을 바라보았다. 그는 그것이 꽤 어려운 작업일 거라는, 어딘가 의미심장한 말을 하고 싶은 충동을 느꼈지만, 결국 아무 말도 하지 않았다. 잠시 후 쿠트가 '아벤트(Abend)'[5]에 관해 무언가 말하자, 킵스는 그것이 외국말—아마 독일어—이라고 판단하고, 아직 다 피우지 않은 담배에서 새

---

5 Abend : 독일어로 저녁, 황혼을 뜻하며 당시 상류층이 교양을 드러내는 방식으로 프랑스어나 독일어를 섞어 말하는 풍조가 있었다.

담배로 불을 옮겨 붙였다.

"그렇죠, 맞아요, 훅, 훅."

그는 지금까지 대화에서 자기 몫을 꽤 훌륭하게 해냈다고 느꼈지만, 극도의 신중함이 필요했다.

그들은 돌아섰다. 쿠트는 바다가 건너기 좋아 보인다고 말하며, 킵스에게 바다를 많이 건너봤는지 물었다. 킵스는 '많이'는 아니라고 말했지만, 곧 불로뉴로 한번 가볼 생각이라고 했다. 쿠트는 외국 여행의 매력에 대해 이야기하기 시작하며, 킵스가 전혀 들어본 적 없는 여러 장소의 이름을 언급했다. 그는 그곳에 가봤다! 킵스는 방어적인 자세를 유지했지만, 그 방어막 뒤에서 그의 마음은 가라앉았다. 아는 척하는 것은 좋았지만, 곧 탄로 날 것이 분명했다. 사실, 그는 이 모든 것에 대해 아는 것이 하나도 없었다.

그렇게 해서 마침내 두 사람은 집에 다다랐다. 자기 집 문 앞에서 킵스는 그날 처음으로 긴장했다. 그 문은 크고, 훌륭하며, 위압감이 있었다. 그는 한 번도, 두 번도 아니고—딱 한 번 반, 그것도 사과하듯 망설이는 반 박자의 두

드림으로 문을 두드렸다. 흠잡을 데 없이 단정하고, 흔들림 없는 눈빛의 하녀가 문을 열었다. 킵스는 그 즉시 자신을 잃고 공손함 속으로 주저앉았다. 그는 이 하녀를 처음 보았고, 그녀의 눈길이 조용히 그를 평가하고 있음을 느꼈다. 그는 모자를 걸다 현관 의자와 그 위의 물건들을 거의 넘어뜨릴 뻔했다.

"서재에 불 켜져 있니, 메리?" 그는 뻔히 알고 있으면서도 대담하게 물었다.

그러고는 숨을 헐떡이며 위층으로 앞장섰다. 그는 문을 닫으려다, 램프를 들고 뒤따라온 메리를 발견했다. 그녀가 작은 탁자 위에 램프를 내려놓자, 그는 순간 얼어붙었다. 그녀가 나가 문이 '찰칵' 닫히기 전까지 아무 말도 하지 않았다. 그동안 그는 애써 태연한 듯 콧노래를 흥얼거리며, 창가와 방 안을 오가며 익숙한 물건들을 둘러보았다. 쿠트 씨는 벽난로 깔개 쪽으로 다가가 서서 집주인을 바라보았다. 두 손을 뒤로 가져가 서로를 잡고, 그 자세로 가만히 섰다. 그의 습관적인 태도였다.

"자, 여깁니다."

킵스가 주머니에 손을 찔러 넣은 채, 주위를 두리번거리며 말했다. 그곳은 무겁고 음울한 방이었다. 칙칙한 무늬의 처마 장식과 빛바랜 황동 가스 샹들리에가 천장에 매달려 있었고, 유리문이 달린 커다란 책장이 두 개 있었다. 그중 하나 위에는 유리 상자 속에 넣인 박제 테리어가 있었다. 벽난로 위에는 거울이 걸려 있고, 화려한 진홍색 무늬의 커튼과 휘장이 드리워져 있었다. 벽난로 선반 위에는 고전적인 양식의 거대한 검은 대리석 시계와 광택이 나는 청동 모조 꽃병 두 개, 꼬인 바위 모양 받침에 담긴 심지와 성냥, 용암으로 만든 재떨이가 놓여 있었다. 난로 울타리와 집게는 놋쇠로 되어 있었고, 지나치게 커다랬다. 창문 아래의 좋은 자리에 넓은 자단나무 책상이 있었고, 방 안의 모든 가구는 자단나무로 만들어져 있었으며 지나치게 푹신했다.

"여기는요," 킵스가 거의 속삭이듯 말했다.

"할아버지의 서재였어요. 그분은 저 책상에 앉아 글을 쓰시곤 했죠."

"책을요?" 쿠트가 물었다.

"아니요. 『타임스』에 보내는 편지 같은 것들이요. 그걸 오려서 책에 붙여두셨대요. 저기 책장 안에 있어요. 앉으시겠어요?"

쿠트는 약간 고개를 숙이며 자리에 앉았고, 킵스는 벽난로 깔개 위로 다리를 넓게 벌리고 서서, 마치 편안한 듯 행동했다. 그러나 깔개와 놋쇠 울타리, 벽난로, 그리고 거울은 그들의 거만한 위용으로 그를 침입한 작고 초라한 존재처럼 느끼게 했다. 반대편 벽에 비친 그의 그림자는 마치 이 모든 상황을 거대한 농담이라도 되는 듯, 그를 놀리며 크게 흔들거렸다.

2

잠시 동안 킵스는 방어적인 태도를 취했고, 쿠트가 대화를 주도했다. 그들은 킵스의 갑작스러운 신분 변화를 조심스레 피해가며, 지역 사회와 사교계 이야기를 나누었다.

"이제 이런 일들에도 관심을 가지셔야죠."

쿠트가 마치 인물을 묘사하듯 부드럽게 말했다. 이윽

고 그가 폭넓고 영향력 있는 인맥을 지니고 있다는 사실이 분명해졌다. 그는 포크스톤의 '사교 생활'이 꽤 복잡하며, 사람들을 하나로 모으는 일이 쉽지 않고, 곳곳에 파벌이 존재한다고 했다. 그는 군인들을 매우 익숙하게 언급했고, 심지어 한 번은 작위를 가진 펀넷 부인을 말하기도 했다. 그것은 자랑이라기보다, 그저 무심히 지나가는 갈처럼 들렸다. 그는 지역 병원의 자선 연극에 관해 펀넷 부인과 이야기를 나누었다고 했다. 그녀가 다소 비합리적으로 굴자, 자신이 부드럽지만 단호하게 바로잡았다고 했다.

"이런 부류의 사람들에게는 단호해야 합니다." 쿠트가 말했다.

"그러면 오히려 당신을 더 좋아하게 되죠."

그가 성직자들과도 편하게 지낸다는 것은 두말할 나위 없었다.

"제 친구 덴스모어 씨는 부목사예요. 꽤 독특한 분이죠. 열정적이고, 보기 드문 유형의 성직자예요."

쿠트의 말 한마디 한마디가 이어질 때마다, 킵스의 는

에는 그가 점점 더 커 보였다. 그는 '바그너'를 해설할 줄 아는 사람이자, 여동생이 왕립 아카데미에 작품을 전시한 화가이고, 소위 '문화'라 불리는 세계의 화신이었다. 뿐만 아니라, 그는 하인을 부리고, 작위를 가진 사람들과 어울리며, 저녁 식사 때엔 옷을 갈아입고, 값비싼 와인을 마시는— 종종 한 병에 3실링 6펜스나 하는— 그런 위대한 '상류 세계'의 대표자이자, 적어도 그 세계와 현실을 잇는 중개자였다.

쿠트는 담배를 피우며 느긋하게 몸을 기댔다. 예법을 아는 사람만이 느낄 수 있는 여유와 만족감이 그의 태도에 배어 있었다. 킵스는 팔꿈치를 의자 팔걸이에 올리고 몸을 약간 앞으로 숙인 채, 머리를 옆으로 기울였다. 그의 자세에는 경계심과 동시에 공손함이 묻어 있었다. 당신은 그가 이 새로운 환경 속에서 얼마나 작고 위축되어 보였는지, 그리고 그 자신도 그렇게 느꼈을 모습을 쉽게 상상할 수 있을 것이다. 그러나 그것은, 한 젊은이에게 세상에서 가장 흥미롭고 자극적인 대화였다. 이윽고 대화는 좀 더 일반적인 이야기에서 벗어나, 점점 진지하고 가까운 주제로 옮아갔다. 쿠트는 성공하는 사람들과 그렇지 못한 사람들, 세상일의 중심에서 무언가를 움직이는 사람들과 그저 그 뒤를 따라가는 사람들에 대해 이야기했다. 그리고 마침내, 화제는 킵스 자신에게로 돌아왔다.

"즐거운 시간을 보내시게 될 겁니다."

그가 갑자기, 치과 의사가 흥미로워할 만한 미소를 지으며 말했다.

"잘 모르겠어요." 킵스가 말했다.

"물론 실수도 하겠죠."

"바로 그거예요."

쿠트는 새 담배에 불을 붙였다. "당신이 앞으로 무엇을 할지 관심이 가지 않을 수 없군요." 그가 말했다. "물론, 갑자기 부자가 된 활기 넘치는 젊은이에게는 유혹이 따르기 마련이죠."

"조심해야 해요." 킵스가 말했다. "빈 씨가 처음부터 그렇게 말했어요."

쿠트는 도박이나 나쁜 친구 같은 유혹의 함정에 대해 이야기하기 시작했다.

"알아요." 킵스가 말했다. "알아요."

"그러다 보면, 의심이 시작되죠." 쿠트가 이어 말했다.

"제가 아는 젊은 친구가 하나 있어요. 변호사인데, 정말 재능 있고, 인물도 훌륭하죠. 그런데 말이에요—완전히 회의론자예요. 진짜 철저한 회의주의자죠."

"세상에!" 킵스가 말했다. "설마 무신론자는 아니겠죠?"

"정말 안타깝게도 그렇습니다." 쿠트가 고개를 저으며 말했다.

"정말 훌륭한 청년이에요. 총명하고, 재능도 많아요. 하지만 이 끔찍한 현대 정신이 그를 사로잡았죠. 냉소적이에요! 니체니, 초인이니, 그런 것들 말입니다. 그런 영향을 우리는 반드시 경계해야 해요."

"아!" 킵스가 말했다.

그는 담배 재를 가볍게 털며 고개를 끄덕였다.

"저도 그런 친구를 알아요. 전에 우리 가게에 있던 도제였죠.

무엇이든 다 비웃곤 했어요. …지금은 사라졌죠!"

그는 잠시 멈췄다. "추천서를 써주지 않았죠." 그가 도덕적 비극에 어울리는 깊은 목소리로 말하고, 잠시 후 덧붙였다. "군대에 갔어요!"

"아!" 쿠트가 말했다.

"그리고 종종," 그가 잠시 후 말했다. "가장 활기 넘치는 친구들, 우리가 가장 좋아하는 친구들이 잘못된 길로 빠지죠."

"그건 유혹 때문이죠." 킵스가 말했다. 그는 쿠트를 힐끗 바라보며 몸을 앞으로 숙이고, 커다란 난로 울타리 쪽으로 담배 재를 털었다.

"바로 그거예요." 그가 덧붙였다.

"유혹이죠. 정신 차리기도 전에 빠져드는 거예요."

"현대 생활은," 쿠트가 말했다. "너무 복잡합니다. 사람마다 강한 건 아니죠. 잘못된 길로 빠지는 젊은이들 중 절반은, 사실 나쁜 사람들이 아니에요."

"바로 그거예요." 킵스가 말했다.

"결국은 환경의 영향이죠."

"바로 그거예요." 킵스가 되풀이했다.

그는 잠시 생각에 잠겼다.

"제가 예전에 알고 지내던 친구가 하나 있어요." 그가 말했다.

"배우였죠—아니, 적어도 희곡을 쓰던 친구예요. 똑똑한 친구인데, 하지만…"

그는 고개를 저으며 세상 전반에 대한 도덕적 비난을 암시했다.

"물론, 인생 경험이라는 게 있죠." 그가 덧붙였다.

쿠트는 킵스의 말에 담긴 깊은 뜻을 이해하는 척했다.

"그럴 만한 가치가 있던가요?" 그가 물었다.

"바로 그거예요." 킵스가 말했다.

그는 이제 마음을 털어놓기로 결심했다.

"이야기를 하다 보면 그렇게 돼요." 그가 말했다.

"'한잔하자'가 되고, 그러다 '오래된 므두셀라'—별 네 개짜리 포트를 마시고…

정신 차려보면, 어디에 와 있는지도 모르는 거죠. 전술에 취했어요."

그는 거의 순교자가 고백하듯, 깊은 겸손의 어조로 덧

붙였다.

"여러 번이요."

"어허, 어허." 쿠트가 말했다.

"수십 번은 될 겁니다." 킵스가 슬프게 웃으며 말했다. "최근에도요."

이제 그의 상상력은 점점 활기를 띠며 매혹적으로 부풀어올랐다.

"한 가지 일이 또 다른 일로 이어지죠. 카드놀이, 아마도. 그리고 여자들…"

"알아요." 쿠트가 말했다. "알아요."

킵스는 불을 바라보며 얼굴을 붉혔다. 그는 최근 치터로가 썼던 말을 빌렸다.

"차마 입에 담을 수 없는 이야기들이죠."

"상상이 갑니다." 쿠트가 고개를 끄덕이며 말했다. 킵스는 자신감 있는 표정으로 쿠트의 얼굴을 쳐다보았다.

"돈이 없을 때도 충분히 나빴어요." 그가 말했다.

"하지만 지금은…"

그는 눈썹을 치켜들었다. "정신을 차려야 해요."

"그래야 합니다." 쿠트가 잠시 동안 입술을 오므리며 걱정스러운 표정을 지었다.

"그래야 해요." 킵스가 눈썹을 치켜들고 천천히 고개를 끄덕였다. 그는 담배 끝을 바라보다 난로 울타리에 던졌다. 그는 이 대화에서 자신의 역할을 꽤 잘 해내고 있다고 생각하기 시작했다. 킵스는 결코 좋은 거짓말쟁이가 아니었다. 그는 침묵을 깬 첫 번째 사람이었다. "제가 정말로 나쁘거나 아주 심하게 취했다는 뜻은 아니에요. 두통이 아마… 서너 번 정도 있었을 뿐이죠. 그게 다예요!"

"저는 평생 술에 취해본 적이 없습니다." 쿠트가 엄청난 솔직함으로 말했다. "단 한 번도요!"

"정말요?"

"한 번도요. 제가 술에 취할 것 같지는 않아요. 그런 건 아니죠. 그리고 저는 심지어 소량으로, 식사 때 마시는 것조차 해롭다고 말하지는 않습니다. 하지만 만약 제가 마시면, 멈출 줄 모르는 다른 누군가가… 아시겠어요?"

"바로 그거예요." 킵스가 감탄하는 눈으로 말했다.

"담배는 피웁니다." 쿠트가 인정했다. "위선자가 되고 싶지는 않으니까요."

킵스는 쿠트라는 사람이 얼마나 놀라울 만큼 훌륭한 사람인지 깨달았다. 그는 똑똑하고, 교양 있으며, 자상한 사람이었다. 단지 신사일 뿐 아니라 편넷 부인을 아는 인맥까지 갖춘 데다, 선량하기까지 했다. 그는 다른 사람을 돕고 이끌며, 더 나은 사람이 되게 하고, 온갖 나쁜 것들을 억누르는 일에 자신의 시간과 생각을 바치는 사람처럼 보였다. 도덕적인 열정의 물결이 킵스의 가슴속을 휩쓸었다. 그는 쿠트에게 가난한 사람을 돕겠다는 자신의 결심을 털어놓고 싶었다. 또한 부의 유혹에 시달린다는 고백도 하고 싶었다. 심지어 예전에 알던 '그 여배우'에 관한 비밀까지 이야기하고 싶었다. 그러나 곧 그는 마음속에 이 모든 것보다 더 가까운, 더 깊은 무언가가 있음을 까달았다. 그는 그것에 대해 조언을 구해야겠다고 느꼈다. 어쩐지 쿠트라면 자신을 도와줄 수 있을 것만 같았다.

"동료애가 많은 것을 설명해주죠." 쿠트가 말했다.

"바로 그거예요." 킵스가 말했다. "물론, 제 새로운 처지에서는… 그게 바로 어려움이에요."

그는 가장 은밀한 고민 속으로 대담하게 뛰어들었다. 그는 자신이 세련됨, 즉 문화를 원한다는 것을 알았다. 모든 것이 좋았지만, 그는 알고 있었다. 하지만 그것을 어떻게 얻을 수 있을까? 그는 아는 사람이 없었다. 그는 끊어지는 문장으로 말했다. 가게 친구들은 모두 좋은 사람들이었지만, 그가 원하는 것은 아니었다. "저는 뒤처진 것 같아요." 킵스가 말했다. "소외된 것 같아요. 그래서 결국, 다 소용없다고 느껴요. 그리고 만약 유혹이 찾아온다면…"

"그렇죠." 쿠트가 말했다.

킵스는 월싱엄 양과 그녀의 주근깨 친구에 대한 존경심을 이야기했다. 그는 너무 자의식적으로 보이지 않으려 애썼다. "알잖아요, 저는 그런 분들과 이야기하고 싶지만, 할 수가 없어요. 제 자신이 드러나는 게 두려워요."

"물론이죠." 쿠트가 말했다. "물론입니다."

"저는 중산층 학교에 다녔어요. 제가 이런 하층민 출신이라고 생각하지는 마세요. 하지만 아시다시피, 그건 정말 일류 학교가 아니었어요. 적어도 교장 선생님은 우리에게 신경 쓰지 않았죠. 배우고 싶지 않으면, 그럴 필요가 없었어요. 저는 그게 국립 학교보다 훨씬 낫다고 생각하지 않아요. 물론 우리는 졸업식 사각모를 썼지만, 그게 다 뭐겠어요?" 킵스가 말했다.

"저는 이 돈 때문에 물 밖에 나온 물고기 같아요. 제가 돈을 받았을 때—일주일 전이죠—정말로 제가 원하는 모든 것을 얻었다고 생각했어요. 하지만 이제는 뭘 해야 할지 모르겠어요."

그의 목소리가 갈라졌다. "사실상," 그가 말했다. "현실을 외면할 수는 없어요. 저는 신사라고요."

쿠트는 진지하게 동의했다.

"그리고 신사에게는 책임이 따르죠." 그가 말했다.

"바로 그거예요." 킵스가 말했다.

"사람들과 어울리는 일이요." 그가 덧붙였다.

"예전에 알고 지내던 사람들과 계속 만나고 싶거든요. 이제는 좀… 어울려야 할 사람들도 있잖아요."

그는 어색하게 웃었다.

"전 완전히 물 밖으로 나온 물고기 같아요."

그가 쿠트를 바라보며 도움을 구하듯 말했다.

하지만 쿠트는 그저 조용히 고개를 끄덕이며, 그가 계속 말하도록 기다릴 뿐이었다.

"그 배우 친구는요." 그가 잠시 생각에 잠긴 뒤 말했다.

"좋은 친구예요. 마음도 따뜻하죠. 하지만 제가 생각하는 신사와는 좀 달라요. 그 친구랑 있으면 저 자신을 다 잡아야 해요. 금세 저를 거칠게 만들거든요. 뭔가 잘 맞지 않아요. 가게 친구들을 빼면 사실 그 친구가 유일한 친구예요. 가게 친구들은 한 번 우리 집에 온 적이 있죠. 그때 저녁 먹고 나서 노래도 부르고, 저도 코믹송을 하나 불렀어요. 밴조 반주도 조금 할 줄 아는데, 아직 배우는 중이에요. 그래도 기분 전환엔 좋아요. 그리고 숙모님이랑 숙부님이 계시죠. 두 분 다 정말 좋은 분들이에요. 하지만 아직도 제가 애라고 생각하시거든요. 불만은 없어요. 다만… 그게 제가 바라는 건 아니에요. 이해하시죠, 쿠트 씨? 전 뭔가 벗어나지 못한 기분이에요. 모든 게 뒤처진 느낌이에요. 제대로 된 사람들—제대로 행동할 줄 알고, 예절과 품격을 아는 사람들과— 어울리고 싶어요."

그의 진술한 겸손함은 체스터 쿠트의 마음속에 오직 자비심만을 불러일으켰다.

"만약 당신 같은 분이 있었다면," 킵스가 말했다.

"제가 정기적으로 만날 수 있는…" 그 지점부터 그들의 대화는 빠르고 쉽게 풀렸다.

"만약 제가 당신에게 도움이 될 수 있다면." 쿠트가 말했다.

"하지만 당신은 너무 바쁘시잖아요."

"그렇게 바쁘지는 않아요. 알다시피, 당신의 경우는 개우 흥미롭습니다. 제가 당신에게 말을 걸고 이야기를 끌어낸 것도 부분적으로는 그 때문이었어요. 당신은 이 엄청난 부를 가졌지만 경험은 없고, 활기 넘치는 젊은 남자…"

"바로 그거예요." 킵스가 말했다.

"저는 당신이 어떤 사람인지 보려고 했습니다. 그리고 고백하건대, 제가 만난 사람 중에 당신만큼 흥미로운 사람은 거의 없었어요."

"왠지 당신에게는 말을 할 수 있을 것 같아요." 킵스가 말했다.

"기쁩니다. 정말 기뻐요."

"저는 친구가 필요해요. 솔직히 그게 다예요."

"친구라, 만약 제가…"

"네, 하지만…"

"저도 친구가 필요합니다."

"정말로요?"

"네. 아시겠어요, 친애하는 킵스. 만약 제가 그렇게 불러도 된다면."

"그럼요." 킵스가 말했다.

"저 자신도 꽤 외로운 사람입니다. 오늘 밤처럼 제 일에 대해 이렇게 자유롭게 이야기한 적이 몇 달 만인지 모르겠어요."

"그러세요?"

"당신에게요. 그리고, 친구, 만약 제가 당신을 이끌거나 도울 수 있는 일이 있다면…"

쿠트는 친절하고 떨리는 미소로 모든 이를 드러냈고, 그의 눈은 반짝였다. "악수합시다." 킵스가 깊이 감동하여 말했고, 그와 쿠트는 일어나 서로의 감정을 담아 손을 잡았다.

"정말 너무 고맙습니다." 킵스가 말했다.

"제가 할 수 있는 건 뭐든지 하겠습니다." 쿠트가 말했다.

그리고 그렇게 두 사람의 약속은 이루어졌다. 그 순간부터 그들은 친구가 된 것이다. 서로에게 비밀을 털어놓고, 고상한 생각을 나누며, 낮은 목소리로 대화하는── 겉보기엔 친밀하고, 서로에 대한 존경심으로 가득 찬 친구였다. 그들의 대화는 그날 밤 이후에도 끝없이 이어졌고, 사실상 그 약속의 연장이었다. 그날 밤, 킵스는 자신을 완전히 내보였고, 쿠트는 마치 큰 신뢰를 부여받은 사람처럼 행동했다. 그리고 그 순간, '타인의 내면에서 최선을 끌어내야 한다'는 불치의 열정, 즉 교양 있는 중산층 양심의 고질병 같은 열정이 쿠트를 사로잡았다. 그는 이제 킵스의 평신도 고해 신부이자 인도자가 될 것이었다. 그를 백가지, 아니 천 가지 방법으로 '도와주고', 더 나은 길을 보여주며, 영국식 '더 높고 더 품격 있는 삶'으로 이끌 인물이

었다. 요컨대 그는 킵스를 '진정한 신사로 만들어줄 사람'
이 되려 하고 있었다.

"제가 모르는 건 다 이런 것들이에요." 킵스가 말했다.

"예를 들어, 어떤 옷을 입어야 하는지 몰라요. 지금 제
가 제대로 입었는지조차 모르겠다고요."

"이 모든 것들…" 쿠트는 이해했다는 듯 입술을 내밀고
빠르게 고개를 끄덕였다. "그건 저에게 맡기세요." 그가
말했다.

"저를 믿으세요."

저녁이 깊어지자 쿠트의 태도는 점점 더 '소유자'처럼
변해갔다. 그는 자신의 역할을 맡기 시작했고, 새롭고 비
판적인 애정 어린 시선으로 킵스를 살펴보았다. 이 모든
일이 그의 생각과 완벽히 들어맞는다는 것이 분명했다.

"정말 흥미로울 거예요." 그가 말했다.

"알다시피, 킵스, 당신은 정말 좋은 사람이에요."

(이때부터 그는 이상할 만큼 권위 있는 어조로 "킵스"
혹은 "친애하는 킵스"라 부르기 시작했다.)

"알아요." 킵스가 말했다.

"그냥… 잘 못하는 게 너무 많아요. 그게 문제예요."

그들은 계속해서 이야기를 나누었다.

이제 킵스는 마음을 활짝 열고 자유롭게 자신을 드러냈다. 이야기는 끝없이 이어졌고, 주제도 이리저리 흘러갔다. 그중에서도 가장 오래 이야기한 건 킵스 자신의 성격이었다. 그는 스스로에 대한 단서를 하나둘 내놓았다.

"제가 정말 흥분하면," 그가 말했다.

"그땐 내가 뭘 하는지도 모르겠어요. 정말 그래요."

그리고 또 말했다.

"비겁한 짓은 질색이에요. 솔직해야 마음이 놓여요."

그는 무릎에 달라붙은 실밥 한 조각을 집어 들었다.

그의 등 뒤에서 난롯불은 힘겹게 깜빡이며 얼굴을 일그러뜨렸고, 벽과 천장에 비친 그의 그림자는 괴물처럼 커져 무례하게 꿈틀거렸다.

3

킵스는 마침내 중요한 문제들이 해결되었다는 안도감 속에 잠자리에 들었지만, 꽤 오랫동안 잠들지 못했다. 그는 자신이 운이 좋다고 느꼈다. 그는 알고 있었다. 사실 버긴스와 카샷, 피어스가 그의 삶의 지위가 바뀌었고 엄청난 적응이 필요하다는 것을 분명히 알려주었지만, 정작 어떻게 적응해야 하는지에 대해서는 막막해서 그 모든 것이 비현실적으로 느껴졌다. 그런데 여기, 가장 간단하고 쉬운 방법으로 그 적응을 도와줄 사람이 나타난 것이다. 이제 그 일은 가능해졌다. 물론 쉽지는 않겠지만, 가능했다.

배워야 할 것이 많았다. 순수한 지적 노동, 사람을 부르는 방식, 인사하는 법, 그리고 엄청나게 복잡한 예법들. 하나라도 어기면, 당신은 추방자다. 예를 들어, 펀넷 부인을 어떻게 만날 것인가? 언젠가 그를 정말로 만나야 할지도 모른다. 쿠트가 그를 소개할 수도 있다.

"맙소사!" 그는 어둠 속에서 낄낄거림과 당혹감 사이에서 소리쳤다. 그는 자신이 넥타이를 사러 잡화점에 들어가는 모습을 상상했다. 그리고 거기서 버긴스, 카샷, 피어스, 그리고 나머지 사람들 앞에서 "제 친구, 펀넷 부인입니다!" 하고 소개하는 모습을. 그것은 펀넷 부인으로 끝나지 않을지도 모른다! 그의 상상력은 그와 함께 질주하고, 날개를 달아 낭만적이고 시적인 높이로 솟아올랐다.

언젠가 왕족을 만난다고 상상해보자. 그것도 우연히! ─ 그는 그 상상에 흠뻑 빠졌다. 결국, 1년에 1200파운드라면 엄청난 신분 상승이 아닌가.

왕족에게는 어떻게 인사해야 할까?

"전하의 은혜로…" 아니면 "폐하의 자비로…"?

물론 무릎을 꿇어야 할 것이다. 그는 완전히 상상의 인물이 되어 있었다. 연 소득이 1000파운드를 넘으면 '어스콰이어(Esquire)', 즉 신사 계급으로 불리지 않던가?

그는 그 생각에 잠겼다. 머지않아 궁정으로 초대받을지도 모른다! 그는 당연히 벨벳 무릎바지와 칼을 차고 갈 것이다. 궁정이라니, 얼마나 기이한 곳일까! 귀부인들은 치마자락을 늘어뜨리고 절하며, 뒷걸음질로 물러나고─ 그렇다, 머글 양이 그랬었다! 그는 궁정에서는 모두가 왕 앞에서 무릎을 꿇는다고 믿었다. 하지만 문득 생각했다, 어쩌면 그렇지 않은 사람도 있을지 모른다고. 아마 공작쯤 되는 사람들은 정면으로 서서 왕과 말을 주고받을 것이다. 마치 버긴스에게 하듯, 자연스럽게! 물론 그것도 허락을 받은 사람들이겠지. 백만장자들은 어떨까? 그런 생각들로부터, 우리의 왕관을 쓴 공화국의 이 자유 시민은 무의식적으로 꿈속으로 빠져들었다. 진정한 영국인의 사회적 야망을 구성하는 그 거대한 상승, 즉 뒷걸음질과 허리 굽히기로 점철된 그 거대한 상승의 혼탁한 꿈속으로.

4

다음 날 아침, 그는 세상에 할 일이 잔뜩 있는 사람처럼 진지한 표정으로 식탁으로 내려왔다. 킵스에게 아침 식사는 특별한 의식이었다. 한때는 절망적이던 그의 꿈들은 매일 아침 식탁 위에서 현실이 되고 있었다. 잡화점 시절에는 샬포드가 관대하게 제공하던 빵 한 덩이와 마가린 두 번치기, 그리고 거기에 사비로 더한 약간의 반찬이 전부였다. 그 경험 덕분에 그는 '아침 식사가 얼마나 풍성하고 예술적일 수 있는지'에 대해 실로 폭넓은 관점을 갖게 되었다.

이제 그의 식탁에는 커틀릿이나 양고기 커틀릿—버긴

스가 런던의 위대한 클럽에서나 볼 수 있다고 말했던 바로 그것—이 올랐다. 대구, 훈제 청어, 흰살 생선, 어묵, 삶거나 스크램블한 달걀, 때로는 신장 요리나 간 요리도 곁들여졌다. 그 밖에도 소시지, 흑백 푸딩, '버블 앤 스퀴크'(감자와 채소 볶음), 볶은 양배추, 가리비 요리 등이 번갈아 등장했다. 그리고 마치 군대 보급대처럼, 통조림 고기와 차가운 베이컨, 독일 소시지, 돼지머리 편육, 마멀레이드와 잼 두 종류가 늘 이어졌다. 식사를 마친 뒤 그는 접시들 사이에 앉아 담배를 피우며, 주위를 둘러보았다. 성공적으로 실현된 이 '풍성한 식사 계획'이 주는 만족감 속에서 그는 자신이 세상을 소유한 듯한 기분에 잠겼다. 그때 신문과 우편물이 도착했다.

그날 아침, 킵스에게는 여러 통의 우편물이 도착했다. 상인들의 광고지와 명함들, 그리고 두 통의 애처로운 구걸 편지—그의 행운이 신문에 실린 탓이었다. 또 한 통은 어떤 문필가의 편지였는데, 사회주의를 타도하기 위한 운동에 10실링을 기부해달라는 요청과 함께 책 한 권이 동봉되어 있었다. 그 책은 부유층이 지금 당장 행동에 나서

지 않으면, 올해 안에 세상이 끝장날 것이라는 주장을 매우 명확히 담고 있었다. 킵스는 그 책을 훑어보고는 심각하게 불안해졌다. 그리고 숙부의 편지가 있었다. 그는 아직 가게를 비울 수 없어 조카를 만나러 갈 수 없다고 썼다. 대신 전날 리드에서 열린 경매에 다녀왔고, 포크스톤에서는 구하기 힘든 오래된 책과 골동품을 몇 점 건졌다고 했다.

"여기 사람들은 이런 것들의 진짜 가치를 몰라."

숙부가 썼다.

"하지만 믿어도 좋아, 이건 분명 값어치가 있을 거야."

그 뒤에는 간단한 지출 내역이 덧붙어 있었다.

"언젠가 누군가가 와서 많은 돈을 내겠다고 할지도 모르는 판화가 하나 있어. 내 말을 믿어라, 아티. 이런 오래된 물건들이야말로 네가 할 수 있는 가장 좋은 투자야."

숙부는 오랫동안 경매에 중독되어 있었고, 조카의 행운은 한때 그저 바라보며 갈망하기만 했던 것—옛날에는 정원 도구나 부엌 항아리처럼 6펜스에 사서 쓸모를 찾을 수 있는 물건 외에는 거의 입찰한 적이 없었다—을 매우 활동적인 즐거움으로 바꾸어 놓았다. 현명하고 통찰력 있는 검사, 어떤 신비로운 태도, 전술적인 입찰과 구매! 구매! 그 노인은 즐거운 시간을 보내고 있었다.

킵스가 구걸 편지를 다시 읽으며, 버긴스의 건전하고 명확한 상식이 조금이라도 도움이 되었으면 하고 바라는 동안, 소포가 도착했다. 숙부에게서 온 상자였다. 그것은 몇 개의 충실한 못과, 영국 국방부라면 즉시 군수품으로 분류했을 법한 끈과 헝겊, 그리고 잡동사니로 간신히 버티고 있는, 크고 불안정해 보이는 상자였다. 킵스는 식칼로 그것을 열었고, 결정적인 순간에 부지깽이의 도움을 받아, 여러 권의 책과 고풍스러운 물건들을 발견했다.

『챔버스 저널』 초기 판 세 권, 1875년판 『펀치 포켓북』 한 권, 슈투름의 『성찰』, 길의 『지리학』 초기 판본(약간 찢어짐), 척추측만증에 관한 삽화가 있는 책, 커크의 『인체 생리학』 초기 판본, 『스코틀랜드의 족장들』, 그리고 꽃말에 관한 작은 책이 있었다. 오크 액자에 담긴, 약간 녹슨 점이 있는, 웅장한 스타일의 강철 판화도 있었는데, 벽에 쓰인 글씨를 묘사한 것이었다. 또한 구리 주전자, 촛불 끄는 가위 한 쌍, 놋쇠 구둣주걱, 잠글 수 있는 차 상자, 마개 하나가 있는 디캔터 두 개, 그리고 아마도 18세기 어린이 딸랑이의 일부로 보이는 것이 있었다.

킵스는 새로 산 책들을 넘겨보며, 이런 것들에 대해 더 잘 알았으면 하고 바랐다. 그러다 생리학 책에서 한 삽화를 발견했는데, 그것이 그의 시선을 단숨에 사로잡았다. 그림 속에는 한 젊은 남자가 다소 쾌활한 표정으로, 놀란 관찰자에게 자신의 내부 구조를 아주 단정하게 드러내고 있었다. 그것은 킵스에게 전혀 새로운 '인간의 내면'에 대한 관점이었고, 그는 한동안 그 그림에 매료되었다. 그는 자신이 '실질적으로 신사'라는 사실을 잠시 잊고 있었다. 그리고 그가 여전히 그 복잡한 내부를 들여다보던 바로 그때, 그의 밤의 꿈이 그를 데려갔던 질서 있고 세련된 세계와는 전혀 다른 현실의 한 알림이, 하녀의 안내를 받아 문 안으로 들어섰다 ― 치터로였다.

5

"안녕!" 킵스가 일어나며 말했다.

"바쁘지 않은가?" 치터로가 킵스의 손을 잠시 감싸 쥐고는, 요트 모자를 거대한 조각된 오크 사이드보드 우에 휙 던지며 말했다.

"그냥 책 좀 읽고 있었어요." 킵스가 말했다.

"독서라, 응?" 치터로는 잠시 동안 책과 다른 물건들을 붉어진 눈으로 쳐다보고는 말했다. "나는 자네가 어느 날 밤 다시 올 거라고 기대하고 있었네."

"가려고 했어요." 킵스가 말했다. "단지 여기 친구가 있어서요. 어젯밤에 가려고 했는데, 그를 만났어요."

그는 난로 깔개 쪽으로 걸어갔다. 치터로는 방을 한 바퀴 훑어보더니 곧바로 말을 쏟아내기 시작했다. 불 앞에 서기도 하고, 방안을 왔다 갔다 하기도 하고, 테이블 위에 걸터앉기도 하면서, 킵스가 따라가기 벅찰 정도로 쉼 없이 떠들었다.

"그 희곡 말이야, 자네 본 뒤로 완전히 새로 썼어!" 그가 말했다.

"엄청나게 바뀠지. 2막은 통째로 다시 썼다니까."

"무슨 희곡 말이에요, 치터로?"

"우리 얘기했던 그거 있잖아. 자네가(진심인지는 모르겠지만)그 지분 절반 사겠다고 했던 거. 비극 말고, 그건 내 진지한 작품이야. 그건 내 투자야, 내 인생이지. 아니, 내가 말하는 건 새로 쓰고 있던 그 희곡이야. 딱정벌레가 나오는 거 말일세."

"아, 네." 킵스가 말했다. "기억나요."

"그럴 줄 알았어! 자네가 그랬잖아. 100파운드에 4분의 1 지분 사겠다고."

"뭔가… 그런 말 했던 것 같기도 하고요…"

"글쎄, 다 달라졌어. 모든 게 말이야. 내가 설명해줄게."

그가 숨도 쉬지 않고 말을 이어갔다.

"자네, 나비 얘기했던 거 기억하나? 그날 술에 좀 취해서 완전히 헷갈렸잖아. 딱정벌레를 계속 나비라고 불렀지. 바로 그게 나한테 영감을 줬어! 나는 전부 새로 썼다네. 완전히."

그는 손을 휘저으며 열정적으로 말했다.

"이제 제목은 '포플워들'이야—멋진 제목이지 않나? 방문객 명단에서 따온 이름인데, 딱 들어맞아! 자, 이제는 목덜미에 딱정벌레가 들어가서 발광하는 게 아니라, 그가 나비 수집가야. 그런데 이게 보통 나비가 아니야—희귀한 종이지! 창문으로 들어와서, 무대 중앙으로 날아오르지."

치터로는 팔을 넓게 벌려 장면을 그렸다.

"주인공이 그걸 쫓아다니는 거야. 자기가 지금 '집에 없는 척해야 한다'는 걸 완전히 잊어버리고 말이지! 그러고 나서 사람들에게 떠벌려. '희귀한 나비야! 엄청난 가치가 있어!' — 그런 거 말이야. 실제로 그런 나비들도 있거든. 그러면 모두가 그걸 쫓기 시작해. 나비는 도망칠 수가 없어. 나오려 하면 사람들이 달려들지. 글쎄, 나는 그걸 전부 계산해봤다네. 다만…"

그는 킵스에게 아주 가까이 다가왔다. 그는 한 손을 수평으로 들고, 다른 손의 손가락으로 그것을 의미심장하고 비밀스럽게 두드렸다. "다른 게 있어." 그가 말했다. "그게 나에게 진짜 입센 같은 느낌을 줬어. '야생 오리'처럼 말이야. 그 여자 알지? 나는 그녀를 좀 더 가벼운 인물로 만들었어. 그리고 그녀는 그걸 봐. 그들이 세 번째로 나비를 쫓을 때, 그녀는 깨닫는 거야! 그녀는 봐. '저건 나야!' 그녀가 말하지. 쾅! 쫓기는 나비. 그녀가 바로 쫓기는 나비야. 이건 말이 돼. 오리 한 마리 없는 '야생 오리'보다 훨씬 더 말이 된다고!"

"그들을 놀라게 할 거야! 제목만으로도 그들을 놀라게 해야 해. 나는 정말 열심히 작업했어. 자네는 그 4분의 1 지분으로 금광을 캐게 될 거야, 킵스. 나는 상관없어. 그걸 파는 게 나에게는 좋았고, 사는 게 자네에게는 좋았지. 쾅!"

치터로는 잠시 말을 멈추고 물었다. "집에 브랜디 좀 있나? 마시려는 건 아니고, 그냥 정신 좀 차리려고 달걀 컵만큼만 필요해. 간이 좀 안 좋아서. 없으면 괜찮아. 전혀. 나는⋯ 그래, 위스키도 괜찮아. 더 좋지!"

킵스는 잠시 망설이다가, 돌아서서 사이드보드 찬장을 더듬거렸다. 이윽고 그는 위스키 한 병을 꺼내 테이블 위에 놓았다. 그러고 나서 먼저 소다수 한 병을 꺼내고, 잠시 망설인 후 다른 한 병을 꺼냈다. 치터로는 병을 집어 들고 라벨을 읽었다.

"잘 숙성된 므두셀라로군." 그가 말했다. 킵스는 그에게 코르크따개를 건넸고, 그러고 나서 그의 손이 입으로 떨렸다.

"이제 벨을 울려야겠네요." 그가 말했다.

"잔을 가져오기 위해서요." 그렇게 하기 전에 잠시 망설였고, 말하자면 벨 쪽으로 의심스럽게 몸을 기울였다. 하녀가 나타났을 때, 그는 난로 깔개 위에 다리를 넓게 벌리고 절망적인 사람의 태도로 서 있었다. 그리고 그들이 둘 다 위스키를 마신 후―"자네는 좋은 위스키를 아는군." 치터로가 말하고는, "그냥 한잔하기 위해" 다른 한 잔을 마셨다―킵스는 담배를 꺼냈고, 대화는 다시 흘러갔다.

치터로는 방을 서성거렸다. 그가 설명하기로는, 오늘 쉬는 날이었다. 그래서 킵스를 보러 온 것이었다. 그는 희곡에 어떤 큰 변화를 구상할 때마다 항상 하루를 쉬었다. 결국에는 그렇게 하는 것이 시간을 절약하는 길이었다. 다시 써야 할지도 모르는 작업에 성급하게 착수하는 것을 막아주었기 때문이다. 다시 해야 할지도 모르는 일을 하는 것은 아무 소용이 없었다. 정말로.

이윽고 그들은 해변 산책로 옆 계단을 내려가 워런(자연보호구역)으로 향했다. 치터로는 이야기를 하며 계단을 춤추듯 내려갔다. 그들은 멋진 산책을 했다. 길지는 않았지만, 충분히 멋졌다. 요양원을 지나 이스트 클리프를 넘어, 백악 절벽 아래 점토와 바위로 이루어진 기묘한 작은 황무지로 들어섰다. 가시나무와 들장미, 잡목이 얽힌 그곳은

위로는 절벽, 아래로는 바다와 맞닿아 포크스톤의 가장 근사한 풍경 중 하나였다. 그들은 가파른 길을 타고 다시 절벽 위로 올랐다. 치터로는 그 일을 마치 알프스를 오르는 사람처럼, 대담하고 소년 같은 기운으로 해냈다. 그는 가끔 바다와 절벽을 향해 신선한 눈빛을 던졌고, 그때마다 킵스는 어렴풋이 뉴 롬니와 좌초된 난파선을 떠올렸다. 그러나 대부분의 시간 동안 치터로는 끊임없이 떠들었다. 연극, 극작, 그리고 연극계의 앞날에 관해— 그것은 오직 그에게만 진지하고, 다른 사람에게는 끝없는 헛소리

같았다. 설명해야 할 것이 많았고, 그는 거대한 몸짓으로 설명했다. 그들은 때로는 나란히, 때로는 한 줄로 걷고, 덤불 속을 지나며 해변 위 절벽 가장자리를 따라 나아갔다. 킵스는 틈을 봐 "그렇죠," "맞아요," "정말요," 같은 말을 끼워 넣었지만, 그럴 때마다 치터로는 새로운 말의 폭풍으로 그를 덮쳤다. 그의 손짓은 넓게 퍼졌고, 목소리는 높아졌다가 낮아졌다. 그는 이것을 말했다가 저것을 말했고, 때로는 허공을 향해 소리쳤다.

어느새 그들은 영국 무대를 개혁한다는 거창한 사업에 착수한 것처럼 되어 있었다. 그리고 킵스는 드라마에 대한 높은 이상을 실현하는 데 관심이 많은, 부유하고 심지어 왕족이나 귀족인 아마추어들—토마스 노게이트 경이 여기에 포함되었다—과 한 부류로 묶였다. 단지 그는 이런 일들에 대해 더 나은 이해를 가지고 있었고, 평범한 전문가에게 이용당하는 대신—"그런 놈들이 많지." 치터로가 말했다. "내가 괜히 순회공연을 다닌 게 아니야."

치터로가 말했다. 그는 앞으로 치터로를 옆에 두게 될 터였다. 킵스는 몇 가지 흩어진 사실만 알아챘다. 자신이 그 희곡의 4분의 1 지분을 샀다는 건 분명했다. 그것은 거의 금광이나 다름없었다. 그리고 절반을 사는 편이 더 낫다는 암시가 있었다. 어쩌면 희곡 전체를 사서 즉시 무대에 올리라는 제안, 혹은 그에 대한 '제안의 제안'쯤으로 보였다. 치터로는 새로운 방식의 저작권료 제도를 구상하고 있었다. 그것은 연극계를 송두리째 바꿀 혁명적인 제도였다. 그는 연합 기금 설립의 가능성까지 암시했으며, 그 희극은 그 모든 사업의 초석이 될 예정이었다. 곧 논의는 영국 드라마 전체의 혁명으로 번졌다. 아마 그 희극 하나로는 역부족일지도 몰랐다. 그렇다면 비극으로 시작하는 편이 나을 것이다. 사람들의 마음을 '사로잡는' 놀라운 비극— 삶의 깊은 의미를 드러내고, 러시아 귀족과 '진정한 여성'—여성을 더 높은 존재로 보여주는 여인을 중심으로 한 작품 말이다. 그 비극은 치터로 자신을 중심 인물로 삼을 예정이었다. 그리고 그다음에는 킵스가 수많은 연극을 제작하고, 극장을 소유하고, 마침내 국립극장을 세울 것이 분명해졌다. 만약 킵스가 자기 마음을 표현할 줄 알았다면, 그는 아마 이렇게 말했을 것이다.

"치터로가 아주 미쳐 날뛰고 있군."

그는 때때로 입을 벌려 바람 새는 듯한 소리를 냈지만, 그것이 그가 할 수 있는 항의의 전부였다.

치터로와 헤아릴 수 없는 계획의 손아귀에서, 킵스는 펜처치 스트리트의 집으로 돌아와 점심 식사에 참여하게 되었다. 그는 어떤 비밀을 잊고 집에 왔다가, 치터로 부인 (영국에서 가장 훌륭하고 전혀 훈련되지 않은 콘트랄토 목소리를 가진)의 등장으로 그녀의 존재를 상기하게 되었다. 그녀는 치터로보다 나이가 들어 보였지만, 아마도 그렇지 않았을 것이고, 그녀의 머리카락은 붉은 갈색에 금색 줄무늬가 있었다. 그녀는 그 순간의 필요에 따라 실내복이나 티 가운, 혹은 목욕 가운, 또는 다소 독창적인 이브닝드레스가 되는 그 편리한 의상 중 하나를 입고 있었다. 처음부터 킵스는 그녀가 따뜻하고 둥근 목선을 지녔다는 것을 알아차렸다. 대화 중 그녀의 잘 다듬어진 팔이 소개 속으로 스치듯 드나드는 것도 보았다. 그리고 그는 때때로, 자신에게 수수께끼 같은 시선으로 머무는 크고 깊은 갈색 눈을 발견하곤 했다.

사진과 거울이 있는 방의 작은 둥근 테이블 위에는 소박하지만 충분한 식사가 아무렇게나 차려져 있었다. 치터로의 지시에 따라 찬장의 마멀레이드 병 아래에서 접시를 꺼내고, 킵스를 위해 부엌에서 손잡이가 헐겁지 않은 포크와 칼을 찾아온 후에야 식사를 시작했다. 그녀는 분명 킵스에 대해 미리 들었던 듯했고, 그는 정신없는 식사를 했다. 치터로는 조용하지만 엄청난 속도로 먹어치웠지만, 그것이 그의 이야기 흐름을 방해하지는 않았다. 그는 킵스를 아내에게 아주 간략하게 소개했다. 그는 희극 제작이 거의 결정된 사항이라는 것을 막연하게나마 분명히 했다. 그의 손은 테이블 위를 종횡무진했지만 아무도 신경 쓰지 않았다. 잠시 동안 사회적으로 위축되어 보였던 치터로 부인이 그가 포크로 감자를 찌르는 것을 꾸짖자, 그는 "글쎄, 천재랑 결혼하지 말았어야지."라고 대꾸했다. 그 후의 대화에서, 이 점에 대한 치터로의 입장이 그의 집에서는 비밀이 아니라는 것이 완벽하게 분명해졌다.

그들은 '오래된 므두셀라'와 시럽을 탄 소다수를 마셨고, 식탁을 치우는 일은 없었다. 그들은 그냥 접시와 잡동사니들 사이에 앉아 있었다. 치터로 부인은 남편의 담배 주머니를 가져와 담배를 말아 피우며, 연기를 내뿜고는 그 큰 갈색 눈으로 킵스를 쳐다보았다. 킵스는 전에 여성들이 '재미 삼아' 담배를 피우는 것을 본 적은 있었지만, 이것은 진짜 흡연이었다. 그녀의 태도는 그를 약간 겁먹게 했다. 그는—적어도 치터로가 있는 자리에서는—그녀를 부추겨서는 안 된다고 느꼈다.

식사 후, 세 사람은 한층 들뜬 기분이 되었다. 이제 더이상 바람 부는 야외가 아니었으므로, 치터로는 목소리를 한층 높였다. 그는 킵스를 향해 과장된 찬사를 퍼부었다. 처음부터—그 기억할 만한 밤, 진흙탕에서 일어나기도 전부터— 킵스가 바로 자기 사람이라는 걸 느꼈다고 했다.

"사람이 그런 건 직감할 수 있거든."

그가 말했다.

"그리고 말이지… 이건 정말 놀라운 우연이야. 정말로 믿을 수 없을 만큼 말이지!"

그는 '우연의 일치'에 대해 철학적인—그러나 제멋대로 엉켜버린—설명을 이어갔다. 킵스는 그것이 자신을 칭찬하는 이야기라는 점은 알아차렸지만, 정확한 요지는 놓쳤다.

　다만 치터로가 영국 연극 평론의 수준이 심각하게 저열하다고 확신하며, 자신이 무대를 위해 '위대한 일'을 해낼 거라는 결심을 드러냈다는 사실만은 분명했다. 오후 4시쯤, 킵스는 마치 물러나는 치터로에 의해 리스 해변의 한 벤치에 버려진 것처럼 자신을 발견했다. 그는 치터로가 감당하기 힘든 인물이라는 것을 깨달았다. 그는 뺨을 부풀리고 숨을 내쉬었다.

　의심할 여지 없이, 이것도 인생을 배우는 과정이겠지. 하지만 오늘만큼은 그가 정말 '인생을 배우고 싶었을까?' 어떤 면에서 치터로는 성가신 존재였다. 그가 계획했던 하루는 전혀 달랐다. 그는 쿠트 씨가 보내준 소중한 작은 책, 약간은 구식이지만 영국 신사의 예절을 요약한 『하지 마세요』를 읽을 생각이었다. 그 책은, 월싱엄 집안을 방문하기 전에 쿠트 부부의 집을 예행연습 삼아 찾아가려던 그의 진지한 계획을 상기시켜 주었다. 그런데 오늘은 영 틀렸다. 그의 생각은 다시 치터로로 돌아갔다. 치터로에게, 그가 너무 많은 것을 당연하게 여기고 있다는 걸 분명히 말해야 했다. 해야만 했다. 하지만 막상 그 앞에서는 너무 어려웠다. 그가 없을 때는 참 쉬운데 말이다. 희곡의 절반 지분이라니, 극장 임대라니— 너무 멀리 갔다. 4분의 1이면 됐지. 하지만 그것조차도… 100파운드! 100파운드를 내고 나면, 세상에 남는 게 대체 뭐란 말인가? 그는 어떤 의미에서 치터로가 실제로 자신에게 행운을 가져다주었다는 사실을 떠올리고 나서야 겨우 그 생각에 맞설 수 있었다. 그를 너무 심하게 생각해서는 안 된다. 킵스에게는, 알다시피, 아직 이런 문제에 대한 균형 감각이 없었다. 100파운드는 그의 지평선 끝에 닿아 있었다. 100파운드는 그에게 셀 수 없는 금액처럼, 거대하게만 보였다.

2. 윌싱엄 가문

1

쿠트 씨 남매는 부버리 스퀘어의 작은 집에 살았는데, 베란다에는 담쟁이덩굴이 얽혀 있었다. 킵스는 문을 두 번 두드릴지 한 번 두드릴지 고민했다. 이런 것들이 사람의 품격을 보여주는 법이다. 하지만 다행히도 초인종이 있었다. 큰 모자를 쓴 자그마한 하녀가 킵스를 안내하여, 구슬 발과 문을 지나 작은 응접실로 데려갔다. 그곳에는 검은색과 금색으로 장식된 피아노, 유리문 책장, 무어풍으로 꾸민 아늑한 구석, 그리고 리젠트 스트리트에서 사 온 듯한 장식품과 여러 지식인들의 사진으로 빛나는 휘장

거울이 있었다. 거울 틀에는 여러 장의 회의 초대장과 '희
망의 밴드' 크리켓 클럽 경기 일정표가 꽂혀 있었다. 그중
에는 쿠트의 이름이 부회장으로 적혀 있었다. 책장 위에
는 베토벤 흉상이 있었다. 벽에는 정성껏 그렸지만 안목
은 결여된 유화와 수채화, 그리고 금박 액자에 담긴 풍경
화들이 빽빽이 걸려 있었다. 그 모든 것이 '교양 있는 방'
처럼 보이려는 노력의 흔적이었다. 방 한쪽 끝, 창가의 빛
을 마주한 자리에 초상화 하나가 걸려 있었다. 킵스는 처
음엔 그것이 안경을 쓰고 여장을 한 쿠트의 초상이라 생
각했다. 그러다 곧, 어머니일지도 모른다고 결론 내렸다.
하지만 이내 초상화의 주인공이 실제로 방 안에 들어왔
고, 그는 그것이 쿠트의 살림을 맡고 있는 나이 든 누이임
을 알게 되었다. 그녀는 머리를 단단히 뒤로 틀어 올리고
있었고,

그 순간 킵스는 쿠트가 늘 대화 중에 무심히 머리 뒤를
쓰다듬던 버릇의 이유를 깨달은 듯했다. 그리고 곧, 그것
이 얼마나 터무니없는 생각인지 스스로 깨달았다.

"킵스 씨 맞으시죠?" 그녀가 말했고, 킵스는 유쾌하게

웃으며 "맞습니다!"라고 대답했다. 그녀는 "체스터"가 그림 몇 점을 보내러 미술 학교에 갔으며 곧 돌아올 것이라고 말했다. 그리고 나서 그녀는 킵스에게 그림을 그리는지 물었고, 벽에 걸린 그림들을 보여주었다. 킵스는 각 그림이 어디 풍경인지 물었고, 그녀가 리스 언덕의 일부를 그린 그림을 보여주자 그는 전혀 알아보지 못했을 것이라고 말했다. 그는 그림 속 풍경이 실제와는 종종 매우 다르게 보이는 것이 재미있다고 말했다.

"하지만 정말 잘 그리셨네요." 그가 말했다. "직접 그리신 건가요?" 그는 백조처럼 목을 길게 빼고 머리를 뒤로 젖혀 한쪽으로 기울여 그림들을 쳐다보다가, 갑자기 가까이 다가가 들여다보았다.

"정말 잘 그리셨어요. 저도 그림을 그릴 수 있었으면 좋겠어요."

"그건 체스터가 하는 말이에요." 그녀가 대답했다.

"저는 그에게 더 중요한 할 일이 있다고 말하죠."

킵스는 그녀와 아주 잘 어울리는 것 같았다.

그리고 나서 쿠트가 들어왔고, 그들은 그녀를 남겨두

고 함께 위층으로 올라가 독서와 삶의 원칙에 대해 좋은 이야기를 나누었다. 아니, 오히려 쿠트가 이야기했고, 그의 입에서는 생각과 독서에 대한 찬사가 흘러나왔다.

쿠트의 서재를 상상해보라. 침실을 개조한 작은 방, 그의 눈에는 학문과 세련됨의 향기가 그득한 성소였다. 벽난로 위에는 그가 '예술적'이라 믿는 물건들이 정중하게 진열되어 있었다. 로세티의 「수태고지」 복제화, 와츠의 「미노타우로스」 복제화, 관절이 여러 개 달린 스위스 조각 파이프, 아미앵 대성당의 사진(두 개는 여행의 기념품), 그리고 두개골학 흉상, 워런에서 주워 온 부서진 화석들.

회전식 책장에는 브리태니커 백과사전 제10판이 꽂혀 있었고, 그 위에는 '왕실 업무'라는 글씨가 바랜 낡은 공문서 봉투, 《북맨》 잡지 몇 권, 그리고 담배 한 갑이 올려져 있었다.

창가 아래 테이블에는 작은 현미경, 먼지가 쌓인 접시, 더럽혀진 유리 슬라이드, 깨진 커버 글라스가 흩어져 있었다. 쿠트가 한때 생물학을 '조금' 공부했기 때문이다.

방 한쪽 긴 벽면은 책장으로 가득했고, 가장자리를 분

홍색 실로 꿰맨 천이 덮여 있었다. 그 위에는 어느 자수성
가한 교양인이 보면 감격할 만한 책들이, 그리고 웬만한
공공도서관을 부럽게 할 만큼의 제목들이 나란히 꽂혀 있
었다. 낡은 고전과 최신 베스트셀러, 《100권의 위대한 책》
시리즈, 새뮤얼 워런의 『일만 년』, 러스킨, 테니슨, 롱펠로,
찰스 킹슬리, 스마일스, 험프리 워드 부인의 작품들, 낡은
지도와 안내서, 의학 소책자, 잡지 더미, 그리고 이름 붙이
기 어려운 잡동사니들. 그야말로 영국식 '지성'의 축소판
이었다.

　이 문화의 제단 앞에, 제대로 배운 적도, 훈련받은 적도
없는 킵스가 경외와 존경, 그리고 어설픈 배움의 열의로
서 있었다. 그리고 쿠트는, 마치 주교처럼 손끝을 들어 책
과 독서의 미덕을 설교했다.

　"여행과 책만큼 마음을 넓혀주는 것은 없어요." 쿠트가
말했다.

　"그리고 요즘에는 둘 다 너무 쉽고 저렴하죠!"

　"저는 오랫동안 제대로 독서를 해보고 싶었어요." 킵스
가 대답했다.

"책에서 얼마나 많은 것을 얻을 수 있는지, 당신은 거의 믿지 못할 겁니다." 쿠트가 말했다.

"물론, 저속한 독서는 피해야죠. 규칙을 만들어야 해요, 킵스. 일주일에 진지한 책 한 권은 읽어야 합니다. 물론 소설, 좋은 소설에서도 배울 수 있지만, 그건 진지한 독서와는 다른 것이에요. 저는 규칙을 만들었어요. 진지한 책 한 권과 소설 한 권, 그 이상은 안 돼요. 최근에 읽고 있는 진지한 책들이 저 테이블에 있어요. 『의상 철학』, 『트와들톰 부인의 연못 생활』, 『스코틀랜드의 족장들』, 『파라 학장의 생애와 편지』…."

2

마침내 징 소리가 들렸고, 킵스는 숙모에게 손가락 관절을 맞던 기억이 심어준, 먹고 마시는 일에 대한 신경질적 불안감 속에서 차를 마시러 내려갔다. 쿠트의 어깨너머로 그는 무어풍으로 꾸민 아늑한 구석에 네 번째 사람이 있는 것을 알아차리고 돌아섰다. 그는 문학에 대한 겸손한 존경심과 열망을 쿠트의 여동생에게 더듬거리며 말하던 것을 멈추고, 그 네 번째 사람이 바로 모자를 쓰지 않은 편안한 차림의 헬렌 월싱엄 양이라는 것을 발견했다.

그녀는 즉시 손을 내밀어 그의 망설임을 풀어주었다.

"포크스톤에 머무르시나요, 킵스 씨?"

"여기 사업차 잠시 와 있습니다." 킵스가 말했다. "브뤼헤에 가신 줄 알았어요."

"그건 나중 일이에요." 월싱엄 양이 말했다. "오빠 휴가가 시작될 때까지 머물면서, 집을 임대하려고 해요. 포크스톤 어디에 머무르세요?"

"리스 해변에 제 집이 있습니다."

"오늘 오후에 당신의 행운에 대해 들었어요."

"정말 대단하지 않나요!" 킵스가 말했다. "아직도 이게 정말 일어난 일인지 거의 믿기지 않아요. 빈 씨가 저에게 그 사실을 말했을 때, 깃털로 쳐도 쓰러졌을 거예요. 저에게는 엄청난 변화죠."

그는 쿠트 양이 그에게 차에 우유와 설탕을 넣는지 묻고 있는 것을 발견했다.

"상관없어요." 킵스가 말했다. "편하실 대로 해주세요."

쿠트는 차와 얇게 썬 빵, 그리고 버터를 들고 부산하게 움직였다. 빵은 갓 구운 듯 신선했지만, 킵스가 집어 든 조각의 절반이 바닥으로 떨어졌다. 접시도, 테이블도 없이 차를 마시는 일에 익숙하지 않아 그는 어설프게 빵 가장자리를 붙잡고 있었던 것이다. 이 사소한 사고로 그는 잠시 대화에서 벗어났다. 그가 다시 정신을 차렸을 때, 그들은 이미 '파데레프스키'라는 위대한 연주자에 대해 이야기하고 있었다. 킵스는 조용히 의자에 앉아 남은 빵과 버터를 마저 먹고, 더 권하는 말에는 "아니요, 괜찮습니다"라고 정중히 대답했다. 그 덕분에 이제는 양손으로 찻잔과 받침을 다룰 수 있게 되었다. 그는 그 작은 성취에 은근한 안도감을 느꼈다. 차를 마실 때면 늘 따라오는 어수선함을 빼면, 그는 월싱엄 양의 존재 때문에 떨림을 느낄 수 있을 정도로 긴장해 있었다. 그는 쿠트 양에게서 오빠에게, 그리고 다시 헬렌에게 시선을 옮겼다. 차를 홀짝이며 그는 컵 너머로 그녀를 바라보았다.

그녀가 있었다.

실제로, 바로 그 자리에.

믿을 수 없을 만큼 놀라웠다.

그녀의 이마 위에서 귀를 따라 부드럽게 흘러내리는 짙은 머리결, 단정한 흰 소맷부리 사이로 드러난 아름다운 손, 그리고 이마에 희미하게 남은 연필 자국까지. 그는 하나하나를 놓치지 않고 바라보았다. 그러던 중, 그녀가 문득 그를 향해 고개를 돌리더니 세상에서 가장 자연스러운 미소를 지어 보였다.

"가실 거죠?" 그녀가 말하고는 덧붙였다. "연주회에요."

"포크스톤에 있다면 갈 겁니다." 킵스가 잠긴 목을 가다듬으며 말했다. "저는 음악에 대해 잘 모르지만, 아는 것은 좋아해요."

"파데레프스키를 좋아하게 되실 거예요." 그녀가 말했다.

"당신이 좋아하신다면," 그가 말했다. "저도 그럴 것 같아요."

그는 쿠트가 매우 친절하게 그의 찻잔을 가져가는 것을 발견했다.

"포크스톤에서 사실 생각이에요?" 쿠트 양이 난로 깔개 앞에서 주인의 말투로 물었다.

"아뇨." 킵스가 말했다. "그게 문제예요. 아직 잘 모르겠어요."

그는 무엇을 결정하기 전에 좀 둘러보고 싶다고 덧붙였다.

"고려해야 할 게 너무 많거든요."

"그렇죠." 쿠트가 말했다. 그러면서 무심히 머리 뒤를 쓰다듬었다.

"아마 잠시 뉴 롬니로 돌아갈지도 몰라요. 숙모님, 숙부님이 계시거든요. 정말, 아직 잘 모르겠어요."

헬렌은 잠시 그를 바라보았다. 그 눈빛에는 생각이 머무는 듯한 고요함이 있었다.

"브뤼헤에 가시기 전에 저희 집에 꼭 들르세요."

그녀가 부드럽게 말했다.

"아, 그럼요! 괜찮다면요." 킵스가 서둘러 말했다.

"물론이에요. 그렇게 해요." 그녀가 말했다.

그리고 킵스가 언제 가면 좋을지 묻기도 전에 그녀는 갑자기 일어나 쿠트 양 쪽으로 돌아섰다.

"그 제도판, 정말 빌려주실 수 있는 거죠?"

그녀가 물었고, 대화는 자연스레 다른 이야기로 흘러 갔다. 그가 월싱엄 양에게 "안녕히 가세요"라고 인사했을 때, 그녀는 다시 한 번 그에게 집에 방문해달라는 말을 하며 미소 지었다. 그 후 그는, 방금 이야기하던 어떤 입군서를 찾기 위해 쿠트와 함께 다시 위층으로 올라갔다. 그리고 이윽고, 단호하게 숨을 고른 뒤, 킵스는 세 권의 책을 팔에 끼고 집으로 향했다.

(1) 러스킨의『참깨와 백합』,

(2) 험프리 워드 부인의『조지 트레사디 경』,

(3) 그리고 쿠트가 특히 높이 평가한, 익명의 저자가 쓴『활력』에 관한 책. 그는 집에 도착하자마자 곧장 거실로 들어가『참깨와 백합』을 펼쳤다. 그리고—적어도 한동안은— 무자비할 만큼 결심에 찬 눈으로 그것을 읽었다.

3

이윽고 그는 등을 기대고, 월싱엄 양이 자신을 보았을 때 과연 어떻게 생각했을지 상상하는 일에 몰두했다. 회색 플란넬 정장이 과연 어떤 인상을 주었을지에 대한 의심이 그를 괴롭히기 시작했다. 그는 벽난로 위의 거울로 향했고, 그러고 나서 바지의 매무새를 살피기 위해 의자에 올라탔다. 괜찮아 보였다. 다행히도 그녀는 그의 파나마 모자를 보지 못했다. 그는 챙을 잘못된 방향으로 올렸다는 것을 알았지만, 어느 쪽이 올바른 방향인지는 알 수 없었다. 하지만 그녀는 그것을 보지 못했다. 모자를 샀던 가게에 물어보면 될지도 모른다.

그는 거울 속 자신의 얼굴을 한참 들여다보았다. 마음에 드는지, 아닌지—도무지 판단이 서지 않았다. 그러고는 다시 아래층으로 내려와 사이드보드로 향했다. 그 위에는 책 두 권이 놓여 있었다. 한 권은 값싸지만 번쩍이는 빨강과 금색의 표지, 다른 한 권은 짙은 녹색 천으로 제본되어 있었다.

전자는 표지에 큼직하게 이렇게 적혀 있었다.

『상류 사회의 예절과 규칙 — 어느 귀족 지음』.

그리고 그 아래, 마치 훈장이라도 되는 듯 '제21판'이라는 글자가 금빛으로 새겨져 있었다. 다른 한 권은 더 그럴 듯했다. 고전으로 이름 높은『대화의 기술』이었다. 킵스는 두 책을 들고 자리에 돌아와 앉았다. 그는 두 권을 나란히 앞에 두고, 짧은 한숨을 내쉰 뒤『대화의 기술』을 펼쳐 무릎 위에 단단히 눌러놓았다. 이윽고 눈썹을 찌푸리며, 그는 표시해둔 부분을 읽기 시작했다. 입술이 천천히, 조용히 그 문장들을 따라 움직였다.

"이처럼 대화의 물꼬를 튼 후, 작은 배가 갑자기 깊은 물로 나아가서는 안 되듯, 먼저 얕은 곳으로 부드럽게 미끄러져 들어가야 한다. 즉, 대화는 단정적인 사실을 나열하거나 독단적인 의견을 표명하며 시작해서는 안 된다. 그렇게 하면 주제가 너무 빨리 소진되거나, '정말요' 또는 '과연'과 같은 짧은 대답에 부딪히게 될 것이다. 만약 상대방이 반대 의견을 가지고 있더라도, 초면이라면 직접적인 반박이나 반대의 형태로 표현하기를 꺼릴 수 있다. 따라서 눈에 띄지 않게 대화 속으로 스며드는 것이 달성해야 할 목표이다."

이 대목에서 킵스는 다소 당혹스러운 표정으로 머리카락을 쓸어 넘기고는, 다시 처음으로 돌아갔다.

4

킵스가 윌싱엄 가를 방문했을 때, 모든 것은 『예절과 규칙』의 '방문하기' 장에 나온 내용과 너무 달랐다. 그는 처음부터 완전히 방향을 잃은 기분이었다. 그런데 문을 연 사람은 하인도, 하녀도 아니었다. 윌싱엄 양 자신이었다.

"와주셔서 정말 기뻐요."

그녀가 드물게, 그러나 진심 어린 미소를 지으며 말했다. 그녀는 살짝 옆으로 물러서, 그가 다소 좁은 복도로 들어서게 했다.

"전화드리려던 참이었어요."

킵스가 모자와 지팡이를 든 채 머뭇거리며 말했다. 그녀는 문을 닫고, 쿠트 씨 댁보다 작고 단정한 응접실로 안내했다. 그의 눈에 가장 먼저 들어온 것은 갈색 식탁보 위에 놓인 흰 양귀비가 담긴 구리 화병이었다.

"이렇게 직접 문을 열면 예의에 어긋난다고 생각하지는 않으시겠죠, 킵스 씨?"

그녀가 말했다.

"어머니는 외출 중이세요."

"괜찮습니다."

그가 부드럽게 웃으며 말했다.

"당신만 괜찮으시다면요."

그녀는 테이블을 돌아 그의 맞은편에 서서, 미술 수업 마지막 날 그가 기억하던 바로 그 눈빛으로—사색과 호기심, 그리고 약간의 호감이 섞인 눈으로—그를 바라보았다.

"포크스톤으로 돌아가기 전에 오실까 궁금했어요." 그녀가 조용히 말했다.

"저는 당분간 포크스톤을 떠나지 않을 겁니다. 그리고, 사실은 전화드리려던 참이었어요."

"어머니께서 외출하신 걸 아쉬워하실 거예요. 제가 당신 이야기를 했더니, 꼭 만나고 싶다고 하셨거든요."

"예, 뵌 적 있습니다. 가게에서요. 만약 그분이 맞다면요." 킵스가 말했다.

"네, 맞아요! 어머니는 오늘 의례적인 인사 방문을 나가셨고, 저는 가지 않았어요. 써야 할 게 좀 있었거든요."

그녀가 말했다. "사실, 글을 좀 써요."

"정말요?" 킵스가 물었다.

"별건 아니에요. 그리고 아무 결과도 없죠."

그녀는 창가 근처의 작은 책상을 힐끗 바라보았다. 그 위엔 종이가 흩어져 있었다.

"그래도 무언가는 해야 하잖아요."

그녀가 말을 멈추더니, 곧 화제를 바꿨다.

"저희 집 전망 보셨어요?"

그녀는 창가로 다가갔고, 킵스도 곁에 섰다.

"우리는 광장을 내다봐요. 이보다 나쁠 수도 있겠죠. 저기 보이는 짐꾼의 수레는 끔찍하지만, 그래도 자기 자신과 닮은 사람들만 바라보는 것보다는 낫잖아요? 봄에는 밝은 녹색이 참 좋아요. 마치 마른 붓으로 쓱 칠한 것처럼요. 가을에도 꽤 운치 있고요."

"정말 좋네요." 킵스가 말했다.

"저 라일락, 참 예뻐요"

"아이들이 가끔 와서 꺾어가요." 그녀가 말했다.

"그럴 것 같아요." 킵스가 말했다.

그는 모자와 지팡이에 기대어 서서, 감상에 잠긴 얼굴로 창밖을 내다보았다. 그녀는 그런 그를 재빨리 힐끗 바라보았다. 그의 머릿속에는 『대화의 기술』에서 읽은 한 문장이 스쳤다.

"정원도 있으신가요?"

그가 조심스레 물었다.

"작은 것뿐이에요." 그녀가 어깨를 으쓱하며 말하고는 덧붙였다. "아마 보고 싶으실 거예요."

"저는 정원 가꾸기를 좋아해요."

킵스가 말했다. 그는 한때 숙부의 쓰레기통 옆에 1페니짜리 한련화를 심었던 일을 떠올렸다. 헬렌은 그 말을 듣고 약간의 안도감을 느끼며 앞장섰다. 그들은 사계절 색유리로 장식된 문을 지나 작은 철제 베란다로 나왔다. 그리고 좁은 철계단을 내려가자, 낮은 벽으로 둘러싸인 조그만 정원이 드러났다. 잔디와 화단이 겨우 들어설 만큼의 공간이었다.

구석에는 얼룩덜룩한 사철나무가 단단히 자리를 잡고 있었다. 초여름의 꽃들이 피어 있었고, '산 위의 눈'이라 불리는 큰 수선화와 노란 벽꽃이 화사하게 흔들리고 있었다.

"저게 저희 정원이에요." 헬렌이 말했다.

"크지는 않죠?"

"좋네요." 킵스가 말했다.

"작아요." 그녀가 말했다.

"하지만 지금은, 작은 것이 더 어울리는 시대잖아요."

킵스는 그 말뜻을 이해하지 못했다.

"글 쓰는 것을 제가 방해한 게 아니라면 좋겠네요."

그녀는 난간에 등을 기대며 몸을 돌렸다.

"다 썼어요." 그녀가 말했다.

"잘 풀리지도 않았고요."

"책을 쓰고 있던 건가요?"

킵스가 조심스럽게 물었다.

그녀는 대답하기 전, 잠시 미소를 머금었다.

"저는… 아주 헛되이… 이야기를 써보려 해요."

그녀가 말했다.

"무언가는 해야 하니까요. 이 일이 저에게 어떤 결과를 줄 수 있을지는 모르겠어요. 너무 막막하거든요. 그리고, 물론 대중의 취향이라는 것도 연구해야 하죠. 하지만 오빠가 런던으로 가서, 이제는 조금 여유가 생겼어요."

"오빠분을 뵌 적이 있는 것 같아요."

"수업에 한두 번 왔었죠. 아마 보셨을 거예요. 지금은 변호사 시험을 준비하러 런던에 갔어요. 시험에 붙으면, 어쩌면 기회를 잡을 수도 있겠죠. 많지는 않겠지만, 그래도요. 그래도 그는 저보다 운이 좋은 편이에요."

"그래도 수업도 하시잖아요."

"그걸로 만족해야겠죠. 하지만 그렇지가 않아요."

그녀는 천천히 고개를 돌렸다.

"아마 저는… 야망이 있는 사람인가 봐요. 우리 둘 다 그래요. 그런데, 디딜 발판이 너무 없었죠."

그녀는 말끝을 흐리며,

어깨너머로 좁은 정원을 힐끗 바라보았다.

"당신은 마음만 먹으면 뭐든지 할 수 있을 것 같아요."

킵스가 말했다.

"사실 저는, 정작 제가 원하는 건 아무것도 할 수 없어요."

"하지만 이미 많은 걸 이루셨잖아요."

"제가요? 뭘요?"

"글쎄요… 그 대학 시험 중 하나에 합격하셨잖아요."

"아, 대학 입학 자격시험이요!"

그녀가 잠시 웃었다.

"저라면, 그걸 해냈다는 사실만으로도 제가 대단한 사람이라고 느꼈을 거예요. 정말이에요."

"킵스 씨, 런던 대학교에 매년 몇 명이나 입학하는지 아세요?"

"글쎄요, 몇 명쯤 되죠?"

"2천 명에서 3천 명 사이예요."

"하지만, 그렇게 못 하는 사람은 얼마나 많겠어요!"

그녀는 웃음을 터뜨렸다.

"그 사람들은 셈에 넣을 필요도 없어요."

그녀가 말했다가, 그 말이 킵스에게 상처가 될 수도 있다는 걸 깨닫고, 서둘러 덧붙였다.

"사실, 저는 만족을 모르는 사람이에요, 킵스 씨. 포크스톤은, 아시다시피, 해변 휴양지잖아요. 사람들은 오로지 겉모습의 부로만 서로를 평가해요. 우리는 부자가 아니고, 변두리 뒷골목에 살죠. 여기가 우리 집이라서 어쩔 수 없이 사는 거예요. 그나마 집세를 안 내도 되는 게 다행이죠. 기회가 없다고 느껴요. 아니, 어쩌면 기회가 있었더라도… 우린 그걸 제대로 붙잡지 못했을지도 몰라요. 그래도…"

킵스는 그녀의 엄청난 비밀을 듣고 있다고 느꼈다.

"바로 그거예요." 그가 아주 지혜로운 느낌으로 말했다. 지팡이에 몸을 앞으로 기울이고, 아주 진지하게 말했다.

"저는 당신이 노력한다면 원하는 것은 무엇이든 할 수 있다고 믿어요." 그녀는 부인하며 손을 내저었다.

"알아요."

매우 현명한 사람처럼 고개를 끄덕이며 말했다.

"저는 당신이 그 목조 교실을 가르칠 때 한두 번 당신을 지켜봤어요."

어떤 이유에서인지 이 말은 그녀를 웃게 만들었다. 꽤

즐거운 웃음이었고, 그 덕분에 킵스는 자신이 매우 재치
있고 성공적인 사람이 된 것처럼 느꼈다.

"당신이 저를 믿어주는 몇 안 되는 사람 중 한 명이라
는 건 분명하네요, 킵스 씨." 그녀가 말했고, 그는 "아, 저
는 믿어요!"라고 대답했다. 그러고 나서 갑자기 그들은 윌
싱엄 부인이 복도를 따라 오는 것을 알아차렸다. 잠시 후
그녀는 사계절 문을 통해 나타났다. 보닛을 쓰고, 숙녀답
고, 약간 빛바랜 모습이 킵스가 가게에서 보았던 것과 똑
같았다. 킵스는 쿠트에게서 받은 안심에도 불구하고, 그
녀의 등장에 어떤 불안감을 느꼈다.

"킵스 씨가 찾아왔어요."

헬렌이 말했고, 윌싱엄 부인은 그가 매우 친절하다고
말하며, 요즘에는 새로운 사람들이 그들을 찾아오지 않는
다고 덧붙였다. 킵스가 가게에서 보았던 경악스러운 놀라
움은 전혀 없었다. 그녀는 아마도 그가 이제 신사라는 것
을 들었을 것이다. 가게에서 그는 그녀가 다소 지치고 거
만하다고 생각했지만, 그가 그녀의 손을 잡자 그녀의 손
은 친근한 압력으로 응답했고, 그는 자신이 얼마나 착각

했는지 알았다. 헬렌은 어머니에게 웨이스 부인이 외출했
다고 말하더니, 킵스를 향해 다시 돌아섰다.

"차는 드셨어요?"

킵스는 아직이라고 대답했고, 헬렌은 집 안 어딘가로
사라졌다.

"하지만, 저기요," 킵스가 재빨리 말했다. "저 때문에
번거롭게 하실 필요 없어요!"

그러나 헬렌은 이미 사라지고 없었다. 그는 어쩌다보
니 윌싱엄 부인과 단둘이 남게 되었다. 그것은 잠시 동안
그를 꼼짝 못 하게 했다 — 긴장으로 숨을 가쁘게 내쉬며
얼어붙은 듯한 상태였다.

"헬렌의 목조각 수업 학생 중 한 분이셨죠?"

윌싱엄 부인이 품위 있고 조용한 경계심으로 그를 바
라보며 물었다.

"네, 맞아요," 킵스가 말했다.

"그렇게 해서 제가 영광스럽게도⋯"

"헬렌은 그 수업에 정말 큰 애정을 쏟았어요. 워낙 활
달한 아이라, 그런 활동이 좋은 배출구가 되었죠."

"정말 훌륭하게 가르치셨다고 생각했어요."

킵스가 말했다.

"모두들 잘했다고 하더군요. 헬렌은 마음먹은 일은 뭐든 해내는 아이예요. 아주 총명하죠. 게다가, 무슨 일을 하든 온 힘을 다 쏟아요."

그녀는 편안한 태도로 보닛 끈을 풀었다.

"그 수업 이야기는 전부 들었어요."

월싱엄 부인이 말했다.

"그 아이는 온통 그 수업 생각뿐이었죠. 당신이 손을 베었던 일까지 포함해서요."

"맙소사, 그런 것까지 말씀드리다니요!"

"아, 그래요! 당신이 얼마나 용감했는지도 들었지요."

(사실 헬렌이 자세히 묘사한 부분은, 피를 멈추기 위해 그가 취한 놀라운 응급처치법이었다.) 킵스의 얼굴은 환한 분홍빛으로 달아올랐다.

"따님이, 제가 전혀 아파하지도 않는 것 같았다고 하셨어요."

그는 자신이 앞으로 몇 주는 『대화의 기술』을 더 공부

해야겠다고 느꼈다. 그가 아직 어색하게 몸을 고쳐 앉고 있을 때, 헬렌이 찻잔과 주전자가 놓인 쟁반을 들고 돌아왔다.

"테이블 좀 꺼내 주겠니?"

월싱엄 부인이 말했다. 그 말투는 놀랍도록 가정적이었다. 킵스는 모자와 지팡이를 구석에 내려놓고, 요란한 쇳소리를 내며 작고 녹슨 초록색 테이블을 꺼냈다. 그리고 가장 자연스러운 태도로 헬렌을 따라가 의자를 가져왔다. 그가 찻잔을 받자마자—물론 그는 모든 음식을 사양했고, 감사하게도 그들은 더 권하지 않았다. 어느 순간, 이상하리만큼 마음이 편안해졌다.

얼마 지나지 않아 그는 이야기를 하고 있었다. 자신의 갑작스러운 변화와 그로 인한 곤란,

그리고 앞으로의 계획에 대해, 아주 겸손하고 솔직하게 털어놓았다. 그는 마치 자신의 순박한 마음을 그들 앞에 조심스레 펼쳐 보이는 듯했다. 잠시 후, 그의 투박하고 자신 없는 말투는 그들의 귀에 더 이상 거슬리지 않았다. 그들은 곧, 예전의 주근깨 소녀가 알아차렸던 바로 그

것— 킵스에게는 분명 괜찮은 구석이 있다는 사실—을 깨달았다. 그는 마음을 열었고, 그들의 말을 귀담아들었으며, 진심에서 우러나온 경외와 존경을 조용히, 그러나 분명하게 드러냈다.

그는 거의 두 시간을 머물렀고, 너무 오래 머무는 것이 실례가 된다는 사실을 완전히 잊고 있었다. 그러나 그들은, 그와 함께하는 시간이 오히려 즐거운 듯 했다.

아서 킵스의 여정은 한 인물이 계급이라는 단단한 벽 앞에서 얼마나 혼란스럽게 흔들리고, 또 얼마나 인간적 결함을 드러내며 성장해 나가는지를 보여주는 장대한 기록이다. 뉴 롬니의 작은 가게에서 숙모와 숙부의 손에서 자라난 어린 킵스는, 세상이 자신에게 어떤 길을 마련해 두었는지조차 모른 채 도제 생활에 내던져진다. 그는 물건을 정리하고, 규율을 암기하고, 상점 주인의 눈치를 보며 하루하루를 버티는 소년이었다. 하지만 그의 내면에는 어딘가 다른 세계에 대한 막연한 동경, 더 따뜻하고 자유로운 무언가를 꿈꾸는 감정이 미약하게 피어나고 있었다. 그것은 어린 시절 희미한 기억 속에 남아 있던 어머니의 모습일 수도 있고, 혹은 스스로도 설명하지 못하는 더 넓은 세상에 대한 감각이었을지도 모른다.

허버트 조지 웰스(H. G. Wells)의 『킵스』는 단순히 한 소년의 갑작스러운 계급 상승을 그린 성장소설이 아니다. 그것은 빅토리아 시대 말과 에드워드 시대 초기에 걸쳐 영국 사회가 겪은 급격한 계층 이동, 교육의 불평등, 산업화 이후의 인간 소외, 그리고 '문화 자본'이라는 보이지 않는 장벽을 통찰한 작품이다. 웰스는 이 소설에서 당대 사회가 숨기고 있던 모순과 억압을 날카롭게 해부했고, 동시에 평범한 개인이 삶을 통해 성장해 나가는 인간적 면모를 따뜻하게 포착했다.

이 책을 번역하며 가장 강하게 다가온 부분은, 웰스가 '계급 상승'의 순간을 영웅적 기적으로 그리지 않았다는 점이었다. 킵스가 우연한 유산을 상속받는 장면은 화려하거나 감정적으로 과장된 순간이 아니었다. 오히려 개똥지빠귀의 울음소리를 듣고, "1년에 1,200파운드"라는 문장에 현기증을 느끼며 방 안에서 갈팡질팡하는 소박한 모습으로 그려졌다. 웰스는 이 대목에서도 인간을 바라보는 날카로운 시선과 따뜻한 유머를 동시에 잃지 않았다. 부자가 된다는 사실이 기쁨과 해방만을 의미하지 않으며, 새로운 세계로 들어가는 문 앞에서 누구라도 느낄 수 있는 당황함, 어색함, 두려움이 킵스라는 인물의 움직임 속에 고스란히 담겨 있었다.

헬렌 월싱엄에 대한 소년기의 짝사랑은 이 소설 전체에서 가장 순수하고 여린 결을 이루는 장면이었다. 킵스가 조각 시간에 그녀를 바라보며 "네 말이 맞아"라고 속삭이는 순간, 그리고 아무것도 이루지 못한 채 수업이 끝나버렸을 때의 허망함은 누구나 지나온 성장기 한 조각을 떠올리게 한다. 하지만 웰스는 이 감정을 젖게만 두지 않았다. 헬렌은 동시에 계급적 동경의 대상이며, '문화'와 '세련됨'이라는 이름의 벽을 상징하는 존재이기도 했다. 젊은 킵스가 그녀를 향해 다가갈 때마다 부딪히는 보이지 않는 간극은 이 작품의 핵심적인 긴장으로 작용한다.

작가 H. G. 웰스의 삶과 시대적 통찰

웰스는 1866년 노동계급 가정에서 태어났으며, 어려서부터 경제적 어려움 속에서 성장했다. 그의 아버지는 정원 관리인이자 작은 상점의 점원으로 일했고, 어머니는 대저택의 가정부였다. 웰스는 어려운 형편 때문에 여러 공립학교를 옮겨 다녔고, 열네 살 무렵에는 본격적으로 생계를 위해 도제 생활을 시작해야 했다. 『킵스』의 초반부에 등장하는 도제 생활의 억압적 규율과 주인장의 권위적인 태도, 도제들의 열악한 처지는 모두 웰스의 실제 경험에서 비롯되었다. 그는 모진 노동과 긴 시간의 규칙 아래 놓인 삶에서 벗어나기 위해 밤마다 책을 읽었고, 스스로 교육을 쌓아 올렸다. 이 과정에서 웰스는 '교육을 통한 사회적 이동'이라는 주제를 개인적 숙명처럼 받아들이게 되었고, 이는 『킵스』를 비롯한 그의 여러 작품에 깊이 각인되었다.

『킵스』가 쓰인 20세기 초는 영국 신분제의 경계가 서서히 흔들리던 시기였다. 교육 기회의 확대, 산업 구조의 변화, 중산층의 급성장 등은 전통적 귀족 중심 사회에 균열을 만들고 있었다. 그러나 겉으로 보이는 변화와 달리, 실제로 계급 사이의 보이지 않는 문턱은 여전히 견고하게 존재했다. 웰스는 이 사회적 불평등과 교육 격차를 누구보다 예리하게 인지하고 있었다. 특히 웰스는 '문화 자본'—즉 상류층이 자연스럽게 습득하는 교양과 예절, 언어 감각, 품위 규범—이야말로 계급 이동을 가로막는 가장 결정적인 요소라고 보았다. 킵스가 상류층과 어울리기 위해 예절서를 읽고, 말투를 다듬고, 예술과 문학을 억지로 익히려 하는 장면에는 이러한 시대적 통찰이 잘 드러나 있었다. 웰스는 사회적 이동의 과정이 단순히 경제적 변화만으로 이루어지지 않음을 누구보다 잘 알고 있었고, 그 복잡성과 고통을 이 소설 전반에 깊이 새겨 넣었다.

웰스의 문체는 종종 "사실적이고 명료하며, 사회적 관찰이 날카롭다"라고 요약되었다. 그의 작품에서는 인물의 사소한 동작, 버릇, 표정 하나에 사회적 배경이 자연스럽게 스며들었다. 킵스가 월싱엄 양 앞에서 말을 더듬거나, 쿠트 씨 앞에서 책을 읽는 방법조차 어색해하는 장면들은 단순한 심리 묘사가 아니다. 그것은 계급적 간극이 개인의 몸짓과 언어에 어떻게 스며드는지를 정교하게 보여주는 서술이었다. 또한 웰스는 냉소와 유머를 결합해 사회적 모순을 드러내는 데 능했다. 작품 속 치터로의 허세, 월싱엄가의 체면 중심적 태도, 쿠트 씨의 교양 강요 등은 풍자적이면서도 현실적이어서, 독자로 하여금 웃음과 불편함을 동시에 느끼게 만들었다. 이런 독특한 문체는 그의 사회비판적 시선이 단순히 무거운 선언에 그치지 않도록 만들었으며, 오히려 독자 스스로 사회의 구조적 모순을 발견하게 하는 효과를 주었다.

『킵스』는 웰스의 개인적 성장과 주제의식이 가장 농밀하게 결합한 작품이다. 『타임머신』이나 『우주전쟁』이 과학소설로서의 상상력을 보여준 작품이라면, 『킵스』는 그가 어린 시절부터 경험해온 계급 현실을 사실적 서사로 녹여낸 작품이자, 자신이 살아온 시대를 가장 정확히 반영한 기록물이었다. 특히 어린 킵스의 기억 속 어머니의 희미한 이미지, 숙모와 숙부에게 맡겨질 수밖에 없었던 현실, 도제 생활의 단조롭고 억압된 일상, 그리고 문득 찾아온 기적 같은 유산은 웰스가 스스로 겪고 바라본 인생의 파편들로 구성되었다. 그는 이 모든 경험을 단순한 자전적 회고로 그리지 않고, 사회적 맥락 속에서 의미를 재구성해 '개인의 삶과 사회 구조가 어떻게 서로 영향을 주는가'라는 더 큰 질문을 던졌다.

문학적 의의 면에서도 『킵스』는 중요한 위치를 차지한다. 당대 영국 문단에서는 헨리 제임스와 같은 세련된 심리주의가 중심에 있었지만, 웰스는 그들과 달리 계층 구조와 교육 문제, 산업화 시대의 인간적 가치와 같은 현실적 문제를 소설의 중심 주제로 삼았다. 그는 계급 상승을 단순히 희망의 서사로 그리지 않았고, 그 과정에서 벌어지는 정체성의 혼란, 인간 관계의 뒤틀림, 사회적 기대와 개인적 욕망 사이의 긴장을 철저하게 묘사했다. 이는 이후 20세기 문학 전반에 영향을 주며, '사회 구조와 개인의 내면을 동시에 탐구하는 소설'이라는 새로운 지평을 여는 데 기여했다.

또한, 이 소설은 단순히 개인의 성공을 다룬 드라마가 아니라, 교육과 기회, 문화적 자본이 얼마나 불평등하게 배분되는가에 대한 비판적 성찰을 담아냈다. 킵스는 늘 '배우지 못한 사람'이라는 굴레 안에서 어색한 몸짓으로 출발한다. 그는 영국 신사의 예절서인 『하지 마세요』를 손에 쥐고, 진지하게 책을 펼쳐 읽고 이해하려 하지만 끝내 문장과 관념이 손에 잘 잡히지 않는다. 이러한 모습은 오늘날의 독자들에게도 유효한 메타포처럼 느껴진다. 사회가 요구하는 '정답'을 뒤늦게 따라잡으려 애쓰는 개인의 모습은 시대를 불문하고 반복되는 이야기이기 때문이다.

번역을 마치며: 독자에게 전하는 희망

번역 과정에서 무엇보다 중요하게 여긴 것은, 웰스의 문체가 가진 '관찰의 섬세함'과 '조소에 가까운 유머', 그리고 '계급적 거리감'을 한국어 문장에서도 유지하는 일이었다. 킵스가 치터로의 떠들썩한 말재주에 휘둘릴 때의 우스꽝스러움, 쿠트 씨에게 예절을 배우며 애써 품위를 지키려는 진지함, 월싱엄가의 문화를 따라잡지 못해 구슬땀을 흘리는 긴장감 등은 모두 단순한 사건을 넘어서, 일종의 문화적 충돌이자 계급적 난관이었다. 그 미묘한 톤을 살리는 것은 번역자로서 가장 어려우면서도 흥미로운 과제였다.

번역자로서 『킵스』 1권은 '성장'이라는 단어의 의미를 다시 되돌아보게 한 작품이었다. 성장에는 종종 아픔, 실수, 오해, 후회가 동반된다. 그리고 웰스는 그러한 '불완전한 성장의 서사'를 누구보다 정직하게 그려낸 작가였다. 이 작품을 통해 독자들이 치열한 경쟁과 계급적 불안, 정체성의 혼란 속에서도 여전히 인간적 따뜻함과 희망을 발견할 수 있기를 바란다. 그리고 가장 중요한 것은, 자신만의 속도와 방식으로 조금씩 앞으로 나아가는 '아티 킵스같은 삶'도 충분히 의미 있다는 사실을 이 책이 조용히 알려주리라는 점이다.

이 번역은 원문의 미묘한 어조를 최대한 살리고, 지금의 독자들이 자연스럽게 읽을 수 있도록 문장을 정리하며 이루어졌다. 킵스의 불안한 웃음, 망설임, 깨달음, 그리고 갑작스러운 용기까지 하나하나 한국어 문장 속에 온전히 담기기를 바랐다. 이 작품이 누군가에게는 오래된 고전일지 모르지만, 또 누군가에게는 현재의 삶을 비추는 거울이 되기를 바란다. 그리고 그 거울 속에서, 순박하지만 흔들리며 성장해 나가는 한 영혼의 진실한 이야기에 귀 기울여주기를 바란다.

2025년
마이너스

킵스: 어느 순박한 영혼의 이야기 1

초판 1쇄 발행 2025년 11월 27일

지 은 이 허버트 조지 웰스
옮 긴 이 마이너스

펴 낸 이 송누리
편   집 강영은
디 자 인 강영은
마 케 팅 김경래, 최승윤

펴 낸 곳 해밀누리
등록번호 제2024-000196호
등록일자 2024년 8월 16일

주   소 서울, 마포구 성지길 25-11, 지층 1190호 (합정동)
메   일 haemilnuli@gmail.com

I S B N 979-11-7505-210-9   04840
I S B N 979-11-7505-209-3   (세트)